Gregor Sander

Alles richtig gemacht

Roman

Sollte diese Publikation Links auf Webseiten Dritter enthalten, so übernehmen wir für deren Inhalte keine Haftung, da wir uns diese nicht zu eigen machen, sondern lediglich auf deren Stand zum Zeitpunkt der Erstveröffentlichung verweisen.

Verlagsgruppe Random House FSC® N001967

PENGUIN und das Penguin Logo sind Markenzeichen
von Penguin Books Limited und werden
hier unter Lizenz benutzt.

1. Auflage
Copyright © 2019 Penguin Verlag
in der Verlagsgruppe Random House GmbH,
Neumarkter Straße 28, 81673 München
Umschlaggestaltung: Sabine Kwauka unter Verwendung eines Motives
von shutterstock/yuda chen
Satz: GGP Media GmbH, Pößneck
Druck und Bindung: GGP Media GmbH, Pößneck
Printed in Germany
ISBN 978-3-328-60667-3
www.penguin-verlag.de

 Dieses Buch ist auch als E-Book erhältlich.

*Für Sintje,
für deinen Mut und deine Wärme*

1. Montag

Noch fünf Minuten, dann hat es die Morgensonne über die Pappeln geschafft, und ich beschließe, so lange sitzen zu bleiben. Der Rasen ist noch taufeucht und frisch gemäht, und es gibt nicht vieles, das mich so beruhigt wie der Anblick und der Duft von frisch geschnittenem Gras. Spießig, klar, aber ist so.

Ich stelle die Kaffeetasse auf mein linkes Knie, und die Wärme durchdringt den Stoff sofort. Nur schwer konnte ich der Versuchung widerstehen, mir dazu eine Zigarette anzuzünden. Die Schachtel lag auf der Kaffeemaschine, neben der noch die Flasche Chardonnay vom Vorabend stand. Die war leer, die Schachtel ist es nicht, auch wenn nur noch drei Zigaretten darin stecken. Das muss wieder aufhören, denke ich. Das Saufen, diese Qualmerei, und überhaupt muss das alles wieder ins Lot kommen hier. In dem Moment treffen mich die ersten Sonnenstrahlen.

Die Fahne am Mast vor dem Haus knarzt im Wind. Das hier war die Ostberliner Botschaft von Libyen, als der Revolutionsführer Gaddafi dort noch sein Unwesen trieb. Inzwischen wohnen in den quadratischen Blöcken mit Flachdach überall Leute, auch wenn sie die Häuser nicht so billig gekauft haben wie wir damals. Dreihundertfünfzig Quadratmeter Wohnfläche und tausend Quadratmeter Garten mitten in der Stadt. Wenn man die Gästewohnung mitrechnet sogar vierhundertfünfzig Quadratmeter. Ghana betreibt im Viertel noch eine Botschaft, genau wie Kuba und noch ein, zwei Länder, die sich keine bessere Adresse leisten können als die Esplanade an der Grenze zwischen Pankow und Prenzlauer Berg.

Als die Künstlerin mich vor ein paar Wochen fragte, ob wir mitmachen würden bei einem Projekt, bei dem Fantasiefahnen vor die Häuser gehängt werden sollten, war ich mir gar nicht sicher, ob ich das wirklich eine gute Idee fand. Sie war klein, die Künstlerin, und dünn, fast wie ein Kind, aber ihr Haaransatz war grau. Ich stimmte zu, weil sie mir die Liste der Nachbarn vor die Nase hielt, die alle dabei sein wollten. Sie möchte daran erinnern, was für Gebäude das einmal gewesen sind, sagte die Künstlerin, und ich antworte, dass das doch noch jeder wisse und außer den Leuten, die hier in den angrenzenden Plattenbauten wohnten, und den Kunden des ALDI, den sie zwischen die alten Botschaften gebaut haben, doch niemand hierherkommen würde. Aber sie tippte mit ihrem Kugelschreiber auf das Blatt Papier, das sie an einer Klemmmappe festgemacht hatte, und ich kam mir vor, als würde ich einen Versicherungsvertrag an der Haustür unterzeichnen. Was ich natürlich nie machen würde.

Libyen hatte eine erstaunlich große Anzahl von Flaggen, wenn man bedenkt, dass es das Land erst seit 1952 so richtig gibt. Die Kunsttrulla hat natürlich die aktuelle genommen, die, die wieder benutzt wird, seit der Revolutionsführer aus dem Amt gejagt und auch gleich umgebracht worden ist. Ich bin mir sicher, dass keiner meiner Nachbarn sagen könnte, wer da jetzt gerade wie regiert. Aber egal. Sie hat die Farben schwarz, weiß, rot und grün zu winzig kleinen Strichen variiert, so, als hätte sie die Fahne mit drei

Längsstreifen, einem Halbmond und einem Stern geschreddert und dann wieder zusammengesetzt. Das Ganze sieht nun eher aus wie ein Schottenrock, der da am Mast weht. Zwischen 1971 und 2011 war die Flagge Libyens einfach nur grün gewesen. Die Farbe des Islam hätte dann über uns geweht.

Das hätte Agneszka gefallen, meiner Kanzleipartnerin. Gestern war ihre Stimme auf meiner Mailbox: »Ich weiß ja nicht, wie schlimm krank du bist, Thomas, und ob eine Woche reicht, aber es wäre gut, wenn du morgen da wärst. Kammergericht geht weiter, und auch sonst wäre es gut. Ach ja, und komm mit dem Auto.« Als sie das sagte, hatte sie fast schon aufgelegt. Warum soll ich mit dem Auto kommen?, denke ich, und wenn ich gestern abgenommen hätte, anstatt auf das Display mit Agneszkas Nummer zu starren, dann wüsste ich es. Aber ich wollte mit niemandem sprechen, gestern noch nicht. Doch Agneszka hat recht, eine Woche Blues ist genug.

Die Sonne scheint mir ins Gesicht, ich stehe auf, stelle die Tasse in die Spülmaschine und hole die Autoschlüssel. Der Nachbar verlässt grüßend seine Botschaft, um in einer Bank zu arbeiten. Ich nicke zurück, und meine Sonnenbrille fällt dabei wie ein Visier nach unten.

Ich fahre über die Bornholmer Brücke und den Wedding nach Moabit. Der Verkehr ist erträglich für diese Zeit, und ich bekomme auch einen Parkplatz direkt vor der Kanzlei. Das ist vielleicht ein etwas großes Wort für die Dreizimmer-Hochparterrewohnung. Aber immerhin gibt es Stuck an der Decke und ein altes Parkett, auch wenn mich das alles hier eher an eine WG erinnert als an Rechtsanwälte, zumindest sahen die Kanzleien, die ich während meines Studiums gesehen habe, anders aus. In der Gegend um die JVA

Moabit, dem Knast, in dem Erich Honecker, Erich Mielke, Andreas Baader und Ernst Busch saßen, gibt es noch ganz andere Kanzleien. In Ladengeschäften oder auf Hinterhöfen. Trotzdem amüsiert mich das polierte Messingschild am Eingang immer noch: Lewocianka, Piepenburg und Kollegen.

Ich bin heute der Erste hier, Frau Möller, unsere Sekretärin, kommt immer Punkt neun. Der Nichtraucher, wie wir Salah nennen, der am Ende des schmalen Flurs sein Büro hat, kommt nicht vor elf, wenn er keine Verhandlung hat, und heute hat er offensichtlich keine. Er raucht natürlich wie ein Schlot, so wie der Nichtraucher im »Fliegenden Klassenzimmer«. Bleibt noch Agneszka, aber die will ja erst um zehn zu unserem Islamistenprozess kommen. Die Anwaltszimmer liegen alle zur Straße. Meines in der Mitte, das habe ich mir vor neun Jahren so ausgesucht.

Ich ziehe mein T-Shirt und die Jeans aus, ein paar Trainingsklamotten an, schalte mein Laufband hinter dem Schreibtisch an und haue mir die *Alabama Shakes* auf die Ohren. Bei »Don't wanna fight« komm ich in den Lauftakt und renne fünf Kilometer mit dem Blick gegen die Wand.

Frisch geduscht, im schwarzen Anzug und mit weißer Krawatte betrete ich das Kriminalgericht in der Turmstraße. Es gibt inzwischen Berliner Kollegen, die nicht mal mehr eine Robe benutzen, weil sie keine Distanz zum Angeklagten aufbauen möchten. Ich bin für Distanz manchmal ganz dankbar, und wenn schon Kammergericht, dann natürlich auch eine weiße Krawatte. Einen »weißen Langbinder«, wie es im schönen Amtsdeutsch heißt, und über die Robe brauchen wir gar nicht zu reden. Selbstverständlich trage ich sie beim Betreten des Saales. Ich begrüße den Angeklagten Mohammed R. in seinem vergitterten Verschlag hinter mir. Er ist maulfaul und genervt von der Haft und versteckt sich hinter seinem beeindruckenden Vollbart. Er war ein paar Wochen in Syrien, eingereist über die Türkei, um, wie er sagt, zu erkunden, ob er in dem neu entstehenden Islamischen Staat mit seiner Frau und seinen fünf Kindern leben könnte. Dabei soll er wohl an Kampfhandlungen teilgenommen haben, jedenfalls hat man entsprechende Filme auf seinem Handy gefunden, und nun ist er angeklagt wegen Unterstützung einer terroristischen Vereinigung, nur weil man ähnliche verwackelte Filmaufnahmen, die Leichen auf einem Schlachtfeld in Syrien zeigen, auch im Internet entdeckt hat. Mohammed R. sitzt in meinem Rücken. Seine schwarzen Augenbrauen sind zu einem Strich zusammengewachsen. Vermutlich hat er da unten gekämpft, aber ob man ihn dafür tatsächlich in ein deutsches Gefängnis stecken kann, bezweifle ich.

Die Besuchertribüne ist leer. Nur Mohammeds Frau sitzt dort, zumindest vermute ich, dass es seine Frau ist, denn sie trägt einen Gesichtsschleier, der nur einen schmalen Schlitz über ihren Augen frei lässt, und einen Tschador, der auch ihre Kleidung verdeckt. Wenn sie die Beine übereinanderschlägt, sieht man ihre neuen weißen Sneaker, ansonsten ist alles schwarz. Das Publikum, die Presse und die anderen Angehörigen kommen bei so einem Prozess am ersten und am letzten Tag. Dazwischen sind wir unter uns.

Eine junge blonde Frau vom BKA, die den ganzen Tag das Internet nach terrorrelevanten Videos oder postings durchforstet, ist als Erste geladen. Sie antwortet monoton und manchmal fast im gleichen Wortlaut, wie es in den Akten steht. Die fünf Richter des Staatsschutzsenats sind offensichtlich ausgeschlafen und gut vorbereitet, aber das ist ja auch kein Wunder, denn das ist gerade der einzige Prozess, der vor der großen Strafkammer läuft.

Sie haben also genügend Zeit zum Aktenstudium. Der Vorsitzende Richter, Paul Henning, trägt einen akkuraten Seitenscheitel, eine randlose runde Brille und gibt sich freundlich und verständnisvoll, aber er ist ein harter Hund. Eine Weile beobachte ich die beiden Ergänzungsrichter, die hinter dem eigentlichen Gericht sitzen. Wie Spieler auf der Ersatzbank, falls einer der fünf Richter ausfällt. Was nicht passieren wird. Aber sie müssen trotzdem dort sitzen, für den Fall der Fälle. Annedore Weiser, die mit verschränkten Armen in dieser zweiten Reihe sitzt, kämpft schon in der ersten halben Stunde sichtbar mit der Müdigkeit. Das wird heute nicht leicht für sie.

Ich werfe einen Blick auf die Kaiserloge, die leer ist wie immer, aber auch zu Zeiten Wilhelm Zwos soll dort nicht übermäßig Betrieb gewesen sein. Dann schließe ich mein Smartphone als Modem an meinen Laptop, um wenigstens ein paar E-Mails zu bearbeiten, während sich die blonde Dame vom BKA über eine Facebook-Seite der Salafisten auslässt.

Keine Mail von Stephanie, und auch die Zwillinge haben sich nicht gemeldet. Keine Mail, kein WhatsApp, kein Instagram. Das war aber auch nicht zu erwarten. Ich soll mich melden. Ich soll den Ball aufnehmen. Die beiden Töchter halten zur Mama, von der ich nicht mal weiß, wo sie ist. »Du kannst mich anrufen, wenn du mit mir reden willst«, hatte Stephanie vor einer Woche gesagt. Noch wollte ich nicht.

Die Tür zum Flur geht auf, und Agneszka betritt den Saal, streift mir im Vorbeigehen über den Rücken und breitet dann ihre Sachen vor sich aus, großflächig und geräuschvoll wie bei einem Picknick. Aktenordner, Schlüsselbund, Laptop, Wasserflasche. Die Robe weht ihr um die breiten Schultern. Sie fährt sich durch die knallroten, fast schon pinken schulterlangen Haare und lässt sich auf den Stuhl fallen.

Agneszka ist einen halben Kopf größer und vermutlich auch ein paar Kilo schwerer als ich. Man habe sie in ihrer polnischen Heimat und später im Kreuzberg der Achtzigerjahre falsch ernährt, behauptet sie, darunter habe sie heute noch zu leiden. Ich weiß nicht, ob leiden wirklich das richtige Wort ist. Wenn ich sie essen sehe, erscheint es mir jedenfalls unpassend.

Agneszkas Familie stammt aus Stettin oder Szczecin, wie sie bis heute sagt, und ist in den Achtzigerjahren nach Westberlin ausgereist, als Jaruzelski das Kriegsrecht im sozialistischen Polen eingeführt hat. Wenn man ihr zuhört, dann hat man den Eindruck, sie war schon als Fünfjährige bei der Gründung der Solidarność dabei. Später hat sie sich dann in Kreuzberg durchgeschlagen, das sagt sie auch immer: »durchgeschlagen«, als wäre da ein Dschungel gewesen. Muhammed R. jedenfalls ist auch über Agneszka in unserer Kanzlei gelandet, weil irgendeiner seiner Kumpels sie noch aus ihrer Jugendzeit kannte. Er ist in Berlin geboren und im Graefe-Kiez aufgewachsen. »Die ganzen schweren Jungs dort lernen sich beim Fußballspielen kennen«, sagt Agneszka. »Sieh zu, dass deine Kinder nicht Fußball spielen.« Die Gefahr bestand bei Miriam und Nina nicht, und dass sie mit ihren dreizehn Jahren damit noch anfangen, halte ich für ausgeschlossen.

Nach zwei Minuten meldet sich Agneszka zum ersten Mal: »Das verstehe ich nicht. Was hat das mit unserem Fall zu tun?« Sie ist also angekommen im Saal und auf Betriebstemperatur.

Die BKA-Blondine sieht plötzlich verwirrt aus, und Paul Henning guckt Agneszka über seine randlose Brille an. »Frau Lewocianka, das haben wir eben im Beisein Ihres Partners geklärt.«

»Sicher«, erwidert Agneszka. »Aber diese Facebook-Seite, von der die Zeugin da gerade spricht, ist seit drei Jahren nicht mehr aktiv. Unser Mandant war vor zwei Jahren in Syrien. Sie verschwenden hier also Zeit.«

Ohne Agneszka eines Blickes zu würdigen, sagt der Richter: »Fahren Sie fort«, was die Zeugin auch tut. Nach einer halben Stunde gehe ich, das hier ist Agneszkas Fall, und eigentlich hätten hier zehn Minuten meiner Anwesenheit ausgereicht, um mein Pflichtverteidigerhonorar für heute zu bekommen.

»Guten Morgen, Dr. Piepenburg«, sagt Frau Möller, als ich in die Kanzlei zurückkehre. Das ist ihr nicht abzugewöhnen, und inzwischen habe ich es auch aufgegeben. Sie blickt mich kurz über ihre dunkelgrüne Brille an, aber als ich ihren Gruß erwidere, guckt sie schon wieder auf den Bildschirm. Ihr Lächeln bleibt im Gesicht. Sie ist Anfang sechzig, trägt eine graumelierte Kurzhaarfrisur und wohnt in der Graunstraße im Wedding. Die liegt neben dem Mauerpark, in dem die Jugend Europas jeden Abend trinkt, trommelt und tanzt. Frau Möller war noch nie im Mauerpark. Sie fährt auch nicht zum Alexanderplatz, wenn sie nicht muss. Die Mauer ist irgendwie stehen geblieben für sie, und daran scheint sich auch in Zukunft nichts zu ändern. So jemandem kann man noch so oft das »Du« anbieten. Es wird bei Dr. Piepenburg bleiben.

In unserem Besprechungszimmer wartet ein Mandant, aber nicht auf mich. Ein junger Mann, der in einem weißen

Hemd und einer Bundfaltenhose so verkleidet aussieht wie Frau Möller in einem Jogginganzug. Der Nichtraucher wird sich um ihn kümmern, ich habe erst morgen wieder einen Fall. Scheinselbstständigkeit im Kurierfahrermilieu. Da wird es sehr auf die Zeugenaussage ankommen. Aber die kann ich ja jetzt nicht vorbereiten. Außerdem bin ich mit Agneszka beim Italiener um die Ecke zum Essen verabredet, doch die Sitzung wird noch eine gute Stunde dauern. Vielleicht erfahre ich dann auch, warum ich das Auto mitbringen sollte. Vermutlich auch eine Kurierfahrerschicht für mich. Oder hat sich meine Frau bei Agneszka gemeldet? Eigentlich ausgeschlossen. Die beiden haben nie mehr miteinander geredet als nötig. Ich könnte Stephanies Nummer in so eine Internetsuchseite eingeben, dann wüsste ich, wo sie ist. Zumindest, an welchem Ort. Aber jetzt wird sie auf der Arbeit sein, was soll das also. Ich könnte, ich könnte ...

Agneszka ruft dem Kellner schon im Laufen: »Den Kalbsbraten und 'ne Flasche Wasser« zu und lässt sich auf den Stuhl fallen. Sie verdeckt mir den Blick auf die Spree, aber das stört sie natürlich nicht. Das merkt sie nicht einmal. »Muhammed hatte schon wieder ein Handy im Knast. Wahnsinn, wie macht der das?« Sie zeigt mir ein Foto, auf dem in einem Wassereimer aus Metall ein zweiter Boden eingebaut ist. »Da drunter war's. Und es ist ja nicht so, dass die Jungs da 'nen Baumarkt drin haben«, sagt sie anerkennend. »Aber seine Chancen beim Richter wird das nicht gerade steigern!«

Agneszka freut sich sichtlich, als Massimo mit der Flasche Wasser auch schon den Kalbsbraten bringt. »Hunger, Signora?«

»Wie immer, wie immer«, sagt sie, dann versinkt sie für ein paar Minuten beim Essen in ihren Gedanken. Ich stochere in meinem Salat herum, den ich mir im ständigen Kampf gegen einen Bauchansatz bestellt habe. »Du kannst schon Bauch sagen«, hatte Stephanie vor ein paar Wochen gesagt, als ich aus dem Bad kam, und gelacht. »Das geht schon deutlich über einen Ansatz hinaus.« Da war eigentlich noch alles im Lot.

Agneszka seufzt und tunkt ein Stück Brot in die Soße. »Was war eigentlich? Was hattest du? Geht's dir wieder besser?«, fragt sie mich, und ich nicke einfach und weiß, dass sie damit zufrieden ist: »Warum sollte ich das Auto mitbringen?«

»Ach ja, genau«, antwortet Agneszka, schiebt den Teller weg und sieht mich an. Ich mag ihre waldseefarbenen Augen, die mehr grün sind als braun. »Iwan möchte, dass wir ihn in Lübars besuchen. Er ist da in einem Hotel, das heißt, eigentlich ist es eher eine Klinik. So was zum Entschlacken. Also eher was für dich.« Sie lacht und fährt sich durch ihre Pippi-Langstrumpf-Haare. Ich kann Iwan nicht leiden, und das weiß Agneszka auch. Er ist ein Langzeitklient von ihr. Das ganze Programm. Körperverletzung, schwerer Raub, Drogenhandel, Nötigung, Hehlerei, Zuhälterei. Aber jetzt, so beteuert Agneszka, sei er schon seit ein paar Jahren sauber und ein erfolgreicher Geschäftsmann.

»Wo ist Lübars noch mal?«, frage ich, um Zeit zu gewinnen und mir eine Ausrede einfallen zu lassen.

»Du bist immer noch so eine Ostbirne. Auch nach fast dreißig Jahren noch«, sagt Agneszka. »Du kennst doch eigentlich nur den Prenzlauer Berg.« Sie bestellt uns einen Espresso, und dann erzählt sie mir vom einzigen Dorf in Westberlin, dem einzigen Ort, wo es in ihrer Kindheit ein bisschen wie auf dem Land aussah mit Feldern und Bäumen. Auch wenn der weite Blick da immer an der Mauer hängen blieb. »Mein Vater ist da im Sommer fast jedes Wochenende mit uns rausgefahren zum Picknick. Das war so eine Art Mini-Uckermark für Westberliner. Sicher schön jetzt bei diesem Wetter, und vielleicht lädt er dich ja zu einem Gurkensaft ein.«

Massimo bringt den Espresso, und wir rühren beide schweigend darin.

»Ich kann den nicht leiden, Agneszka, das weißt du genau. Was soll ich bei dem?«

»Ich hab keine Zeit, Herzchen. Unter anderem, weil ich dich letzte Woche vertreten habe und mein Terminkalender auch diese Woche voll ist im Gegensatz zu deinem.« Als ich nichts sage und immer noch in meinem Kaffee rumrühre, setzt sie nach: »Der hat irgendein Mietshaus gekauft und will das sanieren und Eigentumswohnungen verkaufen. Die alten Mieter sollen raus, und wir sollen denen Geld anbieten, damit sie sich eine andere Bleibe suchen.«

»Super. Ich soll also einem Miethai beim Gentrifizieren assistieren.«

»Ach, sei nicht so romantisch. Die müssen ja nicht unterschreiben oder erst, wenn ihnen die Summe passt. Ich habe dir schon einen Standardvertrag besorgt. Von Wenzel und Partner.«

»Warum machen das Wenzel und Partner dann nicht gleich ganz? Wir sind Strafrechtler, Agneszka, und das ist, was weiß ich, Mietrecht oder …«

»Der Klient vertraut uns eben, und was er will, ist ganz legal und wird uns gutes Geld einbringen, also stell dich nicht so an und fahr da hin. Du sollst ja keinen Koks für ihn verkaufen.«

Lübars ist still. Ein kleines Dorf mit Reiterhöfen und einer Kirche in der Mitte. Man kann vom Hotelzimmer aus den Turm sehen. Daneben steht eine gelbe Telefonzelle, auf der »Fernsprecher« steht. Die ist so aus der Zeit, dass sie absolut futuristisch wirkt. Sie funktioniert tatsächlich, ich bin extra reingegangen. Das Tuten im großen grauen Hörer war schon fast unheimlich.

Es klopft an meiner Zimmertür, und ein Kellner bringt mir einen kleinen Imbiss. Er stellt ihn auf den Tisch des Balkons, und ich setze mich auf die Liege daneben, die eher einem teuren Sofa ähnelt. Das Hotel oder die Klinik ist komplett aus Holz gebaut, in einer quadratischen Bienenwabenanordnung. Es ist nicht hoch, nur drei Stockwerke. Auf dem Parkplatz davor stehen ein paar Edelkarossen und wenige Kleinwagen mit Brandenburger Kennzeichen. Vermutlich von den Angestellten. Den Köchen und Putzkräften.

»Herr Wiegels erwartet Sie um sechzehn Uhr«, hatte eine der Damen am Empfang zu mir gesagt. Sie war blond, vielleicht dreißig Jahre alt, mit Pferdeschwanz. Hübsch. Sie trug wie ihre Kolleginnen ein weißes Polohemd und weiße enge Jeans, sie sahen alle aus wie aus einer Wrigley's-Spearmint-Werbung der Siebzigerjahre. Auf meinen Einwand: »Das ist ja erst in anderthalb Stunden«, antwortete sie: »Sie können in Ihrem Zimmer gern etwas entspannen.«

Das Zimmer ist gediegen protzig. Riesiges Bad, Marmorwaschbecken, sich selbst desinfizierende Klobrille und ein Schrank in Zimmergröße. Alles ist weiß, beige oder hellgrau. Auf meinem Bett liegt eine kleine Holztanne, die aussieht wie eine Laubsägearbeit: »Go green while you sleep, place me on the bed to have it made with existing linens.« Daneben liegt ein schmales graues Heft, auf dem steht: »My thoughts and notes«. Die Seiten sind leer und liniert, und ab und zu stehen da Notizen wie »I am grateful for« und dann drei Punkte. Oder: »I am inspired by …«, und ich frage mich, wie krank man sein muss, um hier zu landen. Und was Iwan wohl in sein Buch einträgt. »I am inspired by Jack the Ripper?« Das Programm für heute bietet »Aktives Erwachen im Wald«, aber das dürfte ich wohl schon verpasst haben. Bliebe noch »Nordic Walking kurz«, »Triggerpoint-Training« oder »Brotbacken«.

Auf dem Teller liegt neben leuchtend weißem Reis gedünsteter Fisch und gedünstetes Gemüse. Alles schmeckt, als hätte ich meinen Geschmack verloren, aber es kann unmöglich dick machen. Also esse ich es langsam und beobachte einen, der über den Nobelkarossen in den Bäumen sitzt. Er trägt einen schwarzen Pullover und hat die Kapuze über den Kopf gezogen. Der hockt dort schon so lange, wie ich in diesem Zimmer sitze. Vermutlich ein gelangweilter Dorfjugendlicher. Plötzlich lässt er sich mit dem Kopf nach unten hängen und springt hinunter, sodass ich ihn nicht mehr sehen kann. Vielleicht verschönert er ja jetzt den Lack der Porsches und Mercedes. Meinen alten Volvo-Kombi wird er wohl in Ruhe lassen.

Was bezweckt Iwan damit, mich in diesem Zimmer zwischenzuparken?, denke ich, und dann schlafe ich tatsächlich für eine Weile, tief und traumlos, und werde erst vom Klingeln des Zimmertelefons geweckt. Die Blonde vom Empfang ist dran. »Herr Wiegels möchte sich gern mit Ihnen in der Sauna treffen. Sie finden sie im Erdgeschoss. Handtücher und ein Bademantel liegen für Sie im Schrank bereit. Eine Badehose auch.«

»Hören Sie«, sage ich, »mir ist jetzt nicht nach Sauna, können Sie das Herrn Wiegels bitte sagen?«

»Er sagte mir, dass Sie das sagen würden, und bat mich, Ihnen in diesem Fall mitzuteilen, dass er Sie nach der Sauna anrufen würde.«

»Wie lange ist er denn dort?«

»Gewöhnlich für zwei, drei Stunden«, antwortet sie, und mir ist, als würde sie ein Lachen unterdrücken.

»Mensch, Scheiße«, sage ich und lege auf.

Herr Wiegels! Dieser Iwan heißt ja noch nicht mal Iwan, und seine Vorfahren sind in etwa so russisch wie meine. Er ist Sachse oder Thüringer oder was weiß ich. Iwan ist ein Kampfname, den er sich irgendwann zugelegt hat. Absolut lächerlich.

In einem zu großen weißen Bademantel und einer exakt passenden grauen Badehose mit schwarzen Streifen gehe ich durch den Flur der Klinik. Kein Mensch ist zu sehen. Entweder ist hier keiner, oder die sind wirklich alle beim Brotbacken oder beim Rhönradfahren. Mich beruhigt das hier alles. Das viele Licht, das Holz, die Stille. Oder es sediert mich, ich bin mir nicht sicher.

Die Sauna liegt im Garten, und ich bin fast überrascht vom hellen Blau des Pools und dem Grün der Wiese drum herum. Der Pool ist vom selben Holz umgeben, aus dem das ganze Gebäude gebaut ist, und das überschwappende Wasser färbt es an einigen Stellen dunkel. Die Liegen, auf denen jeweils eine gefaltete Decke an exakt der gleichen Stelle liegt, sind leer. Ich gehe in das großzügige Saunagebäude, das wie ein Bunker in einen Hügel gebaut ist, und überlege, ob ich die Badehose ausziehen soll. Wird das hier eine Schwanzlängenvergleichsnummer oder was? Aber ich bin jetzt schon so weit gegangen, dass mir das auch egal ist. Ich ziehe die Hose aus und binde mir das Handtuch um die Hüfte.

Darüber bin ich dann sehr froh, als ich die Sauna betrete, denn neben Iwan sitzt eine junge Frau, sehr jung, sehr schön und sehr nackt. Ihre dunklen Haare fallen über ihre rechte Schulter und enden kurz über ihren perfekten kleinen Brüsten. Iwan springt auf und schüttelt mir die Hand. Für einen kurzen Moment fürchte ich, er würde mich umarmen. Sein schweißüberströmter tätowierter Körper ist eher massig als fett, und wirklich viel hat er hier drinnen noch nicht abgenommen. Sein kahl rasierter Schädel glänzt. Erst jetzt fällt mir hinter ihm der spektakuläre Blick über den Pool und die Felder bis zum Wald auf und auch, dass die beiden mich durch die getönten Scheiben schon lange sehen konnten. Die Sauna ist außer uns leer.

»Dr. Piepenburg, ich freue mich, Sie zu sehen«, sagt Iwan, und ich halte mit einer Hand das Handtuch um meine Hüften fest. Ich will hier raus, aber schnell. Iwan drückt mich auf die Holzbank, sodass zwischen mir und dieser nackten Schönheit Platz für ihn bleibt. »Das ist Nicole, meine Assistentin«, sagt er ohne jede Ironie, und wir reichen uns vor seiner Brust die Hand. Sie nickt mir dabei freundlich zu. »Gefällt es Ihnen hier?«, fragt sie, und Iwan deutet durch die Scheibe in die Weite der Landschaft, so, als würde das alles ihm gehören. »Ist doch herrlich.«

Ich weiß wirklich nicht, was ich da antworten soll, und in dem Moment steht Nicole auf und geht langsam zur Tür. Ihr schmales Gesicht ist gerötet, ihre roten Fußnägel leuchten auf den hellen Fliesen, und ihre Möse ist rasiert. Nur ein schmaler Streifen Haare steht noch darüber. Sie bewegt sich mit einer großen Natürlichkeit, so, als wäre sie nicht nackt, oder so, als wäre sie immer nackt. Als ihr kleiner runder Hintern aus dem Türrahmen verschwunden ist, sagt Iwan: »Dann können wir ja zum Geschäft kommen.«

»Verheimlichen Sie Ihre Geschäfte vor Ihrer Assistentin?«, frage ich, und Iwan lacht laut und klopft mir auf den Rücken, als hätte ich mich verschluckt. »Sie sind mir schon ein Kollege, Dr. Piepenburg. Muss ich wirklich sagen.« Eigentlich fehlt nur, dass er mich spielerisch in den Schwitzkasten nimmt.

Drei Stunden später schlurfe ich über die Kiesel des Parkplatzes zu meinem Auto. Ich habe mich von diesem Irren noch zu einem Abendessen im benachbarten Dorfgasthof nötigen lassen, und der ganze salzlos gedünstete Hokuspokus in der Klinik verlor dort endgültig seinen Sinn. Iwan aß einen gewaltigen Schweinebraten, trank dazu Bier und danach Mirabellenschnaps, und auch ich ließ mich nicht lumpen. Vielleicht, weil diese Nicole die ganze Zeit dabeisaß und mir auch während des Essens nicht klar wurde, in welchem Verhältnis sie zu diesem dicken Sachsen steht. Es gab keine Körperlichkeit zwischen den beiden. Sie saß einfach nur da. In einer engen blauen Jeans, einer weißen Bluse und schwarzen Pumps. Sie sagte fast nichts, dafür erklärte mir Iwan ausführlich den Berliner Immobilienmarkt und seine Rolle darin. Für sein Projekt im Wedding, wie er sein Haus nannte, benutzte er Worte wie: »hochwertige Materialien«, »gediegener Komfort« und »Anlagemöglichkeit für Spitzenverdiener«.

Ich aß Wiener Schnitzel, trank erst einen Viertel Liter Riesling und dann noch einen und ließ mich von Iwan auch zum Mirabellenschnaps drängen, inklusive Zigaretten auf der Terrasse. Vielleicht, weil mir diese Nicole gefiel, vielleicht, weil ich aber auch nicht nach Hause wollte, weil da ja niemand mehr ist.

Iwan gab mir zum Schluss die Unterlagen seines Mietshauses im Wedding. Ich werfe sie auf den Beifahrersitz und sehe in die dunkler werdende Dämmerung vor mir. Die Felder und der angrenzende Wald verlieren langsam ihre Konturen. Ich stecke den Zündschlüssel ins Schloss, doch bevor ich umdrehen kann, sagt jemand hinter mir: »Willst du wirklich noch fahren, Piepenburg? Du stinkst wie 'ne Kneipe.«

Ich zucke zusammen und stoße mit dem Kopf gegen die Sonnenblende vor mir, die noch ausgeklappt ist. Im Rückspiegel sehe ich, dass jemand im dunklen Kapuzenpullover hinter mir sitzt. Mit verschränkten Armen. Ich erkenne nur den Rand der Kapuze, kein Gesicht. Da ist nur ein schwarzes Loch. Mein Herz rast bis hoch zum Hals. Ich brauche das Gesicht nicht zu sehen, ich brauche mich auch nicht umzudrehen. Ich weiß, wer da sitzt. Sofort weiß ich das.

2. Unten am Hafen

Als ich Daniel Rehmer das erste Mal sah, stand er ganz allein vor meiner Klasse in der Theodor-Körner-Schule. Es muss in der siebten gewesen sein, wir hatten gerade Englisch, und Daniel wurde von unserer Klassenlehrerin in den Raum gebracht. Ein großer schmaler Junge mit Seitenscheitel. Er trug einen dunkelblauen Anorak, in dem er etwas versank, und eine Jeans, und er sah niemanden an. Er guckte über uns hinweg, nach hinten, so, als wäre da keine Wand, sondern ein Wald oder das Meer.

Eine Woche später kannte ich seine Geschichte oder das, was über ihn erzählt wurde. Seine Mutter hatte ihn mit siebzehn geboren, noch als Krankenschwesternschülerin. Sie kam aus Plau am See und hatte dort wohl ein Verhältnis mit dem Chefarzt der Chirurgie gehabt, und als dieser erst von seiner Frau und dann von der Partei zur Rede gestellt wurde, musste Daniels Mutter gehen. Sie entschied sich für Rostock, für das Südstadtkrankenhaus, und von diesem bekam sie eine Ausbauwohnung unten am alten Hafen, in der östlichen Altstadt. Im Nachtjackenviertel, wie bei uns zu Hause die Gegend genannt wurde.

Meine Eltern hatten, während sie das alles an unserem weiß gedeckten Mittagstisch debattierten, keine Ahnung, was Wörter wie Verhältnis, Rummachen oder Flittchen mit mir und meinem vorpubertären Körper anstellten, und wenn, wäre es ihnen vermutlich auch egal gewesen. Mein Vater hielt seinen Kopf tief über den Teller gebeugt, wie ein Tier an der Tränke, und schmatzte leise. So sah man seine beginnende Glatze, aber nicht sein Gesicht und was er von der Geschichte hielt. Ich glaube, sie interessierte ihn nicht weiter, und er hörte sich das eben an, weil Zuhören zum gemeinsamen Mittagessen gehörte. Wenn er aufgegessen hatte, legte er das Besteck zusammen, schob den Teller ein Stück von sich, zog sich seinen Kittel mit unserem Namen drauf wieder an und verschwand zu seinen Shampoos und Seifen.

Wir wohnten in einer der alten Stadtvillen in der Steintor-Vorstadt. In der Herderstraße. Im ersten Stock unter uns lebte mein Großvater, der die Drogerie Piepenburg am Doberaner Platz schon von seinem Vater übernommen hatte. Das Geschäft hatte die Familie auch in den Sozialismus rübergerettet. Meine Mutter kochte jeden Tag das Mittagessen in der alten Villa, das sie meinem Großvater, der auch der Hausbesitzer war, als Erstes nach unten brachte. Wir aßen oben nach der Schule zu dritt. Ich war ein Einzelkind, und das war vermutlich die größte Schmach meiner Mutter, dass sie nach mir nie wieder schwanger wurde. »Aber wir haben ja uns, Mathilde«, pflegte mein Vater zu sagen. »Und einer ist besser als keiner.« Dieser eine war ich.

Meine Eltern taten eigentlich so, als würde es die DDR und ihren Sozialismus gar nicht geben. Sie ließen sich von den Westverwandten Uwe Johnson und Walter Kempowski mitbringen, hatten ein Abo fürs Theater und eines für die klassischen Konzerte, und was da unten am alten Hafen in den heruntergekommenen Häusern passierte, das ging uns nur etwas an, wenn es bei Kempowski stand. Uns ging es nämlich noch gold.

Daniel setzte sich ganz nach hinten rechts ans Fenster. Neben ihm saß niemand, und als unsere Klassenlehrerin fragte, ob sich jemand die Bank mit ihm teilen wollte, da hätte ich mich schon gern gemeldet, aber ich habe mich nicht getraut. Außerdem sagte Daniel schnell: »Ich sitze gern allein.« Das war das Erste, was ich von ihm hörte.

Er bekam dann gleich in der Hofpause was aufs Maul, von Jan Lehmann, dem Macker unserer Klasse. Es war besser, ihn nicht zum Feind zu haben. Sein Gesicht war schon voller Pickel, auf seinem Rücken waren sie sogar mandelgroß und violett. Er war in fast allen Fächern der Schlechteste, außer in Sport natürlich. Ich kann mich an eine Sportstunde erinnern, in der er über das lederne Pferd sprang, ohne sich darauf abzustützen. Er flog einfach darüber und fiel dahinter auf die Matte, der Lehrer konnte ihn nicht mehr auffangen. Ich kam immer nur bis zur Mitte des Pferdes. Da, wo man sich eigentlich abstützen sollte, da landete ich jedes Mal. Aber ich kam mit Jan klar, ich kam eigentlich mit allen klar. Einigermaßen.

»Was guckst du denn so blöd«, sagte Jan zu Daniel auf dem Schulhof, einer öden großen Sandfläche hinter dem gelben Klinkerbau. Er hatte ihn neben dem riesigen Kohlenhaufen, der da schon seit Wochen lag, abgepasst und ihn direkt angerempelt. Daniel antwortete nicht. Er war nicht viel kleiner als Jan, aber schmaler, und als der ihm eine reinhaute, schlug er sofort zurück. Er traf Jan nur an der Schulter – der hatte ihn an der Lippe erwischt, die aufgeplatzt war und blutete –, aber trotzdem klärte das die Verhältnisse. Dieses Zurückschlagen, sofort und ohne zu zögern. »Pass auf, Neuer!«, Jan drehte sich um und verschwand mit seiner Gang. Ich hätte Daniel gern ein Taschentuch gegeben, aber erstens hatte ich keines, und zweitens sah er nicht so aus, als würde er eines brauchen. »Du blutest«, sagte ich, und als wäre das nicht schon sinnlos genug, zeigte ich noch auf seine Lippe: »Da.« Er nickte: »Ich weiß.« Also drehte ich mich um und ging auch.

Es dauerte zwei Jahre, bis wir Freunde wurden. Ich war von Anfang an gern in seiner Nähe. Er redete nicht ständig über Mopeds, die Karren genannt wurden, oder Mädchen, die die Olschen genannt wurden und in deren Nähe die anderen Jungs meistens verstummten oder sehr laut wurden. Daniel redete eigentlich gar nicht, und auf meine wenigen vorsichtigen Angebote, die Nachmittage gemeinsam zu verbringen, sagte er: »Lass man, Piepenburg. Hab zu tun.« Was, blieb unklar. Er kam zur Schule und ging zu den Nachmittagsveranstaltungen, den FDJ-Versammlungen oder zum Sportfest, wenn er denn nicht krank war – und er war oft krank. In der Klasse wurde gemunkelt, er habe eigentlich nur keine Lust, und seine Schlampenmutter schreibe ihm die Entschuldigungsbriefe, wie er wolle.

Daniel hatte in den großen Ferien Geburtstag, feierte den aber nie. Aber er kam zu meinen Geburtstagen im Mai in die Herderstraße. Meine Mutter buk Kuchen, organisierte Spiele, und der Höhepunkt war ein Eisbecher, den sie mit einem brennenden Stück Würfelzucker garnierte. Den legte sie vorher in Weinbrand, und als wir anfingen, den lieber zu trinken, wurden Daniel und ich Freunde.

Wir hingen zusammen rum, weshalb, kann ich gar nicht mehr sagen. Vielleicht wollte er doch etwas von mir wissen, etwas für die Schule. Ich war im Unterricht viel besser als er, vor allem in Physik, Mathe und Chemie. »Das interessiert mich einen Scheiß«, sagte er, und es kann sein, dass mir das die Tür zur Wohnung in der östlichen Altstadt öffnete. Ich schlich da durch wie eine Katze, und seitdem verbrachten wir viel Zeit miteinander. Am Nachmittag fuhr ich mit dem Fahrrad am Steintor vorbei, an der alten Stadtmauer entlang und dann am Kuhtor runter über Kopfsteinpflaster ins Nachtjackenviertel. Die DDR ging in den späten Achtzigerjahren in die Knie, und in diesem Viertel lag sie schon am Boden. Die Häuser waren völlig heruntergekommen, der Putz bröckelte nicht, er war schon ab. Wer hier wohnte, bekam entweder keine andere Wohnung oder besetzte einen der vielen Leerstände. Der Staat hatte längst die Übersicht verloren. Arbeiter, Studenten, Rentner und Alkis teilten sich das Viertel.

Die Wohnung, die Daniel und seine Mutter dort in der Fischbank bewohnten, lag unterm Dach, hatte schräge Wände und Fenstergauben. Man konnte von hier oben die rotgeklinkerte Nikolaikirche sehen und die Petrikirche mit ihrem Turmstumpf, bei dem seit dem Krieg die hohe Messingspitze fehlte. Dahinter die Warnow mit dem alten Stadthafen, der auch verloren wirkte, seit es den großen Überseehafen in Petersdorf gab und hier nur noch ein paar kleinere Schiffe vor den alten Speichern lagen. Selbst die Fischer waren ja draußen in Marienehe. Die Möwen kreischten trotzdem vor dem Fenster. Manchmal lockten wir sie mit altem Brot an, und sie flogen fast ins Zimmer, fingen den Brocken im Flug und drehten ab.

Vom schäbigen Treppenhaus aus betrat man direkt die Küche, in der ein großer runder Tisch stand und ein altes, rot und blau bemaltes Küchenbüfett. Als ich das erste Mal zu Daniel kam, saß seine Mutter an diesem Tisch, hatte eine Tasse Kaffee vor sich und die Beine an den Körper auf den Stuhl gezogen. Sie trug einen Rock, und man konnte die Rückseite ihrer Oberschenkel sehen. Ich glaube, ich wurde rot, als ich ihr die Hand schüttelte.

»Und wer bist du?«, fragte sie, und ich antwortete: »Thomas, also. Aus Daniels Klasse.«

»Das ist Piepenburg, hab dir von ihm erzählt«, sagte Daniel und fragte, ob er auch einen Kaffee haben könne.

»Klar, musste dir nur selber machen. Ich hab heute schon genug Leute bedient. Wasser ist noch heiß«, sagte sie und sah mich dabei immer noch an: »Und du? Willst du auch einen Kaffee?«

Sie hatte lange dunkle Haare, die lockig waren, aber nicht diese Achtzigerjahre-Minilocken, die aussahen, als wäre der Kopf explodiert, nein, eher so große schwere, die ihr Gesicht einrahmten. Sie trug immer einen Lidstrich, der ihrem kleinen Gesicht etwas Katzenhaftes gab, und meistens waren ihre Lippen rot angemalt. Ich ließ mir einen Kaffee von Daniel geben und verbrannte mir an der dicken darauf schwimmenden Schicht den Mund. Meine Eltern hatten eine Maschine aus dem Westen.

Daniels Mutter war gerade Anfang dreißig, und die beiden benahmen sich eher wie Geschwister als wie Mutter und Sohn. Sie schob ihm auch noch die F6 rüber, und er nahm sich eine. Dann warf er mir die Schachtel zu, sodass ich gar keine andere Möglichkeit hatte, als mir eine anzustecken. Ich hatte schon ein paar Mal geraucht, es schmeckte mir überhaupt nicht, aber im Beisein dieser Frau die Zigarette nicht anzuzünden, war unmöglich. »So, ihr Süßen, jetzt mal raus aus der Küche«, sagte sie. »Ich will duschen.« Allein die Vorstellung, dass sie hinter dem roten Plastevorhang in der Küche duschte, während ich mit Daniel in seinem Zimmer nebenan saß und mit einem Kaugummi versuchte, den Zigarettengeschmack wieder loszuwerden, brachte mich um den Verstand.

»Wie sieht dat denn bei der ut?«, fragte meine Mutter

später. Sie lehnte dabei an einem der Schränke unserer neuen himmelblauen Einbauküche. Wie sollte ich ihr das erklären? Ihr, die da vor mir stand im braunen Cordrock und engen flaschengrünen Rollkragenpullover, der die Fässchenform ihres Körpers noch betonte. Sie sah mich durch ihre große runde, dunkle Brille an. Meine Mutter hatte nichts mit Daniels Mutter gemeinsam. Gar nichts. Aber das konnte ich ihr so natürlich nicht sagen, und daran war sie ja auch nicht interessiert. Sie wollte hören, ob in der Fischbank das Waschbecken geputzt war oder die Toilette. Ob es ordentlich war und aufgeräumt. Oder ob das so eine Möhlbude war, wie sie vermutete.

Ich sagte also: »Wie soll das aussehen? Normal.«

Meine Mutter guckte ratlos meinen Vater an, der am Küchentisch die *Ostsee-Zeitung* las, ohne uns zu beachten, und sagte in seine Richtung: »Normal, Jochen. Er nun wieder.« Und mein Vater knurrte: »Kinnings, nun lasst mich mal hier lesen, nich.«

Hätte ich den beiden erzählen sollen von der Silhouette New Yorks, die Daniel um die Eingangstür seines Zimmers gemalt hatte? In Schwarz, wie einen Scherenschnitt, und die Twin Towers waren nicht ganz parallel und sahen so ein bisschen aus wie das Victory-Zeichen. Hätte ich ihnen von dem olivgrünen Ohrensessel erzählen sollen, auf dem die elektrische Gitarre lag, die an seinen Doppeldeckkassettenrekorder gestöpselt war, und auf der er ewig spielte, während ich ewig rausgucken konnte dabei. Über die Dächer und das alte Hafenbecken bis zum Horizont und noch ein Stück weiter, so wie Daniel am ersten Tag, als er in unsere Klasse kam.

Und wie hätte ich ihr von Christines Zimmer erzählen sollen? Ich dachte immer als Christine an sie, auch wenn ich sie anfangs Frau Rehmer nannte. Bis sie meinte, das solle ich mal lassen, das würde sie so alt machen. Sollte ich ihr von den Matratzen erzählen, die in Christines Zimmer auf dem Boden lagen, daneben nur ein paar Kerzen auf Untertassen, eine Packung Streichhölzer und ein gelber Aschenbecher aus Glas? Das große Ölbild eines nackten schlafenden Kindes darüber und ein riesiger alter Schrank gegenüber an der Wand, in dem ihre ganzen Klamotten hingen. Sonst nichts. Ein paar Seidentücher über der Lampe. Ich weiß, was meine Mutter zu all dem gesagt hätte, und wollte es nicht hören.

Daniel war nicht wie ich, gar nicht. Er war am Anfang fast einen Kopf größer, und auch wenn sich das in der Pubertät langsam änderte und wir uns wenigstens da annäherten, so hatten wir nicht viel gemeinsam. Er las kaum Bücher, tat in der Schule nur so viel, dass er nicht sitzen blieb, und schien nichts zu wollen. Nichts, was in irgendeiner Zukunft lag. Nur kam er mir in dieser Schulklasse genauso falsch am Platz vor wie ich mir. Während ich aber versuchte, durch dauerndes Reden und Witzereißen in das Kollektiv einzutauchen, schwamm er auf dieser dünnen Wassersuppe wie ein Fettauge.

Mit Daniel konnte ich Fahrrad fahren, bis wir unsere Beine nicht mehr spürten. Unter dem Blätterdach der Allee, von Bad Doberan nach Heiligendamm, neben dem Molly her, der laut stampfend seine Dampfwolken in den Himmel schob. Mit Daniel konnte ich in der Ostsee baden, schon im Mai, wenn das Wasser stahlgrau war und auf der Haut brannte und die wenigen Menschen am Strand noch Jacken trugen. Ich konnte mit ihm in Warnemünde am Leuchtturm auf der Mole stehen, den großen Pötten nachgucken und eine Sehnsucht bekommen, dass es einen fast zerriss. Und wir mussten über nichts davon reden. Über fast nichts. Außer vielleicht: »Mann, ey, scheißkalt das Wasser.« Oder: »Der kommt aus Portugal.« Oder: »Lass uns was essen.« Den Rest wussten wir einfach so, zumindest dachte ich das, und Daniel schien es genauso zu gehen. Er war wie ein Teil von mir, der mir vorher gefehlt hatte.

Daniel kochte gern in der Küche unterm Dach, schon mit fünfzehn. Er briet Schnitzel und rollte Rouladen, machte Kartoffeln, Grünkohl oder Vanillepudding. Wir knackten uns zwei Hafenbräu auf, die wir Hafenbrühe nannten wie alle, und tranken sie mit hochgelegten Füßen auf dem runden Tisch seiner Mutter, die bei der Arbeit war im Südstadtkrankenhaus oder, was natürlich viel besser war, manchmal mit uns aß.

Das aufkommende Gerede in der Klasse, da kommen die Schwuliberts, beendete Daniel, indem er ein paar Wochen mit Katrin aus der 10b ging. Mit ihr auf dem Schulhof knutschte und auch tatsächlich mit ihr schlief. Katrin, die sich die Jeans mit der Kneifzange anziehen musste, so eng saßen die. »Die legt sich hin und macht die Beine breit, du steckst ihn rein, und das ist es schon«, sagte er am runden Tisch im Nachtjackenviertel, sah mich an und knackte sich eine Hafenbrühe auf. Er schob mir auch eine rüber, und da hätte ich schon gern ein bisschen mehr drüber gewusst, aber gesagt hat er nichts, und ich habe nicht gefragt. Ich traute mich nicht, weil ich noch nicht mal mit einem Mädchen geknutscht hatte, nur ein Mal mit der kleinen Antje im Kino, und das wirklich auch nur ein Mal. Sie hatte so ein kleines spitzes Gesicht wie ein Wellensittich, und es hat nur drei Sekunden gedauert. Länger haben wir es beide nicht ausgehalten und uns danach tagelang nicht angeguckt. Außerdem war ich eifersüchtig auf die Nähe zwischen

Daniel und Katrin, die plötzlich in den Hofpausen neben ihm stand oder eher auf ihm, auf seinen Schuhspitzen, und ihn ständig küsste. Wirklich ständig. Manchmal umarmte sie mich auch und nannte mich jetzt Piepenburg, wie Daniel, nicht mehr Thomas. Sie roch gut, wie ein Westpaket, und die Haut am Hals war so ziemlich das Weichste, was sich je an mich gedrückt hatte.

Aber nach ein paar Wochen war es wieder vorbei. Daniel schnickte auf dem Weg zur Schule einen Zigarettenstummel in den grauen Herbsthimmel, der qualmend einen Bogen auf die Straße machte: »Ist Schluss mit Katrin. Die ging mir auf die Nerven. Das habe ich ihr auch gesagt.« Daran zweifelte ich keine Sekunde. Daniel sagte wenig, aber wenn, dann immer geradeaus.

In der zehnten Klasse fing seine Mutter an, mit uns auszugehen. In die Studentenclubs der Stadt zum Tanzen, und als sie das das erste Mal tat, wusste ich nicht, was mich mehr erregte. Dass wir da reingingen, und mit ihr kamen wir immer rein, oder dass Christine dabei war. Wir gingen in den Club der Schiffstechniker, in den Club der Landtechniker, aber am allerliebsten gingen wir in den Club der Meliorationstechniker, den Meli. Das war eine alte Baracke in der Thierfelderstraße, in der Nähe der Mensa, oben in der Südstadt.

Meistens holten wir Christine vorher aus der Klinik ab. Sie arbeitete als Schwester auf der Orthopädie, und wenn wir gegen neun durch die schweren Schwingtüren der Station B12 gingen, kam mir das vor, als würden wir einen Saloon betreten. Auch wenn es scharf nach Desinfektionsmittel roch und hin und wieder eine Gestalt im Bademantel über den Flur humpelte. Das Nachtlicht war schon eingeschaltet, so ein Dämmerlicht, und Daniel und ich gingen in die Stationsküche und guckten, was die Patienten übrig gelassen hatten. Daniel machte aus den Resten etwas, einen Toast Hawaii ohne Ananas oder einen gebackenen Camembert ohne Paniermehl. Das aßen wir im Schwesternaufenthaltsraum mit Christine, die sich irgendwann umzog, vor ihrem Spind aus ihrem Schwesternkittel schlüpfte und plötzlich nur in Unterwäsche dastand, was mich in die Nähe einer Ohnmacht brachte. Ohne Schuhe wirkte sie noch kleiner, sie war schlank mit einer ganz leichten Rundung am Bauch und einer Handvoll Busen. Sie zog sich da um, als wären wir nicht da, sprühte sich *Impuls* unter die Achseln, beugte sich vor, wobei sich ihr perfekt runder Hintern rausschob, und sprühte noch etwas Spray in die Haare, die sie mit den Fingern vor dem Spiegel zurechtzupfte. Und ich saß auf einem ausgedienten, durchhängenden Sofa neben meinem besten Freund und zerlief wie der Käse auf meinem Teller. Bis Christine sagte: »Los, ihr Helden«, und wir rausgingen in die Nacht.

Vor dem Meli stand man erst einmal an. Unter Bäumen, weil die Baracke am Rande des Stadtparks hinter dem Ostseestadion lag. Am Einlass wurden wir manchmal gefragt, wie alt wir seien, und Christine antwortete: »Achtzehn, die Süßen«, und der bärtige Typ in Fleischerhemd und Trampern lächelte sie wissend an. Sie lächelte zurück und sah in solchen Situationen noch zarter und zerbrechlicher aus. Neben so einem Typen mit Bauch über dem Hosenbund.

Drinnen wummerten die Bässe. Es gab ein paar verschachtelte Räume, die Decke hing tief, alles war dunkel und laut. Christine begann sofort zu tanzen, und Daniel holte Getränke, zwei Bier und eine Grüne Wiese. Ich lehnte an der Pappwand der Baracke, an meiner Schulter hing Christines Jacke, ihre Handtasche hatte sie mir um den

Hals gehängt, als sie auf die kleine proppenvolle Tanzfläche gestürmt war. In diesem Gewirr aus zuckenden Armen und zurückgeworfenen Köpfen sah ich nur sie. Zwischen den bärtigen Männern, die hier an den normalen Bierabenden im Neonlicht allein vor großen Gläsern mit schalem Bier saßen, zwischen den Studenten und den paar Abiturienten von der Penne. Ich sah nur Christine oder Chrissi, wie sie von den anderen Krankenschwestern genannt wurde, im blitzenden Licht. Wie sie in ihrem schwarzen Strickkleid und hohen Stiefeln tanzte, am schönsten zu den drängenden Synthesizerklängen von Ann Clarks »Our Darkness«. Wie sie da jedes Mal, wenn die ersten Takte anschwellend aus den Boxen in den Raum zogen, verzückt und begeistert lächelte, ihre Katzenaugen schloss und lostanzte, und wie sie später auf mir saß, ich in ihr war und kam und ich dann doch nur wieder allein in meinem Zimmer in der Herderstraße aufwachte, mit Kopfschmerzen und einer feuchten Unterhose unter der Daunendecke. »Frühstück is fertich. Dreiviertel sieben, nich«, hörte ich den Kopf meines Vaters sagen, der durch den Spalt meiner Zimmertür gesteckt war. Ich schoss auf ihn mit einer Pumpgun, sein Kopf zerplatzte knallrot, und nur sein Hals, aus dem pulsierend Blut schoss, ragte noch in den Raum. Ich zog mich an, ging zum Frühstück.

Ab und zu hatte Christine einen Freund. Am Ende der neunten Klasse sah ich sie das erste Mal zusammen mit einem Mann. Er war älter als sie, trug ein hellgrünes Hemd mit langem spitzem Kragen, eine Brille mit Silberrahmen und breite Koteletten. Der blieb in seinem quietschgelben Dacia sitzen und wartete, und sie kam aus dem Haus in der Fischbank mit einer kleinen Reisetasche in der Hand. Die warf sie auf die Rückbank und strich ihm über die Haare, und er küsste sie gierig und selbstverständlich. Ich stand nur ein Stück entfernt und schloss mein Fahrrad an, aber sie hatte mich nicht gesehen.

Langsam stieg ich mit klopfendem Herzen die knarrenden Stufen hoch bis unters Dach. Als sei ich bei etwas erwischt worden. Daniel machte uns einen Strammen Max, und ich fragte ihn so beiläufig wie möglich, wer das gewesen sei. Die Fenster standen weit auf, der Himmel war hell und blau, und die Sommerhitze hing unter den schrägen Wänden. »Ihr Kerl«, sagte Daniel und ließ das Spiegelei auf mein Schinkenbrot gleiten. »Der hat sturmfrei. Seine Alte ist nicht da, und jetzt fahrn sie in die Datsche zum Bumsen.« Er sagte das mit weichem S und so, als hätte er »zum Äpfelpflücken« gesagt, und schmiss die Pfanne ins Spülbecken. »Was soll's, hab ich hier wenigstens auch sturmfrei.«

Ein Student, fast zehn Jahre jünger als Chrissi, wohnte einmal sogar für ein paar Wochen in der Wohnung. »Er ist zum Schmelzen, Jungs, ihr werdet sehen. Der sieht so zärtlich brutal aus«, sagte sie, als wir in den Meli gingen, wo sie ihn gleich treffen wollte, und dann umarmte sie uns beide, die wir rechts und links neben ihr gingen, warf die Beine nach vorne und schaukelte ein paar Mal hin und her. Er sah allerdings nur bescheuert aus, mit langen Haaren und einer Lederweste, aber sie war hin und weg.

Das funktionierte alles nie so richtig, es wurde nie ernst. Im Falle des Studenten, weil sich Daniel mit ihm prügelte, als Christine auf der Arbeit war, und sie ihn danach tatsächlich rausschmiss. Aber auch von den anderen blieb keiner richtig lange, und wir hatten sie wieder für uns.

Nach der Zehnten ging ich auf die EOS, um Abitur zu machen, das war gar keine Frage gewesen, genauso wie es für Daniel nie infrage gekommen wäre. Er war nicht dumm, aber froh, dass die Schule vorbei war, und begann eine Lehre als Koch im Hotel *Schwedischer Hof*. Das stand unten an der Warnow, dazwischen lag nur die vierspurige Straße Am Strande, und hatte schon bessere Zeiten gesehen, aber ich liebte es, Daniel dort zu besuchen. Nach der Schule fuhr ich mit dem Fahrrad hin und ging in dem alten vierstöckigen Haus, das neben den angrenzenden Plattenbauten stand, runter in den Keller, wo Daniel am Nachmittag mit einem Koch das Essen für den Abend vorbereitete. Es war dunkel hier und roch nach Gebratenem und Gesottenem. Durch die kleinen Fenster unter der Decke konnte man die Beine der vorbeigehenden Menschen sehen, und der Verkehr wogte wie das Meer.

Am Eingang der Küche, gleich hinter der Tür, gab es eine Bank für Besucher wie mich, und Daniel brachte mir etwas zu essen, ein Würzfleisch oder eine Soljanka. Er setzte sich in seiner weißen Uniform mit vor dem Bauch gebundenem Geschirrhandtuch neben mich und rauchte eine Zigarette. Er hatte schon im ersten Halbjahr der Lehre fünf Kilo zugenommen und geriet langsam aus den Fugen. Aber noch stand ihm das, und es war ihm offensichtlich egal.

»Wenn ich erst hier weg bin, Piepenburg. Du hättest auch lieber was lernen sollen. Was willst du denn mit dem doofen Abitur?«, sagte er jetzt immer wieder und guckte erst mit einem gewissen Stolz auf die Suppe, die ich auf den Knien balancierte, und dann in mein Gesicht. Das war sein Plan. Er wollte nicht abhauen in den Westen, es ging ihm nicht um die politische Situation, auch wenn ihn die DDR nervte mit ihrer alltäglichen Paranoia und Bevormundung. Daniel Rehmer wollte zur See fahren, wollte sich nach seiner Lehre bei der Handelsmarine bewerben und mit den großen Pötten um die Welt fahren. Als Smut.

Seine Chancen dafür lagen meiner Meinung nach bei null. Oder darunter. Seine Großeltern aus Plau fuhren regelmäßig in den Westen, und eine Tante aus Düsseldorf kam sogar jedes Jahr nach Rostock und besuchte ihn und seine Mutter in der Fischbank. Außerdem war seine Haltung zum Sozialismus mehr als wackelig. Sie würden ihn nie rauslassen, aber mich beschäftigte viel mehr, dass ich nicht hätte so reden können. Ich wusste überhaupt nicht, was ich wollte. Nicht die Drogerie übernehmen, klar, aber das sah mein Vater natürlich ganz anders. »Stoß dir mal in irgendeinem Studium die Hörner ab, nich. Aber denn? Da gibt's ja gar kein Vertun! Dat wär ja zu döschig. Wat du hier verdienst, kriechst du nirgends. Da wärst du ja mit 'm Klammerbüttel gepudert, nich.« Ich hätte ihm gern etwas entgegengesetzt, aber mir fiel nichts ein. Ich wusste nicht mal, wo ich meine Hörner lassen sollte.

Im Keller des *Schwedischen Hofs* schob ich die matschige Zitronenschale an den Tellerrand und schöpfte den letzten Rest der ukrainischen Soljanka auf meinen Löffel, die Schlampe unter den Suppen, wie Daniel das nannte. Sie schmeckte salzig, sauer und fett. Daniel hatte den Kopf an die Wand gelehnt und guckte durch das schmale Fenster über uns auf die Füße der Rostocker, so, als würde er auf das Meer sehen. Schließlich ging er wieder an seine riesigen Töpfe und Pfannen, ruckelte sie über den schmierigen Herd, und ich nahm mir eine der Zigaretten, die noch neben mir auf der Bank lagen. Alles, was Daniel tat, wirkte so sinnvoll, und hier unten fühlte man sich wie im Bauch eines Schiffes. Wenn Daniel das Essen für eine Bestellung fertig hatte, wurde es mit einem kleinen Fahrstuhl hoch in den Gastraum gefahren, wo es trostlos aussah, aber hier unten auf der Bank, das war ein sensationeller Platz. Ich trank noch eine Hafenbrühe, dann ging ich nach Hause in die Herderstraße und machte meine Hausaufgaben.

Daniel hatte eine Affäre mit einer der Kellnerinnen. Sie war nur ein paar Jahre älter, aber trotzdem schon verheiratet und hatte auch schon ein kleines Kind. Silke war unauffällig, eher klein, mit kurzen Haaren und einem runden Gesicht, ging aber ab wie Schmidts Katze, wenn man Daniels Aussagen trauen durfte. Wenn ich ihr manchmal auf dem Weg in den Keller begegnete, bekam ich Silke und Sex nicht zusammen. Sie trug eine weiße Bluse, einen schwarzen Rock, Gesundheitsschuhe und nickte mir kurz zu, so, als wüsste sie gar nicht recht, wer ich war. Daniel traf sich mit ihr manchmal in einem der leeren Hotelzimmer, wo sie die halbe Nacht blieben, bevor Silke wieder zurückmusste zu ihrem Mann, der als Schweißer auf der Neptun-Werft arbeitete.

Es muss so ein Abend gewesen sein, als ich in der Fischbank klingelte. Christine öffnete die Tür. Sie trug einen viel zu großen, beigen Männerbademantel. Man sah nicht einmal ihre Füße, so lang war der. Ihre Haare waren nass, und sie rubbelte sie trocken, während sie mit mir sprach. »Willst du zu Daniel, Großer?« Ich nickte. »Der ist nicht da. Hat er nicht Spätdienst?«

»Ich dachte nicht, nee, wir wollten eigentlich in die *Feuchte Geige*.«

Sie hob den Kopf, sah mich an und lächelte. »Da will ich auch hin. Vielleicht kommt er ja später nach?«

Ich setzte mich an den runden Küchentisch, rauchte und wartete, bis Christine angezogen war. Mein Herz klopfte so, dass ich dachte, man müsste es hören. Christine und ich waren eigentlich noch nie allein gewesen. Ich hörte den Fön aus ihrem Zimmer brummen. Die Küchenfenster waren vom Duschen beschlagen, eine Eisblume zerlief langsam in der rechten oberen Ecke. In dieser Küche war es feucht und kalt zugleich.

Wir gingen durch die Lohgerber Straße, vorbei an der Nikolaikirche und an der Petrikirche über den Alten Markt. Die Kopfsteine des Pflasters waren mit Raureif überzogen, der glitzerte und so fein getupft aussah, als hätte das jemand mit einem Pinsel aufgetragen. Hunderte kleine Kristallpilze. Christine hatte sich bei mir untergehakt, und auch wenn wir oft so gingen, war sonst eben Daniel auf der anderen Seite. Ihre Absätze schlugen auf das Pflaster, und das hallte durch die menschenleere Straße. Ich wusste absolut nicht, was ich sagen sollte, mein Hirn rotierte, innerlich fing ich immer wieder Sätze an, aber über meine Lippen kam kein Ton. Christine schien die Stille nicht zu stören, und wir gingen die Faule Straße runter Richtung Warnow bis zur *Feuchten Geige*. Die hieß eigentlich *Zur Gemütlichkeit*, und kein Mensch wusste, warum sie die *Feuchte Geige* genannt wurde.

Man betrat sie nicht von der Straße aus, sondern musste erst durch einen engen Hausflur, und von hier aus kam man in den schummrigen Gastraum, der winzig war, nur so groß wie ein Wohnzimmer. Eher lang als breit, mit einem Stummeltresen am Fenster zum Hof hin. Ich atmete auf, auch wenn die Luft zum Schneiden war, weil die Stille zwischen mir und Christine sich in den Kneipengeräuschen, dem Lachen, Reden, Gläserklirren, auflöste wie Zigarettenrauch.

Unter der Decke hingen jeweils an einem eigenen Nagel Tausende von Schlüsseln in Reih und Glied. An den Wänden war alter Krimskrams befestigt, Straßenschilder, Heiligenbilder und Sprüche wie: *Freude den Kommenden, Friede den Bleibenden, Segen den Scheidenden*. Betrieben wurde die *Geige* von einer alterslosen Frau, die sie schon von ihrem Vater übernommen hatte und die angeblich hinter dem Tresen aufgewachsen war.

Der Laden war proppenvoll wie immer. Es gab nur wenige Tische, und wir stellten uns einfach an die Wand zu Ralf, Rolf und Kuddel, die Christine begeistert begrüßten. Ralf hatte einen Eierkopf und eine Nickelbrille auf der Nase, überragte alle in der Kneipe wie ein Leuchtturm und trug unter seiner Latzhose ein gebatiktes lila Hemd. Wenige Monate später gehörte er mit Rolf und Kuddel, die beide eher breit waren und Vollbärte trugen, zu den Mitbegründern des *Neuen Forums* in Rostock. Noch etwas später erfuhr er, dass die beiden Vollbärte alles, aber auch alles, was sie besprochen hatten, direkt an die Stasi weiterleiteten. Aber das wussten wir da ja noch nicht.

Ich holte mir eine Hafenbrühe vom Tresen und für Chrissi einen Schoppen lieblichen Weißwein. Die Männer waren noch näher an sie herangerückt, was nicht nur an der Enge der Kneipe lag, aber Christine machte das offensichtlich nichts aus. Sie lachte, warf den Kopf dabei in den Nacken und nahm mir das Weinglas aus der Hand, ohne mich anzusehen. Erst als Ralf auf mich zeigte und sagte: »Ist aber groß geworden, dein Sohn«, sah sie mich wieder an.

»Das ist nicht mein Sohn, ihr Spinner.«

»Aber dann ist der doch viel zu jung für dich, Chrissi.« Kuddel schmiss sich weg vor Lachen.

Christine sah von ihm zu mir. »Findest du?«, fragte sie in die Runde und sah mich immer noch an. »Finde ich nicht«, sagte sie, nahm mein Gesicht in die Hand, zog mich zu sich herunter und kam immer dichter. Sie schloss die Augen und drückte ihre Lippen auf meine, die ich fest zusammengekniffen hatte und die sich durch die Berührung mit ihren wie von selbst lösten. Sie schob mir mit einer erstaunlichen Kraft ihre Zunge in den Mund, und ich erwiderte das nach kurzem Zögern, hörte das Schreien und Lachen der drei Männer nicht mehr, roch Christines Atem und berührte ihren Hinterkopf unter dem Pferdeschwanz. Ich hatte auch die Augen geschlossen und staunte, dass das alles viel einfacher war, als mit ihr allein durch die östliche Altstadt zu laufen.

Als sie mich nach einer gefühlten Ewigkeit wieder losließ, sagte sie zu den johlenden Männern: »Das ist mein Neuer«, und lehnte sich an meine Schulter.

3. Montagnacht

Einen Volvo zu fahren ist wie ein Schiff zu lenken. Ein großes Schiff. Einen Tanker. Ich starte den Wagen einfach und fahre vom Parkplatz. Die Reifen knirschen über die feinen weißen Kiesel, und der Wagen schwankt hier tatsächlich, senkt sich nach links und nach rechts. Daniel sagt nichts mehr nach diesem: »Willst du wirklich noch fahren, Piepenburg?« Sein Kopf liegt auf der Rückenlehne, und ich kann sein Gesicht auch im Licht der wenigen vorbeiziehenden Straßenlaternen nicht sehen. Ich fahre durch das Dorf und dann auf die Hauptstraße Richtung Zentrum.

Der Volvo arbeitet absolut zuverlässig. Mein Hirn läuft auch auf Hochtouren, aber es arbeitet wie eine Maschine, bei der die Räder nicht mehr ineinandergreifen. Sie drehen frei. Immer öfter gucke ich in den Rückspiegel und sehe Daniel dort hinten hängen, wie einen Toten. Meine Gedanken sind weiß, absolute Leere. Die ersten Ampeln kommen, es sieht schon wieder etwas nach Stadt aus hier. Ich muss mich stärker konzentrieren. Schalten, kuppeln, schalten. Der Alkohol übertreibt meine Bewegungen, es ist, als würde ich mich vom Beifahrersitz aus beobachten. Ich sollte nicht mehr fahren, das ist mir schon klar, aber seit ich vor fünfundzwanzig Jahren nach Berlin gekommen bin, wurde ich noch nicht ein einziges Mal von der Polizei kontrolliert, und ich glaube, ich könnte auch im Schlaf und betrunken fahren. Normalerweise würde ich nicht einmal darüber nachdenken.

Je mehr es Stadt wird und dieses Durcheinander von Feldern, Brachen, Baumärkten und Tankstellen endlich in regelmäßig geschlossene Häuserzeilen übergeht, desto strukturierter denke auch ich wieder.

»Wie hast du mich da gefunden?«, frage ich, und Daniel antwortet, ohne den Kopf zu heben. »Das ist die erste Frage nach zehn Jahren, Piepenburg?«

Ich ärgere mich, dass die Kopfstützen hinten im Kofferraum liegen, weil ich irgendeinen Scheiß für irgendwen transportieren musste. Sonst könnte der da gar nicht so liegen. »Wenn ich gewusst hätte, dass du jetzt zum Saufen in die Klinik fährst«, redet er weiter, »wäre ich dir nicht gefolgt.«

Ich muss lachen. Folgen konnte er mir ja eigentlich nur mit einem Taxi, und das heißt, er hat Geld. Oder mit einem Auto, aber dann würde das noch vor der Klinik stehen. Oder es wäre nicht seins, und es wäre ihm egal. Jemand anderem vermutlich nicht.

»Wie lange bleibst du?«, frage ich und gebe wieder Gas. »Also, ich meine, bleibst du überhaupt?«

»Kommt drauf an«, sagt Daniel, und ich überlege, ob ich wissen will, auf was es ankommt. Ich bin nicht sicher. Nur, dass ich ihn nicht mit zu mir nehmen möchte, da bin ich ziemlich sicher. Als würde er wissen, was ich denke, sagt er: »Ich brauche was zum Schlafen, und Hunger habe ich auch!«

Ich fahre Richtung Wedding. Mir ist, als würde das Auto den Weg ganz allein finden, und plötzlich weiß ich, wohin ich mit Daniel gehen werde. Sonnenklar ist mir das plötzlich in dieser lichtdurchzuckten Dunkelheit. Ich fahre bis zur Seestraße und biege hinter dem *Saray* ab. Eigentlich möchte ich auf das Parkdeck darüber, eine schmale Betonauffahrt führt da hoch, man kann sein Auto über einem Supermarkt parken und mit einem klapprigen Fahrstuhl in denselbigen runterfahren. Oder eben in das *Saray* essen gehen. Dieses Parkdeck sieht so verrottet und illegal aus wie vor zwanzig Jahren, als ich hier mit Daniel manchmal gewesen bin. *Zum Hühnerhugo* hat Daniel das genannt, nach irgendeinem Song, und dann sind wir mit seinem Strichachter hierhergefahren über die Bornholmer Brücke. Auch Daniel liebte dieses Parkdeck, das von einer dünnen Betonwand begrenzt wird und aussieht wie aus einem Mafia-Film, so, als würde hinter einer dieser parkenden Karren jemand hervorspringen und nicht lange fackeln. Womit auch immer.

Aber das Scheißparkdeck ist zu. Die Schranke ist unten, vermutlich weil der Supermarkt zu ist. Daher parke ich den Volvo einfach vor der Auffahrt, so, wie das schon ein paar andere Gäste gemacht haben, und wir steigen aus. Das heißt, ich steige aus, Daniel bleibt mit dem Kopf auf der Rückbank liegen, als wüsste er nicht längst, wo wir sind, und als würde er sich nicht freuen. Also mache ich ihm die Tür auf wie ein Chauffeur, und er schält sich aus dem Wagen. Sneaker, Jeans und dieser dunkle Kapuzenpullover.

»Mensch, ich hab dich da im Baum sitzen sehen. Vor dieser Idiotenklinik, aber ich wusste natürlich nicht, dass du das bist.«

Daniel grinst, er liebt solche Auftritte, immer schon hat er das geliebt, und dann lässt er sich von mir in den Arm nehmen und klopft mir dabei auf die Schulter, als hätten wir uns vor zwei Tagen das letzte Mal gesehen. Aber seine

Tränensäcke, seine Falten um die Augen und die grauen Brauen darüber lassen die vergangene Zeit ganz schnell erkennen. Auch er sieht an mir herunter: »Bist fett geworden, Piepenburg«, und ich muss daran denken, wie er damals im *Schwedischen Hof* aus dem Leim ging wie ein Hefekloß, und dass ihn das anscheinend überhaupt nicht störte. Jetzt sieht er durchtrainiert aus. Drahtig. Mich stört die kleine Plauze schon, die da über meinem Hosenbund hängt, und dieses wackelnde Gefühl, wenn ich daraufschlage, so wie jetzt, und Sachen sage wie: »Ja, was soll man machen.«

Daniel dreht sich zum *Saray*, das wie ein verlorenes Hafenrestaurant an der Seestraße Ecke Müllerstraße steht, einstöckig, so, als hätte es nichts zu tun mit den Mietskasernen des Weddings dahinter. Als wäre das ganze Viertel erst um dieses kleine Haus gebaut worden. Ein hellgrünes neonleuchtendes Band zieht sich oben einmal ums Gebäude, davor gibt es eine kleine, mit eingetopften Koniferen vom Bürgersteig abgetrennte Terrasse. Das Ganze ist eine bizarre Großstadt-Kleinstadt-Mischung, und wer sich hier draußen hinsetzt und den vierspurigen Verkehr der Seestraße an sich vorbeiballern lässt, darf kein Frischluftfanatiker sein.

Daniel betritt vor mir das Restaurant. Er lächelt, es gefällt ihm, wieder hier zu sein, das kann man sehen, und als die Köche, die mit ihren weißen Mützen hinter dem Glastresen stehen, uns begrüßen, streicht er seine Kapuze nach hinten. Sein Kopf ist kahl rasiert, man kann die Haarwurzeln unter der Kopfhaut erkennen und somit auch, dass er ohne Haarschneidemaschine eine Halbglatze hätte. Ich bleibe für einen Moment stehen und starre ihm auf die Ohren, die plötzlich hervorstehen wie Topfgriffe, und er streicht sich selbstvergessen über den Schädel und steuert auf den Tisch am Fenster zu, den ihm ein großer schmaler Kellner anbietet. Ich folge den beiden und setze mich Daniel gegenüber.

Wir sehen raus durch die großen Scheiben in den dunklen Wedding und auf die vorbeirasenden Autos, deren Strom durch die Ampelphase unterbrochen wird und wieder anschwillt. Als wir fast ein bisschen lange aus dem Fenster gucken, kommt der Kellner an unseren Tisch, legt die Karten vor uns hin und nickt einer türkischen Familie zu, die ein paar Tische hinter uns sitzt und offensichtlich zahlen möchte. Dann sieht er von mir zu Daniel, und der reicht die Karte, ohne reingeguckt zu haben, mit den Worten zurück: »Ein Efes und ein halbes Hähnchen.« Der Kellner nickt, und Daniel schiebt hinterher: »Mit schön Pommes dabei. Ketchup, Majo.« Der Kellner nickt immer noch mit demselben stoischen Gesichtsausdruck, aber ich muss lachen und weiß, dass das hier heute gut gehen wird mit uns. So haben wir das früher immer bestellt: mit schön Pommes dabei. Ich nicke nun und sage: »Für mich auch.« Eigentlich bin ich pappsatt, aber ich schaffe es nicht, hier zu sitzen und keinen halben Hahn zu essen. Der Kellner nickt wieder, und ich sage noch: »Aber kein Bier für mich, lieber ein Wasser und einen Kaffee, einen türkischen.«

»Haste genug gehabt?«, fragt Daniel, und ich winke ab. »So viel war es nun auch wieder nicht!«

Er grinst mich an, und ich grinse zurück: »Wo kommst du her?«

»Frankreich«, sagt er.

»Paris?«

»Nein, nee, nicht Paris.«

»Südfrankreich?«

»Ist mir zu süß da, Piepenburg, unerträglich.«

Der Kellner kommt und bringt die Getränke. Daniel gießt das Bier aus der Dose in sein Glas, trinkt es schnell leer, füllt es wieder und sieht mich an. Ich nippe an dem süßen, starken Kaffee, der ein bisschen nach Kardamom riecht. Bevor Daniel etwas sagt, frage ich: »Benutzt du meinen Pass noch?«

Daniel streicht über die Wasserperlen, die sich außen auf dem schmalen Glas gebildet haben: »Nein, der ist ja wohl abgelaufen.«

Der muss schon eine ganze Weile abgelaufen sein. Ich habe mich oft gefragt, was Daniel jetzt macht, ob er den Pass überhaupt noch braucht. Wenn je eine Ähnlichkeit zwischen uns bestanden hat, rein äußerlich, dann gibt es sie spätestens jetzt durch die fehlenden Haare nicht mehr. Ich habe mich immer noch nicht daran gewöhnt. Daniel sieht mit dieser kahlen Birne wie schlecht aus einem Foto ausgeschnitten aus. Aber in den Neunzigerjahren wurden wir oft gefragt, ob wir Brüder seien. Wir trugen die Haare damals beide halblang, zur Seite gescheitelt. Ich habe diese Ähnlichkeit nie gesehen, aber andere offensichtlich schon.

»Und Steffi und die Mädchen?« Daniel stellt die Frage, wie man einen Schlag setzt, wenn der Gegner die Deckung unten hat. Vielleicht kommt mir das aber auch nur so vor, denn warum soll er diese Frage nicht stellen? Volltreffer jedenfalls. Was soll ich sagen? Also verschlucke ich mich lieber am Kaffee, huste, und dann kommt der Kellner, der diese goldgelben, krossen, vor Fett triefenden halben Vögel vor uns abstellt und mir im Gehen noch auf den Rücken klopft. Freundlich, aufmunternd, väterlich. »Guten Appetit und schön langsam essen«, sagt er und lächelt nun auch unter seinem Seehundsbart.

»Alles gut«, sage ich. Wo hätte ich auch anfangen sollen? Bei unserem letzten Streit, bei dem tatsächlich Dinge durch die Luft flogen, wie ich es nicht für möglich gehalten habe. Eine Vase, die, von Stephanie geschleudert, gegen die Wand krachte und dort in tausend Stücke zerbarst. Und ich auch noch anfing zu lachen, weil das eben auch lustig aussah, sie im Bademantel, ein rotes Handtuch um die Haare gebunden zu einem hohen Turban, und von null auf hundert in weniger als acht Sekunden. Bamm, knallte die Vase an die Wand, und Stephanie sah aus, als würde sie sich nach dem nächsten Geschoss umsehen.

»Steffi« hat seit Jahren niemand mehr gesagt. Ich breche dem Hähnchen einen Flügel ab, lutsche das Fleisch vom Knochen und schiebe ein paar Pommes hinterher. »Und die Mädchen sind eher Damen inzwischen.«

Ich muss gar nicht mehr viel reden, weil Daniel übernimmt. Er schwärmt mir von der Bretagne vor, von einem Ort, der Saint-Malo heißt, und den er ausspricht wie eine Melodie. »Vorne am Kanal. Kennst du das?«, fragt er, und als ich mit den Schultern zucke, erzählt er, dass er sich dort erst versteckt und schwarz in einem Restaurant gearbeitet habe. »Ein ganzes Jahr lang. Als ich endlich sicher war, dass mich wohl wirklich keiner sucht, da waren wir schon ein Paar. Ich und Catherine. Tolle Frau!« Er wischt sich die fettigen Hände an der Serviette ab. »Die Chefin des *Café de l'Quest*. Das Café des Westens hat mir den Arsch gerettet, glaube es, Piepenburg, oder glaube es nicht.« Er lacht, und ich möchte es gern glauben. »Catherine und ich haben ein eigenes Restaurant aufgemacht. Also juristisch gehört es natürlich ihr. Einen richtig feinen Laden, würdest du mir gar nicht zutrauen, mein Alter. Direkt an der Stadtmauer.« Er nimmt einen Schluck Bier und sieht mich sehr zufrieden an. »Die Franzosen haben das ganze Städtchen nach dem Krieg wieder aufgebaut, inklusive der Stadtmauer. War alles zerbombt von den Alliierten, weil die Nazis den Ort nicht räumen wollten. Die haben ihn lieber von den Briten und Amis in Schutt und Asche legen lassen.« Daniel sieht mich an und sagt: »Und deine Heimatstadt hat jetzt die blauen Nazis gewählt, wie ich gelesen habe?« Er betont das so, als sei ich für fast ein Viertel AfD-Stimmen bei der Landtagswahl im letzten Jahr verantwortlich und als habe er nichts mehr mit Rostock zu tun. Als habe er nicht auch dort seine Jugend verbracht.

»Ist der Front National so viel besser?«, frage ich müde.

Daniel ballt die Faust: »Die Bretagne wählt immer noch rot.« Und dann lacht er laut und kehlig.

Nach dem Essen, als wir draußen in der Dunkelheit vor dem Auto stehen, wirkt Daniel auf mich schon wieder viel vertrauter, selbst an die fehlenden Haare habe ich mich gewöhnt. Er hat drei Efes getrunken, und wir haben ein bisschen die alten Zeiten aufleben lassen. Keine Fragen mehr nach meiner Familie, aber dafür habe ich noch viel von Saint-Malo gehört. Von den einzigartigen blauen Hummern, den Salzwiesenlämmern und den verschiedenen Muschelarten.

Ganz selbstverständlich stellt er sich nun neben die Beifahrertür, zieht eine Schachtel Lucky Strike aus der Tasche und bietet mir über das Autodach eine an.

»Nee, danke«, sage ich und steige ein.

Als er neben mir sitzt, fragt er: »Aber ich kann hier eine rauchen, oder nicht?«

Ich starte den Wagen und fahre los, sehe ihn dabei aus den Augenwinkeln an und sage: »Klar kannst du.« So, als wäre das ganz normal. Ich kenne niemanden mehr, der im Auto raucht.

Wir fahren ein Stück die Seestraße hoch, und ich frage mich, wie Daniel das hier alles sieht. An was er sich erinnert und was sich wie verändert hat. Das Radio hat er laut gedreht, ein rhythmischer Popsong beteuert, dass man kein Geld brauche, um heute Abend Spaß zu haben. Die Scheiben sind runtergedreht, und Daniel hat seine Füße gegen das Handschuhfach gestemmt. »Baby, I don't need dollar bills to have fun tonight.«

»Wo fahren wir hin, Piepenburg?«, fragt er. »Ihr wohnt doch jetzt bitte nicht irgendwo am Stadtrand hinter Treptow oder so?«

»Nein«, sage ich, wende auf der Seestraße und fahre wieder zurück. »Wir fahren auch nicht zu uns.«

»O.k.«, sagt er und zündet sich noch eine Zigarette an. Auf der Müllerstraße fängt er mit zwei jungen Mädchen, die neben uns an der Ampel stehen und den gleichen Song viel lauter im Radio hören als wir, zu flirten an. Die Fahrerin hat ihre schwarzen Haare hochgesteckt, Pilotenbrille darüber, und ihr Mund leuchtet knallrot im schmalen Gesicht. Höchstens fünfundzwanzig. Die beiden fahren so einen dieser aufgepumpten Mini-Cabrios, und als es Grün wird, geben sie Vollgas. Ich lass mich nicht lumpen, hole alles aus dem Volvo und bleib fast auf ihrer Höhe. Daniel lacht und ist sauer, als ich sie an der Schulstraße bei Gelb davonziehen lasse. Vermutlich habe ich immer noch mehr als 0,8 Promille. »Du bist ein Idiot, Piepenburg«, sagt Daniel, und mir rutscht beinahe: »Ich bin kein Idiot. Ich bin fast fünfzig!« raus, aber jetzt kann ich wieder denken und antworte stattdessen: »Alter, ich habe noch Rest aus der Klinik. Ich bin nicht scharf aufs Pusten.«

Ich biege rechts in die Ruheplatzstraße ein und erkenne das Haus sofort, Iwan hat es gut beschrieben. »An der Ecke vorn haben so Spinner einen großen Garten angelegt, und dann noch ein Stück auf der anderen Straßenseite neben 'ner Lücke. Die hab ich auch gekauft«, hat er gesagt. »Im Nachbarhaus ist 'ne Kneipe: Blaue Meise, grüner Vogel, roter Kakadu, so was.«

Ich stell mich in eine Einfahrt, schalte die Warnblinkanlage an und steige aus. »Hier?«, fragt Daniel und guckt die Fassade hoch. Jahrhundertwende, der Stuck ist auf einer Seite abgeschlagen und auf der anderen Seite auch nicht besonders gut erhalten.

»Yep«, sage ich und hole meinen alten Schlafsack hinten aus dem Kofferraum, der da von meinem letzten Angelausflug liegt.

Daniel ist in den Dönerladen gegenüber gegangen und kommt mit einem Sixpack *Beck's* wieder raus. Über seiner Schulter baumelt ein grüner Seesack, den hatte ich vorher hinten auf der Rückbank gar nicht gesehen.

Ich nehme den Schlüsselbund von Iwan, an dem die Schlüssel von den drei leer stehenden Wohnungen sind, und frage: »Vorderhaus oder Hinterhaus?«

Daniel grinst: »Na, Vorderhaus, wenn ich schon die Wahl habe.«

Die Haustür ist offen, und der Lichtschalter leuchtet rot. Im Eingangsbereich gibt es türkise Kacheln, eine schmale Treppe führt nach oben. Ein paar der gedrechselten Säulen im Geländer fehlen, die Treppen sind durchgetreten und knarren. Ich frage mich, ob Iwan das alles rausschmeißt oder ob er das hier stilecht sanieren will. Vermutlich haut er alles raus. Im ersten Stock ist die linke Wohnung frei, das sieht man sofort. Durch die Nachbartür dringt laute Musik.

Ich fummele ein bisschen am Schlüsselbund rum, Daniel steht hinter mir. »Ist das dein Haus, Piepenburg?«

»Nee, das gehört 'nem Kollegen«, sage ich und muss grinsen, weil das Iwan ja zu mir gesagt hat: »Sie sind mir schon ein Kollege, Dr. Piepenburg.« Endlich passt einer der Schlüssel, und ich stoße die Tür auf. Wir gehen rein, ich klicke an einem Lichtschalter, aber nichts passiert. Vermutlich ist der Strom abgestellt. Es riecht ein bisschen muffig. Im Flur hängt ein grauer billiger Sicherungskasten. Ich drücke die Hauptsicherung rein, und in der Küche, die am Ende des kurzen schmalen Flurs liegt, leuchtet eine Lampe auf. So, als wäre jemand da. Daniel guckt mich anerkennend an und geht vor. In dem Raum hängt eine nackte Glühlampe von der Decke. Vor dem Fenster stehen ein hellblauer quadratischer Sprelacart-Tisch, zwei weinrote Kunstlederstühle sowie ein abgedeckter Gasherd. Sonst ist der Raum leer. Im großen Zimmer daneben lehnt eine schmale Matratze an der Wand, in der Ecke liegt eine dicke Rolle alter Teppichboden. Auf den Ochsenblutdielen sind noch Klebstoffspuren zu sehen.

Daniel öffnet das Fenster, stellt den Sixpack aufs Fensterbrett, setzt sich daneben und schwingt die Beine nach draußen. »Nicht schlecht, nicht schlecht. Muss ich zugeben.« Mit zwei Fingern fummelt er eine Zigarette aus der Tasche und zündet sie an.

Ich stelle mich neben ihn und sehe hinunter in den dunklen Garten an der Ecke Schulstraße: kleine Beete, ein Gewächshaus. Fast dörflich sieht das da unten aus. Auf der breiten Straße daneben dröhnt allerdings der Verkehr, und dahinter ist der Backsteinturm der Neuen Nazarethkirche auf dem Leopoldplatz zu sehen. Ich muss an den dicken nackten Iwan denken und seine »Anlagemöglichkeit für

Spitzenverdiener«. In der Nachbarschaft gibt es fast ausschließlich Siebzigerjahre-Bauten. Aber verkauft bekommt er das ohne Frage. Fragt sich nur, was er mit Spitzenverdiener meint.

Daniel bietet mir eines seiner Biere an. Ich hebe dankend die Hand. »Brauchst du Geld?«, frage ich eher beiläufig.

Daniel sieht raus auf die Straße und baumelt mit den Beinen. »Nee, wieso?«

»Gut, ich geh jetzt mal. Hast du meine Handynummer?«

»Woher soll ich die haben? Oder ist das noch die alte?« Daniel guckt immer noch aus dem Fenster. Die Frage nach dem Geld hat ihn offensichtlich verunsichert, und das sollte sie ja auch. Aber vielleicht stimmt das alles mit dem schicken Restaurant in der Bretagne.

Ich lege meine Visitenkarte neben ihn aufs Fensterbrett und schlage ihm auf beide Schultern. »Na, bis bald, dann quatschen wir mal. Komm erst mal an.«

Er hebt die Arme, und der Rauch der Zigarette legt eine dünne Spur über seinen Kopf. Kurz dreht er sich um und grinst mich an: »Ja, und danke. Superbude!«

Ich bleibe im Flur noch einmal stehen. »Wenn hier jemand kommt und Fragen stellt, sag einfach, das wäre mit mir und Iwan abgesprochen.«

Daniel schwingt ein Bein wieder in das leere Zimmer und stützt sich auf die Oberschenkel. »Iwan? Arbeitest du jetzt im Drogenmilieu? Mädchenhandel? Oder was?«

»Witzig, wirklich witzig«, sage ich und gehe.

Das Botschaftsviertel ist still. Als ich den Motor abstelle, beginnt eine Nachtigall zu singen, kurz die Tonleiter hoch und wieder runter. Diese Vögel imitieren eigentlich andere Vögel, denke ich. Wen imitiert wohl diese Nachtigall?

Amsel, Drossel, Fink oder Star? Von jedem ein bisschen, und wonach entscheidet sie das? Erkennen sich die anderen Vögel im Gesang wieder, schlafen die jetzt wirklich, oder hören sie nur still auf irgendeinem Ast der nächtlichen Sängerin zu?

Das Haus ist immer noch verwaist. Natürlich. Ich gehe durch die Küche, ohne Licht zu machen. Greife mir die Zigarettenschachtel neben der Kaffeemaschine und einen Riesling von der Saar, der sicher besser sein wird als der, den ich beim Dicken Iwan getrunken habe. Ich sehe seinen massigen Körper vor mir und drücke mir den kalten Flaschenboden auf den eigenen Bauch. Die Nachtigall singt manisch und absurd laut. Ich zünde mir eine Zigarette an und greife nach meinem Handy. Der Familienchat schweigt seit einer Woche, aber Nina ist online. Meine Frau das letzte Mal vor zwei Stunden und Miriam vor zehn Minuten. Ich sehe Nina vor mir, wie sie hier im Haus auf dem Sofa im Wohnzimmer sitzt, in einer Schlafanzughose, mit kunstvoll zerzausten Haaren, und auf ihrem Handy rumwischt. Sie ist ein bisschen kleiner als Miriam, zarter und weicher, obwohl sie eine halbe Stunde vor ihrer Schwester geboren wurde. »Geht's dir gut, Süße?«, tippe ich schnell, und sie antwortet tatsächlich. »Gute Nacht, Papa«, leuchtet es mit diesem seufzenden Geräusch auf meinem Handy auf. Bevor ich etwas antworten kann, ist sie schon offline. Aber immerhin. »Gute Nacht, Nina«, sage ich so nur zur Nachtigall und nehme einen Schluck vom Riesling.

4. Raus

Daniel wurde am 1. Januar 1992 entlassen. Allerdings ohne es erst mal zu registrieren. Er arbeitete noch zwei Tage im *Schwedischen Hof*, bis die gesamte Belegschaft merkte, dass alle Konten des Hotels leer geräumt waren und der neue Besitzer aus Kiel, der das alte Haus und das Grundstück maximal belastet hatte, mit dem Geld verschwunden war. Daniel räumte seinen Spind leer und kam nach Hause wie in einem englischen Sozialdrama. Er stellte seine Tasche neben den Herd, setzte sich an den Tisch und zündete sich noch in seiner Cordwinterjacke und seiner Russentschapka mit den Fellklappen über den Ohren eine Zigarette an.

Ich sah ihn an: »Und was machst du jetzt?«

Er blickte mich an, als würde er erst jetzt merken, dass ich auch im Raum war. Dann sah er hinaus in den diesigen Januarhimmel und sagte: »Nichts. Ich mach jetzt erst mal gar nichts.«

Wir wohnten seit zwei Jahren zusammen, seit dem Auszug von Daniels Mutter aus der Wohnung in der Fischbank im Herbst 1989, einen Monat nach dem Mauerfall. Während die anderen Ostler mit ihren hundert D-Mark Begrüßungsgeld durch die westdeutschen Einkaufsstraßen taumelten, fuhr Christine mit dem Zug nach Hamburg und erkundigte sich nach einer freien Stelle als Krankenschwester. Im Allgemeinen Krankenhaus Altona nahm man sie mit

Kusshand. Sie ließ Daniel in ihren Rostocker Mietvertrag eintragen und verschwand.

Vorher hatten wir noch einmal zusammen in ihrer Küche gesessen, ich in meiner grauen Armeeuniform. Ein Jahr lang war ich schon in der Kaserne in Gelbensande und riss diesen schwachsinnigen Grundwehrdienst runter. An diesem Sonntag Ende November hatte ich nur Tagesausgang und musste zum Zapfenstreich wieder drin sein. Eine dicke rote Kerze brannte flackernd auf dem Küchentisch, und wir aßen Mandarinen. Zwei große Netze lagen auf dem Tisch, und vor jedem von uns türmte sich ein Schalenberg. Christine trug eine hellgrüne Bommelmütze, unter der ihre schwarzen Locken hervorquollen, und eine enge weiße Bluse, darüber einen schwarzen Pullover. Es war scheißkalt in der Küche. Wir tranken Kaffee, und sie goss jedem von uns eine Goldkrone in die schwarze Brühe. Sie sah uns nacheinander an, wie bei einer Prüfung: »Jungs, was soll das? Warum kommt ihr nicht mit? Ihr findet in Hamburg ganz schnell was.«

»Scheiße, wozu?« Daniel schlürfte seinen Kaffee.

»Ich denke, du willst zur See fahren, das kannst du in Hamburg auch. Und als Koch kriegst du da sowieso überall eine Stelle.«

»Das kann ich ja immer noch machen«, sagte Daniel, und ich war erstaunt, dass er so redete. Er war bei den wöchentlichen Demonstrationen des *Neuen Forums* zwar mitgelaufen, aber er hatte nie so gewirkt, als würde ihn das alles wirklich interessieren. Ganz im Gegensatz zu mir. Ich saß da in dieser Kaserne gefangen und durchforstete jeden Tag das *Neue Deutschland* nach irgendwelchen Anzeichen für Veränderungen im Land. Seit die Mauer gefallen war, geschah alles im Eiltempo. In der Kaserne fraßen erst die

Offiziere Kreide und etwas später auch die Unteroffiziere. Wer gestern noch die Macht hatte, saß morgen im Knast.

»Und wenn das alle machen?«, fragte ich und sah Christine an. »Wenn alle gehen? Was wird dann aus dem hier? Aus Rostock und allem?«

Sie schüttelte den Kopf, und der Bommel auf ihrer Mütze zitterte leicht. »Das machen aber nicht alle, Piepenburg. Das machen nur die Schlauen. Die andern bleiben hier sitzen und warten ab. Und irgendwann kommt der böse Wolf und frisst sie.« Sie lachte, und ihre Katzenaugen wurden zu noch engeren Schlitzen. »Deine Armeezeit wäre zu Ende, wenn du rübergehst. Jetzt. Punkt. Das ist doch ganz einfach. Ein paar Wochen Auffanglager, und ihr seid raus.«

»Ich bleib hier«, sagte Daniel. »Warum soll ich gehen? Nach Hamburg kann ich doch jetzt jeden Tag fahren.«

Ich nickte. »Ja, genau.« Und ich frage mich bis heute, was ich gesagt hätte, wenn Daniel sich anders entschieden hätte und mit nach Hamburg gegangen wäre. Hätte ich dann mit den beiden in einer Wohnung in Altona gewohnt und Christine aus der Nähe angeschmachtet?

»Ach, euch ist nicht zu helfen, ihr kleinen Doofies.« Christine drückte ihre Zigarette auf einer Untertasse aus. Fast war ich froh, sie los zu sein, weil nach diesem Kuss in der *Feuchten Geige* nie wieder etwas passiert ist zwischen uns beiden, ich aber seitdem erst recht nicht mehr wusste, wo ich hingucken sollte, wenn ich mit ihr allein war.

Sie ging also nach Hamburg, und Daniel und ich hatten ab da eine eigene Wohnung. Ein paar Wochen nach ihrem Verschwinden entließ man mich aus der untergehenden NVA, und ich zog in Christines Zimmer. Ich lag in der ersten Nacht auf ihrer Matratze, die sie dagelassen hatte, genau wie den Schrank und die Tücher an der Wand. »Ich fang neu an«, hatte sie gesagt. »Der ganze Scheiß hier kann mir gestohlen bleiben.« Es war, als schwebte noch ihr Duft in der Luft, dabei kann das eigentlich nur ihr Zigarettenrauch gewesen sein. Nächtelang träumte ich von ihr, egal, ob ich wach war oder schlief. Aber das ging vorbei.

Ich holte ein paar Möbel aus meinem alten Kinderzimmer in der Herderstraße, meinen Schreibtisch, ein Regal und die Bücher. Mein Vater hatte für die Drogerie einen gebrauchten Transporter gekauft, einen Renault, und in den lud ich mit ihm die Sachen. Meine Mutter stand an den Türrahmen gelehnt und weinte tonlos, sodass ihre Brille beschlug. Ich ging an ihr vorbei, stellte den Karton mit den Büchern auf den Boden und nahm sie in den Arm: »Ich zieh nur in die östliche Altstadt, Mama.« Und da brach es aus ihr heraus, sie schluchzte laut auf, vergrub ihr Gesicht an meiner Schulter, und ich stand da, hilflos und peinlich berührt gleichzeitig. Mein Vater schleppte den Schreibtischstuhl an uns vorbei. Er trug den Drogeriekittel und sagte: »Mathilde, nun lass aber auch mal gut sein, nich. Der Junge ist ja nu erwachsen, und ich steh unten im Halteverbot.«

Er hielt viel von der Marktwirtschaft, mein Vater. Auch wenn Schlecker ihm Druck machte und bald auch Rossmann. Und vor allem die ständigen Reisen der Rostocker nach Hamburg oder Lübeck. Von den Butterfahrten auf der Ostsee ganz zu schweigen. Da gab es das, was mein Vater verkaufte, alles auch, und zwar zu »Kampfpreisen«, wie er zu sagen pflegte. »Muss man mit umgehen, nich«, sagte er, belastete unser Haus in der Herderstraße mit einer Hypothek und steckte das Geld in den Laden. Neue Regale, neue Kassen, neue Waren. Er stellte mich nach der Armee für ein paar Wochen an, und als ich immer noch keine Anstalten machte zu studieren, vermittelte er mich an Hermann

Rietenthiet, der eine alte Kaufhalle in Lütten Klein als Verkaufsstellenleiter übernommen hatte und jetzt für Sky auf Vordermann brachte, wie er sagte. Und zwar jeden Tag von früh bis spät, wie er auch nicht müde wurde zu betonen. Rietenthiet war fünfzig, klein und dick, rund wie eine Kugel auf kurzen Beinen, trug breite Koteletten und hatte die wenigen Haare über die Glatze gekämmt. Ein blauer Kamm steckte in der hinteren Hosentasche unter seinem Kittel, und immer, wenn er nicht weiterwusste, sich freute oder ein bisschen aufgeregt war, holte er diese Forke raus und zog sie sich ein paar Mal über den Schädel.

Eine Lehre als Einzelhandelskaufmann schien mir nicht völlig sinnlos zu sein und passte in mein Leben. Ich hatte genug Zeit für andere Dinge, für die Ostsee, den Meli und die Mädchen. Die Berufsschule machte ich auf einer Arschbacke. Außerdem war ich froh, wieder aus dem Laden meines Alten raus zu sein, ich hatte das Gefühl, ihm ging es ähnlich, und meine Mutter behielt an meinem letzten Arbeitstag zumindest ihre Tränen bei sich.

Im Sommer 1993 sollte ich fertig sein mit der Lehre, aber das würde erst in einem Jahr sein, und was ich danach machen sollte, wusste ich immer noch nicht. Seit Daniel nicht mehr in den *Schweden* ging, sondern Stütze kassierte und ab und zu schwarzarbeitete, redeten wir am Küchentisch in der Fischbank manchmal über eine Reise durch ganz Südamerika. In Mexiko anfangen und irgendwie runter bis nach Argentinien. Das wäre was, Piepenburg!

Eigentlich hatte ich damals auch gar keine Angst vor den Glatzen. Nicht in der Innenstadt jedenfalls. Da traf man sie so gut wie nie. Seit der Wende waren sie aus dem Boden geschossen wie Pilze, und so sahen sie auch aus, wie riesige weiße Champignons in Springerstiefeln. Aber in Lütten

Klein war das schon etwas anderes. Zu DDR-Zeiten waren die Neubaugebiete zwischen der Stadt und Warnemünde aufs freie Feld gestellt worden. Aufgereiht wie auf einer Perlenkette, entlang der Unterwarnow, standen da Viertel, die Schmarl hießen, Evershagen, Groß Klein, Lütten Klein und Lichtenhagen. Die waren eher klein, fast wie Dörfer, und nicht so mächtig wie Berlin Hellersdorf oder der Große Dreesch in Schwerin, wo sich der Beton kilometerweit türmte. Wer nach Warnemünde wollte, ans Meer, der bog am Schutower Ring rechts ab und fuhr über die Stadtautobahn vorbei an den Platten.

Ich fuhr anfangs noch mit der S-Bahn nach Lütten Klein, bis ich meinem Chef eines Abends bei der Inventur half und erst um zehn wieder den Doppelstockzug Richtung Altstadt nahm. Die Glatzen waren schon drin, als ich einstieg, aber ich hatte sie nicht bemerkt. Ich setzte mich in eines der leeren Viererabteile. In dem daneben saß ein Vietnamese, der eine umgedrehte blaue Basecap trug, und in dem hinter mir eine einzelne alte Frau, die in einer Zeitung las. Und dann kamen sie. Vier Stück. Alle in Jeans, Bomberjacke, Springerstiefeln. Einer mit einem ausrasierten Nacken und schwarzem Seitenscheitel, die anderen mit komplett kahlem Kopf. Zwei mit Baseballschlägern. Sie blieben an der Tür neben meinem Abteil stehen, und ich konnte nur noch denken: der Vietnamese oder ich, der Vietnamese oder ich. Oder wir beide. Ich hatte meine inzwischen schulterlangen Haare zum Zopf gebunden und passte auch klamottenmäßig in das Zeckenbild der Glatzen. Sie tranken Bier und glotzten uns an wie Zootiere. »Na, Mensch, 'n Fidschi und 'n Mädchen«, sagte der mit den wenigen Haaren und legte sein Kinn auf die Rückenlehne vor mir. Der Vietnamese starrte genau wie ich aus dem Fenster, als wäre nichts. Ich konnte sein Spiegelbild in meiner Scheibe sehen. Die Nazis schlugen mit ihren Baseballschlägern und den Stiefeln rhythmisch auf den Boden. Es hallte dumpf durch den Zug und durch meinen Schädel, in dem sich die Angst drehte wie in einem Strudel. Der Zug hielt in Evershagen, und die Glatzen stiegen aus, einfach so. Vorher warfen sie die Bierbüchsen in das Abteil des Vietnamesen, als wäre es ein Mülleimer. Die Bierreste spritzten und liefen auf den Boden. Lachend gingen sie den Bahnsteig entlang, und einer schlug im Vorbeilaufen mit der flachen Hand gegen die Scheibe vor mir. Mein Spiegelbild erzitterte, und ich bekam für Sekunden keine Luft mehr. Der Vietnamese schob die Bierbüchsen mit den Füßen unter die Bank vor sich und sah mich nicht an. Ich ihn auch nicht.

Also kaufte ich mir für ein paar Hunderter einen alten Trabant 601, grau mit himmelblauem Dach, und fuhr damit nach Lütten Klein. Zwischen unserer alten Kaufhalle und der etwa einen Kilometer entfernten S-Bahn lagen ein paar dieser fünfstöckigen Blöcke, jeweils gruppiert um eine kleine Wiese. Teppichstangenhinterhofglück. Zu DDR-Zeiten der Traum mit warmem Wasser und Zentralheizung für Familien, deren Ernährer im Hafen arbeiteten oder auf der Warnow-Werft. Zwanzig Prozent von denen waren inzwischen entlassen, für die blühte die Landschaft jetzt nur noch im Geranientopf auf dem Balkon. Aber: »Eingekauft wird immer«, sagte Hermann Rietenthiet und zog sich seine spärlichen Haare mit dem blauen Kamm über den Schädel. »Wir müssen uns um jeden Kunden bemühen, damit wir nicht alle an die Discounter verlieren.«

Genau das sagte er auch zu Kerstin, die eines Morgens um neun bei mir an der Kasse stand. Draußen fielen kinderfaustgroße Schneeflocken. Blonder Pferdeschwanz, blassblaue Augen, schmale Stirn, rotes Stirnband, roter Anorak und schwarze Jeans. Lippen leicht geschwungen und kleine enganliegende Ohren. »Rietenthiet, wo finde ich den?«, fragte sie und kaute Kaugummi.

»Ich bring dich, warte einen Moment.«

Sie gefiel mir gleich, wobei mir zu dieser Zeit eine Menge Mädchen gefielen. Meinen ersten Sex hatte ich noch vor der Armee im Studentenwohnheim mit einer Medizinstudentin gehabt, nach einer Meli-Nacht, an die ich mich kaum noch erinnerte. Länger als ein paar Monate aber hatte ich es mit keiner ausgehalten, oder sie nicht mit mir.

Ich lief mit Kerstin durch die Lebensmittelgänge zum Büro vom Chef, bedauerte es sehr, diesen idiotischen Kittel zu tragen, und fragte: »Was willst du von dem?«

Sie sah mich an, und zwar freundlicherweise so, als würde sie den Sky-Kittel nicht sehen: »Den Laden aufhübschen, hier bei euch.« Und dann lachte sie.

Kerstin musste ich nicht erobern, wir fielen uns noch am ersten Abend einfach in die Arme. Sie klebte Folien, stellte Pappwerbungen auf und malte Schilder. Wir hatten zur selben Zeit Feierabend, da war es draußen schon dunkelgrau. Sie stieg mit in meinen Traber und sah mich an. »Warnemünde?«, fragte ich und schob: »Hering essen?« hinterher.

Sie nickte und sagte: »Ja, warum nicht.«

Wir fuhren aus der Betoneinöde und aßen im *Räucherpott* am Alten Strom Grüne Heringe mit Bratkartoffeln. Ganz allein saßen wir da, und die Kneipe war so kalt, dass Kerstin ihren Anorak anbehielt. Die vertäuten Fischbrötchenbarkassen und Ausflugsdampfer schaukelten einsam vor dem Fenster, und die Möwen segelten gelangweilt oder standen griesgrämig auf einem Bein im Wind. Wir gingen nach dem Essen noch ein Stück über den schneebedeckten

Strand. Unsere Schritte knirschten, das Meer war schwärzer als die Nacht, und der Leuchtturm schickte rhythmisch seinen Lichtkegel über unsere Gesichter. Kerstin hakte sich bei mir ein, und wir rannten zum Auto, fuhren zurück in die Stadt und gingen direkt in den ST, den kleinen Club der Schiffstechniker in deren Wohnheimhochhaus in der Südstadt. Dort tanzten wir unter dem aufgehängten Steuerrad und den Fischernetzen einfach, bis Schluss war und das Licht anging. Tranken Cola-Wodka und küssten uns ein paar Mal, wie nebenbei.

Im Schneetreiben standen wir schließlich vor meiner Pappe, und Kerstin rief mir über das himmelblaue Dach zu: »Du willst doch wohl nicht noch fahren, Freundchen!« Und dann ließ sie sich in das Auto fallen, sagte: »Doch, willste hoffentlich. Ich geh keinen Schritt mehr.« Sie rülpste laut und lachte. »Komm, schnell nach Hause«, so, als wüsste sie, wo das ist, und hier küsste sie mich das erste Mal richtig.

Ich schlitterte im zweiten Gang durch die menschenleere Stadt in die Fischbank und parkte die Karre zwischen zwei Mülltonnen in einer Einfahrt. Wir wankten die Treppen zu mir hoch, und als ich Kerstin dabei küssen wollte, sagte sie: »Erst warm, dann küssen.« Und ließ sich von mir hochziehen. Oben war es zum Glück warm, Daniel hatte den Ofen geheizt, auch in meinem Zimmer. Er schlief schon.

Aber Kerstin hatte noch Hunger, und in der Küche war es ihr nicht warm genug. Auf gar keinen Fall. Also schmiss ich erst die Gasofenröhre an, und es wurde so schnell bollerwarm, dass die Scheiben beschlugen. Ich haute uns ein paar Spiegeleier in die Pfanne, schmierte Butterbrote und machte noch zwei Flaschen Bier auf zur Feier des Tages. Warsteiner, war gerade im Angebot bei Sky. Dabei waren wir so laut, dass Daniel aufwachte und plötzlich, ohne uns zu beachten, wie ein Geist in T-Shirt und Unterhose durch die Küche taperte und aus der Wohnung ging. Wir hörten die Klospülung rauschen, Geist Daniel kehrte wieder und verschwand wortlos in seinem Zimmer.

Kerstin sah ihm zu wie in einer Theateraufführung, aß noch einen Bissen, trank noch einen Schluck Bier und fiel mit ihrem Kopf in meinen Schoß. »Ich hatte noch so viel mit dir vor! Aber ich kann nicht mehr. Würklich nix mehr los.« Mein Schwanz, auf dem sie lag, wurde hart, und sie strich lachend drüber. »Feierabend, echt!«

Danach schlief sie wirklich ein, und ich trug sie rüber in mein Zimmer und legte sie auf meine Matratze. Zog ihr den Anorak aus und die Jeans. Sie trug eine Unterhose mit Rüschenrand und roten Herzen drauf. Ich legte mich neben sie und versuchte, sie noch einmal wachzuknutschen, aber das war hoffnungslos.

Der Frühling kam, und Kerstin blieb. Sie wohnte in Reutershagen, bei Oma Schubert zur Untermiete, aber die habe ich nie kennengelernt. Kerstin hat sie manchmal nachgemacht, schlang sich eine Decke um ihren nackten Körper, nahm eine Schaumkelle aus der Schublade, setzte meine Taucherbrille auf und schrie: »Keine Männersbesuche nach acht, mein Frölein! Damit Sie klarsehen und nicht frieren.«

Ich lachte und fragte: »Wie alt ist die denn?«

Und sie bog sich vor Lachen: »Hundert, bestimmt. Oder zweihundert!«

Daniel arbeitete in diesem Sommer schwarz auf dem Zeltplatz in Markgrafenheide. Das lag auf der anderen Seite der Warnow und war nicht so niedlich wie Warnemünde.

Man fuhr mit der Autofähre über den Fluss an der Hohen Düne und schließlich noch ein paar Kilometer Richtung Osten am Meer entlang. Der Ort war nicht der Rede wert, aber der Zeltplatz war einer der größten der DDR gewesen. Daniel kannte einen, der einen kannte, und der besorgte ihm die illegale Stelle im Kiosk. Es gab da Zeitungen, Kaffee, Bockwurst und Bier. Er bekam acht Mark pro Stunde und verkaufte noch ein paar Pullen Korn, die ich ihm zum Einkaufspreis aus dem Sky besorgte, an der Kasse vorbei. Es ging ihm gut, und die Sonne schien.

Der Kiosk stand an einem der Hauptwege des riesigen Zeltplatzes unter hohen Kiefern. Kurz vor den Dünen, auf denen sich der Strandhafer Richtung Himmel reckte und dahinter das Meer versprach. Auf der Tschechenwiese wohnten keine Tschechen mehr, weil die sich Deutschlandeinigvaterland seit der Einführung der D-Mark nicht mehr leisten konnten, aber nun verbrachten viele Einheimische ihren Sommerurlaub wieder an der Ostsee. Weil sie von Mallorca schon die Nase voll hatten oder dafür das Geld fehlte.

Kerstin und ich hatten den ganzen Sommer in Markgrafenheide ein lindgrünes Zweimannzelt stehen. Vorn am Meer und zahlten keinen Pfennig dafür. Daniel hatte das für uns klargemacht. Wir tranken morgens unseren Kaffee bei ihm am Kiosk und aßen ein belegtes Brötchen. Dann gingen wir an den Strand, und abends kurz vor Feierabend tranken wir am Kiosk ein erstes Bier. Rostock war nur einen Steinwurf entfernt. Man konnte vom Strand aus das Neptunhotel sehen und die Kräne der Warnow-Werft.

Als der Mob in Lichtenhagen das Sonnenblumenhaus anzündete, als sie die Vietnamesen, Jugoslawen, Rumänen und Afrikaner jagten und Brandbomben unter dem

Applaus der Nachbarn in die Fensterscheiben warfen, waren wir auch in Markgrafenheide. Kerstin und ich hatten zwei Wochen Ferien am Stück, und von der ersten Nacht in Lichtenhagen bekamen wir gar nichts mit. Es war still und friedlich auf dem Zeltplatz, während ein paar Kilometer weiter Menschen Menschen umbringen wollten und andere Menschen ihnen dabei zusahen und applaudierten. Seit Wochen war die Zentrale Aufnahmestelle für Asylsuchende im Sonnenblumenhaus in Lichtenhagen Thema in Rostock gewesen. Das Haus war zu klein oder der Andrang zu groß, und mehr Raum wollte man den Flüchtlingen in der Hansestadt nicht bieten. Das würde ja nur noch mehr Flüchtlinge anlocken, sagte der Innenminister des Landes. Die Zeitungen schrieben in diesem Sommer von Ausländern, die vor den Plattenbauten auf der Wiese hausten und in die Rabatten schissen. Zu lesen war von Flüchtlingen, die angeblich ihre Möbel zerhackten, anzündeten und Möwen darauf brieten, die sie auf dem Balkon gefangen hatten. Ein Hausmeister wollte das gesehen haben, mit eigenen Augen, und besorgte Bürger wurden zitiert, die in Leserbriefen androhten, selber für Ordnung zu sorgen in ihrem Viertel. Was die unter Ordnung verstanden, konnte man später im Fernsehen verfolgen. Tagelang.

Es war nicht so, dass uns das nicht interessierte. Aber es war auch nicht so, dass wir deswegen unseren Urlaub abbrachen. Vier Tage lang ging das dort, oder besser, vier Nächte. Am Montag hatte man auch die ehemaligen vietnamesischen Vertragsarbeiter vor ihren Nachbarn in Sicherheit gebracht, und in Lichtenhagen pinkelten ab sofort nur noch echte Deutsche an die Bäume. Drei Tage später musste ich wieder arbeiten in Lütten Klein, im Nachbarviertel.

Rietenthiet sortierte gerade das Geld für die Kassen und sah nur kurz auf, als ich an seinem Büro vorbeiging. »Ach, Thomas. Stimmt ja. Na, schönen Urlaub gehabt?« Ich nickte und ging mich umziehen. Niemand redete über das, was da vor ein paar Tagen vorgefallen war. Nur Skinny, der in der Getränkeabteilung arbeitete und so hieß, weil er sehr dünn und außerdem ein Skinhead war, wirkte noch aufgedrehter als sonst. Er trug ein ärmelloses Muskelshirt unter seinem Kittel und wuchtete die Kästen durch die Gegend. »Einer meiner besten Arbeiter«, pflegte Rietenthiet zu sagen und dass man in die Köpfe der jungen Leute nicht hineingucken könne. Das musste man bei Skinny auch nicht, »Deutschland den Deutschen« stand bei ihm auf dem Unterarm. In Frakturschrift. Auf dem rechten Schulterblatt trug er allerdings auch einen Che Guevara, weil er mit siebzehn in einem besetzten Haus bei mir um die Ecke gewohnt hatte, aber davon wollte er jetzt nichts mehr wissen, und den Che musste er ja auch nicht mehr sehen, der war ja hintendrauf.

Zum Feierabend kam Daniel vorbei. Er war mit dem Motorrad durch Lichtenhagen gefahren. »Totenstille im ganzen Viertel«, sagte er. »Nur an den Häusern siehst du noch die Rußflecken.«

Er ließ sich in einen der Campingstühle fallen, die ich hinten auf die Rampe an der Warenannahme gestellt hatte. Unter uns lag der Betonhof, auf dem tagsüber die Laster standen, die die Waren brachten. Eine Kleingartenkolonie schloss sich an das Kaufhallengelände an. Die Sonne hing über den Lauben und den dahinter sichtbaren Hochhäusern von Lichtenhagen wie eine aufgeschnittene Grapefruit. Wir saßen da oft und grillten das abgelaufene Fleisch aus dem Sky weg. Rietenthiet hatte nichts dagegen: »Bevor wir dat wechschmieten. Und wenn vorher die Arbeit gemacht ist, aber das bin ich ja nicht anders gewöhnt von dir, Thomas.« Auch in Lütten Klein war es still. Manchmal schlurfte eine Oma mit einem Hund vorbei, oder jemand fuhr mit dem Rad aus der Kleingartenanlage.

Daniel warf die *Bild*-Zeitung neben den Grill: »Kannste gleich mit verbrennen.« Die Titelzeile hieß: »Ihr müsst euch schämen.« Aber gemeint waren nicht die Schläger von Lichtenhagen oder ihr applaudierendes Publikum, auch nicht die Polizei, die die Vietnamesen stundenlang allein gelassen hatte mit dem tobenden Mob, sondern die Politiker in Bonn, die das Asylrecht immer noch nicht eingeschränkt hatten. Politisch Verfolgte genießen Asyl, so stand es noch im Grundgesetz, aber da könne ja jeder kommen.

Ich blies in die Flammen, und da kam Skinny auf die Rampe mit einer Sackkarre und drei Kästen Lübzer drauf. »Na, Adolf, wen geht ihr jetzt verhauen?«, fragte Daniel und trank einen Schluck von seinem Bier.

Skinny drehte sich nicht mal um. Aber als er mit der leeren Karre zurückkam, blieb er vor unseren Campingsesseln stehen und sah uns an. Er war in voller Uniform: Springerstiefel, Jeans, weißes T-Shirt, Bomberjacke. Trotz der Hitze. Eine kleine blaue Sonnenbrille klemmte über seinen Augenbrauen. »Wenn ihr glaubt, dass das jetzt vorbei ist, dass wieder Ruhe einkehrt, habt ihr euch geschnitten. Nur weil sie die Affen wieder in den Busch gefahren haben. Oder wo sie die verstecken. Das geht jetzt weiter, jeden Tag, das könnt ihr wissen. Und irgendwann brennen vielleicht auch eure Häuser, ihr Scheißzecken.« Er sah von Daniel zu mir und dann auf den Grill. »Und wenn ihr hier schön umsonst Fleisch fressen könnt, können wir das schon lange.« Er verschwand wieder im Markt.

Daniel sah Skinny hinterher. Er stand auf, trat seine Zigarette aus und ging auch in den Markt. Nach kurzer Zeit kam er wieder, setzte sich und grinste in sich hinein. Plötzlich hörte man Skinny gegen die Tür vom Kühlraum bollern. »Mach auf, du Wichser. Ey, mach die Scheißtür auf.«

Ich sah Daniel an, der die Schultern hochzog und feixte: »Er ist ja warm angezogen. Das wird er schon 'ne Weile aushalten.«

Ich stand auf und stocherte in der Glut des Grills herum. »Na ja, du musst ja auch nicht mit dem Idioten zusammenarbeiten.«

Daniel zündete sich eine Zigarette an, atmete tief ein und sagte, während er den Rauch ausstieß: »Aber du, du musst hier mit ihm arbeiten? Warum noch mal? Um vielleicht doch Papis Drogerie zu übernehmen?«

Die Glatzen kamen die Treppe zur Rampe hoch. Wir sahen sie erst in dem Moment, als sie schon fast oben waren. Ich hatte gerade das Fleisch auf den kleinen Grill gelegt. Sie standen vor uns, und ich bemerkte, wie sich Daniels Hände um die Lehnen schlossen und langsam wieder öffneten. Es waren fünf, wobei einer überhaupt nicht aussah wie ein Skinhead, eher wie ein Popper, und ein Mädchen war auch dabei. Die trug einen rotkarierten Minirock, hatte lange dunkle Haare und sah eigentlich ganz süß aus. Die drei anderen waren allerdings Prachtexemplare. Keine Haare, muskulös, Springerstiefel. Einer hatte ein Hakenkreuz auf den Handrücken tätowiert. Der sah uns kurz an und sagte: »Ach, du Scheiße.«

Das Mädchen verschränkte die Arme vor seinem bauchfreien weißen T-Shirt und fragte: »Wisst ihr, wo ...«, aber da hörte man Skinny wieder gegen die Tür bollern. »Mach auf, du Wichser.«

Ich sah Daniel an, doch der sah nicht zurück. Zwei Glatzen gingen in den Markt, und nach kurzer Zeit hörte man Skinnys Stimme deutlich lauter brüllen: »Ey, ich bring den um.«

In diesem Moment sprang Daniel von der Rampe, landete in der Hocke und rannte los. Einer der Skinheads legte mir seine Pranken auf die Schultern und drückte mich in den Campingstuhl, aber Skinny brüllte im Vorbeilaufen: »Lass den Piepenburg. Das war der andere. Ich bring den um.« Er sprang die Rampe runter und verfolgte Daniel. Die Hände verschwanden von meinen Schultern, und so rannten wir alle den beiden hinterher. Daniel hatte einen guten Vorsprung. Er war nicht in die Kleingartenanlage gelaufen, sondern vor zur großen Straße, und er war ein guter Läufer. Skinny kam ihm zwar näher, aber eigentlich dachte ich, dass er ihn nicht erreichen würde. Der Vorsprung war zu groß. Doch dann drehte Daniel sich im Laufen um und knallte mit der Schulter gegen ein Straßenschild, taumelte und fiel.

Sie schlugen sofort zu. Als erster Skinny, der mit dem rechten Fuß in den am Boden liegenden Daniel trat, wie in einen Sandsack. Mit kurzen harten Tritten. Auch die anderen traten ohne zu zögern zu, als sie Daniel erreichten. Nur das Mädchen nicht. Die stand daneben, pumpte nach Luft und sah aus, als würde sie das nicht zum ersten Mal sehen.

Daniel krümmte sich vor den Stiefeln zusammen. Aber wenn er sein Gesicht mit den Unterarmen schützte, traten sie ihm in die Nieren. Er bekam einen Stiefel Vollspann an die Wange, es knackte hohl. Seine Augenbraue war aufgeplatzt, und Blut rann ihm über das Gesicht. Auch die Nase blutete. Er wimmerte und versuchte weiter, sich zu schützen. Die vier Typen standen um ihn herum. Skinny brüllte als Einziger: »Ey du Sau, du dumme Sau.« Die anderen traten einfach nur zu. Und ich tat gar nichts.

Ich stand daneben, sah zu und traute mich definitiv nicht dazwischenzugehen. Als läge ich in Ketten und wäre geknebelt. Die Angst schnürte mir die Kehle zu. Kein Wort kam aus meinem Mund. Ich stand einfach nur da und starrte auf Daniel und die Stiefel, die auf ihn eintraten.

Abrupt drehte Daniel sich auf den Bauch, drückte sich auf alle viere, kam irgendwie auf die Beine und rannte taumelnd wieder los. Skinny trat nach ihm, traf ihn aber nicht und wollte hinterher, aber nach ein paar Metern blieb er stehen, als hätte er keine Lust mehr. Der Bürgersteig, wo eben Daniel gelegen hatte, war blutverschmiert.

Die anderen drehten sich auch um und gingen an mir vorbei, ohne mich anzusehen. Skinny schubste mich im Vorbeigehen vor die Brust und murmelte: »Penner.«

In diesem Moment verschwand Daniel hundert Meter weiter zwischen zwei Plattenbauten.

5. In den Wind

Die Wohnung in der Fischbank war jetzt leer, nur ich wohnte da noch. Daniel zog drei Wochen, nachdem er zusammengeschlagen worden war, nach Berlin. »Mit mir nicht mehr, Piepenburg«, sagte er. »Hier nicht mehr.« So, als hätte Rostock ihn zusammengeschlagen. Er hatte ein paar Tage Blut gepinkelt, sein Jochbein war gebrochen und auch sein Nasenbein. Das eine wuchs wieder zusammen, das andere ließ er nicht richten und hatte ab da einen kleinen Höcker auf dem Nasenrücken, der ihm durchaus stand.

Ein ehemaliger Kollege besorgte ihm eine Einraum-Hinterhofwohnung zur Untermiete in Mitte, in der Schlegelstraße nahe beim Nordbahnhof und um die Ecke vom Naturkundemuseum. Die Bude war trist, der Hauptmieter hatte ein Hochbett über die Eingangstür des Zimmers gebaut, und die Küche war komplett mit Kiefernholz verkleidet. Aus beiden Fenstern blickte man auf eine braune Klinkerbrandwand in drei Metern Entfernung.

Ich fuhr Daniel den Umzugswagen nach Berlin. Er machte mir wegen meiner Feigheit vor den Skins nie einen Vorwurf, aber ich weiß bis heute nicht, ob er das eigentlich mitbekommen hat. Zusammengekrümmt und blutend, wie er da lag, ob er mich überhaupt bemerkt hat? Wie ich da reglos stand und still. Ich sprach nie mit ihm darüber, aber mir blieb diese lähmende Angst in Erinnerung. Meine hängenden Arme und die schnellen Tritte der Glatzen.

Daniel war sich sicher, dass Lichtenhagen inszeniert worden war. »Und zwar von Kohl und der Landesregierung«, sagte er in der Küche der Schlegelstraße. Der Gasofen wärmte eine Fertigpizza, wir tranken beide Paderborner Pils aus Büchsen und saßen auf dem Boden vor der Paneelenwand in dieser ansonsten völlig leeren Küche. Er zeigte mit der rechten Hand, zwischen deren Fingern eine brennende Zigarette klemmte, auf mich: »Die randalieren da vier Tage, schmeißen Mollis, zünden die Häuser an. Die Bullen ziehen sich zurück und werden von den Nazis gejagt, spielen Schildkröte und kriegen Pflastersteine auf die Schilder? Hocken da wie kleine Kinder, wie Häschen in der Grube?« Er zog Rotz durch die immer noch leicht geschwollene Nase. »Ich lach mich schlapp, Alter. Und dann kommt …«, er hob den rechten Zeigefinger, die Kippe hing ihm zwischen den Lippen, und er kniff die Augen zu: »… der Seiters extra mit 'nem Hubschrauber aus Bonn, und am selben Abend zünden sie in Lichtenhagen auch noch die Vietnamesen an? Zufall, Piepenburg? Lächerlich!« Ich nahm einen Schluck Bier, lehnte meinen Kopf gegen das Kiefernholz, und Daniel schimpfte weiter: »Politisch Verfolgte genießen Asyl, wenn ich das schon hör. Dieses ganze Grundgesetz klingt so großartig. ›Die Würde des Menschen ist unantastbar.‹ Mensch, meine Würde ist schon angetastet, wenn ich den dicken Kohl nur sehe.«

»Ich glaube, Daniel braucht mal wieder eine richtige Freundin.« Kerstin sagte das im Bett, wir hatten gerade miteinander geschlafen und hingen beide unseren Gedanken nach. Sie lag nackt und warm auf mir, und eine Kerze brannte neben der Matratze auf einem Gurkenglasdeckel. Wir lagen im Wohnheim der FAK, der Fachschule für Angewandte Kunst in Heiligendamm. Seit Anfang Oktober studierte Kerstin hier Farbdesign, und auch wenn sie nicht so überraschend aus Rostock verschwunden war wie Daniel, so machte mir das mehr zu schaffen, als mir lieb war. Plötzlich wohnte ich allein in der Fischbank, und das gefiel mir gar nicht.

Die Fachschule war seit dem Kriegsende in einem alten Kinderheim untergebracht. Es gab einen Mädchenflügel und einen für die Jungen, aber die waren ja eigentlich Frauen und Männer, und es herrschte ein großes Durcheinander im ganzen Haus, das direkt an der Durchgangsstraße des Ortes stand. Spätestens in der Dusche trafen sich beide Geschlechter, und ich befürchtete, nicht nur da. Ich war eifersüchtig auf die Typen, die hier studierten. Die hatten alle was hinter sich, waren Tischler, Zimmermänner oder Schlosser und studierten nun Produktdesign, Farbdesign oder Innenarchitektur. Ich hingegen musste noch ein weiteres Jahr bei Rietenthiet die Regale auffüllen, Lieferungen annehmen und an der Kasse rumsitzen.

Wenn ich abends manchmal in der FAK anrief, klingelte das Telefon endlos. Es war ein grauer Münzfernsprecher, der im Flur zwischen Mädchen- und Jungentrakt hing. Hatte ich Glück, ging jemand vorbei und nahm den Hörer ab, und die meisten waren freundlich: »Kerstin Bruhns aus dem Ersten? Ach ja, warte mal, ich guck mal, ob sie da ist.« Und dann verschwand die Person, und ich hörte die Geräusche der Schule, das Lachen und Rennen über die Flure, die Musik und das Klirren von Flaschen. Während ich neben der Petrikirche am Alten Markt vor einem Kartentelefon stand, mir den Arsch abfror und zusah, wie mein Guthaben weniger wurde. Wenn sie Kerstin gefunden hatten und sie an den Hörer kam, freute sie sich auch und plapperte los von den Vorlesungen und ihrem Arbeitsplatz in einer der kleinen Baracken hinter dem Haus im Garten. Ich stand eigentlich nur da und hörte zu. Telefonieren war nicht so meins, und bald freute ich mich mehr über ihre Briefe, die sie in der Schule eher malte und klebte als schrieb. Segelnde Schwalben, tauchende Meerjungfrauen und manchmal ein Seemann, der mir ähnlich sah.

Die Kerze flackerte vor Kerstins Bett im Wohnheimzimmer. Wir waren geplant allein. Ihre Zimmermitbewohnerin, die alle nur Manne nannten, weil sie Krug mit Nachnamen hieß, war freundlicherweise für eine Nacht in ein anderes Zimmer gezogen. Sie war schon im zweiten Studienjahr und hatte vorher als Druckerin gearbeitet. Manne war fast so groß wie ich und hatte eine Frisur wie ein Helm: kurzer Pony, die Seiten kinnlang und hinten anrasiert. Sie verunsicherte mich etwas, obwohl sie freundlich war. Eigentlich verunsicherte mich die ganze FAK.

Ich schob die schweißnasse Kerstin von mir runter, steckte mir zwei Zigaretten in den Mund, zündete sie an und gab Kerstin eine. Sie stützte den Kopf auf die Hand, und ich fragte: »Warum braucht Daniel denn eine richtige Freundin?«

»Ach, weil ihm das guttun würde, glaube ich, und außerdem finde ich, dass Manne auch einen Freund gebrauchen könnte, oder nicht?«

Ich musste lachen und verschluckte mich am Rauch, setzte mich auf, und Kerstin schlug mir auf den Rücken. »O.k.«, sagte ich. »Du hast also schon konkrete Pläne!?«

Kerstin setzte sich hinter mich, lehnte sich an die Wand und zog mich an sich. Ihre Hände umfassten meine Brust.

In der Ecke neben der Tür stand ein Drache, auf dem eine große Möwe ihre Flügel spannte, für das Drachenfest am nächsten Tag. Ich hörte Kerstin einatmen, und dann sah ich ihren Rauch rechts neben mir vorbeiziehen. »Na, komm«, sagte sie, »die passen doch perfekt. So cool und kantig, wie die beide sind. Außen hart und innen butterweich. Außerdem wäre Daniel so öfter hier oben.«

Ich drehte mich zu ihr um. »Manne ist innen butterweich?«

»Aber hallo!« Kerstin küsste mich und griff nach meinem Schwanz.

Am nächsten Morgen stand ich wie verabredet um halb acht vor der FAK. Das große alte Haus war dunkel und still. Es war noch dämmrig, die Wolken hingen tief, und es nieselte leicht. Hinter den Bäumen vor mir wusste ich das Meer. Immer am 11.11. wurde an der Fachschule das Drachenfest gefeiert, seit Jahrzehnten, und die Studenten hatten die letzten drei Wochen freibekommen, um es vorzubereiten, die Drachen zu bauen, ein Theaterstück zu proben und den Partykeller auszugestalten.

Ich zündete mir eine Zigarette an und wartete neben meinem Trabant auf Manne. Sie hatte mich gefragt, ob ich eine kleine Spritztour mit ihr machen würde: »Im Dienste der Kunst, selbstverständlich.« Ein W50, beladen mit Kies, ballerte an mir vorbei Richtung Kühlungsborn, dann ging die Tür der Fachschule auf, und Manne erschien. Sie sah aus, als hätte sie einen Klamottencontainer geplündert: uralte hellblaue Adidas-Turnschuhe mit Farbspritzern, eine graue Jogginghose und ein grüner Pullover. Darüber eine Jeansjacke und einen gelben Ostfriesennerz, dessen Kapuze sie auf den Kopf gezogen hatte. An ihrem Arm baumelte eine große schwarze Handtasche. Sie grinste mich an und schlug auf das Autodach: »Denn mal los.«

Ich öffnete den Benzinhahn, startete den knatternden Motor und trat das Gas ein paar Mal durch, weil die Karre gern gleich wieder ausging. Aber sie blieb an. Wir rollten langsam vor zur Straße, und ich drehte mich zu Manne: »Wo soll es denn hingehen?«

Sie wischte mit dem Pulloverärmel die beschlagene Scheibe vor sich frei: »Rostock. Marienehe. Fischereihafen.«

»Was wollen wir denn da?«

»Willst du das wirklich wissen? Willst du dich gar nicht überraschen lassen?« Sie sah mich an, als gäbe es nur eine Antwort. Also fuhr ich los und suchte im Radio nach einem Sender, der erträgliche Musik spielte. Bei »Silent all these Years« von Tori Amos blieb ich hängen, auch weil ich dachte, dass das vielleicht Manne gefallen würde. Die Äste der Alleebäume zwischen Heiligendamm und Bad Doberan waren schon fast blattlos und bildeten wie riesige Greisenfinger ein löchriges Dach über uns. Der Rauch des Molly hing tief über der nassen Straße. Die kleine Dampflok stampfte tapfer einhundert Meter vor uns Richtung Doberan. Außer uns war kaum ein Auto unterwegs.

Manne öffnete ihre Handtasche, nahm zwei Stricknadeln und ein hellblaues Wollknäuel heraus und begann zu stricken. Sie summte manchmal die Melodie im Radio mit, allerdings so, als hätte sie diese Hits noch nie gehört. Ich konzentrierte mich auf die Fahrt, und als ich mich an die Stille zwischen uns gewöhnt hatte, sagte Manne: »Ein Freund von dir kommt auch, hat Kerstin erzählt.«

»Ja«, sagte ich und wurde tatsächlich rot, obwohl es dafür nun wirklich keinen Grund gab. Wieso wurde ich rot, wenn Manne mich nach Daniel fragte? Wegen Kerstins Verkupplungsplänen?

Ich kannte Manne erst seit dem Tag zuvor. Nachdem ich angekommen war und Kerstin im Wohnheim gesucht und gefunden hatte, hatte sie mir ihre Zimmermitbewohnerin vorgestellt. Danach waren wir mit noch ein paar anderen Studenten runter zum Meer gegangen, wo die Mädchen Sanddorn melkten. Sie streiften sich grobe Arbeitshandschuhe über, bogen die Zweige über einen Eimer und fuhren über die leuchtend orangen Beeren. Der Saft lief in die Eimer, und die trugen wir zurück in die FAK. Dort kochten sie Marmelade daraus, in uralten Emailtöpfen. Wir hörten AC/DC und mischten die Hälfte des Saftes mit Wodka. Manne füllte das orange Ergebnis in Wassergläser und reichte mir eines. »Trink man«, forderte sie mich auf. »Ist gesund. Fast Medizin.«

Im Auto klapperte sie nun mit ihren Stricknadeln. »Na, so richtig gesprächig bist du ja noch nicht heute Morgen.«

Ich zog mir eine Zigarette aus der Brusttasche meiner Jeansjacke, zündete sie an. »Nee, ist nicht so meine Zeit.« Ich deutete auf die Wolle. »Was wird das?«

Manne sah auf. »Ne Mütze.« Sie ließ eine Pause und sagte dann: »Glaube ich zumindest«, und wir lachten beide.

In Marienehe verschwand Manne mit einem Fischer in einer der Baracken und kam mit einem eingefrorenen Schwert wieder raus. Es war ein goldenes Metallschwert, eingeschlossen in einem eckigen, durchsichtigen, akkuraten Eisblock. Der Fischer neben ihr, in dunkelblauer Wattejacke und mit Prinz-Heinrich-Mütze auf dem Kopf, legte eine Folie in den Kofferraum meines Trabers, und Manne bettete das Schwert vorsichtig darauf. »Schick, oder?« Sie strahlte mich an.

Auch der Fischer, dessen Falten im Gesicht an ein Schienennetz erinnerten, grinste, obwohl er so aussah, als würde er nicht oft lachen. »Warte mal noch«, sagte er und kam kurz darauf mit einem Eimer gestoßenem Eis wieder und schüttete es über das Schwert. »Das sollte reichen bis Heiligendamm.« Er schlug die Kofferklappe zu.

Es reichte, und eine Stunde später stand das Schwert aufrecht im Garten der FAK. Leichter Nieselregen fiel, und Manne und ihre Kollegen aus dem zweiten Studienjahr tanzten um den Eisblock herum. In Ritterrüstungen, Hexenjacken und Feenkostümen. Einer der Jungs entrollte ein Blatt Papier und übergab das Schwert dem ersten Studienjahr, das von »Stund an die Herrschaft über den Keller übernehme, wenn es das Schwert itzo aus dem Blocke befreie.«

Alle Studenten und Dozenten standen im Garten hinter den kleinen Atelierbaracken um diesen improvisierten Tingplatz. Getrunken wurden Wodka, Glühwein und Grog, aber auch Bier und Wein aus Tetrapacks. Ein ehemaliger Tischler aus Kerstins Jahrgang kam in einer schwarzen Lederhose und mit freiem Oberkörper durch eine von seinen Kommilitonen gebildete Gasse. Er trug auf seiner Schulter eine Axt. »Huhuhu«, intonierte die Masse, und ich trank einen Schluck aus einer Sanddornwodkaflasche, die gerade vorbeigereicht wurde. Der Tischlerrecke holte mit der Axt aus, um den Eisblock zu spalten, aber der Stiel war offensichtlich präpariert, denn als er zuschlug, sauste nur noch ein Stück Holz auf den Eisblock. Auf seinem bärtigen Gesicht erschien ein übertrieben verwirrter Ausdruck. Die schauspielerische Leistung war unterirdisch, und das sollte sie wohl auch sein. Wir mussten noch einen Zwerg, gespielt von einem Kind, und einen Ritter auf einem echten

Pferd, der am Eisschwert vorbeiritt, aber mit seiner Lanze natürlich ins Leere stieß, über uns ergehen lassen. Der orange Wodka kam noch zweimal vorbei, und ich fand das alles immer lustiger.

Am Ende kam zu meiner Überraschung tatsächlich Kerstin, gehüllt in weiße Spitze, die sich bei näherem Hinschauen als alte Gardine erwies. Sie zückte einen riesigen Föhn, stöpselte ihn an eine vorverlegte Stromleitung und blies das Schwert aus dem Eis. Dann schwang sie es unter dem Gejohle der Masse über den Kopf. Sie sah reizend und tatsächlich ein bisschen furchterregend aus. Mit blaugefrorenen Händen und tiefrot geschminktem Mund. Von nun an würde das erste Studienjahr alle Partys der Schule ausrichten müssen. Das Seifenkistenrennen im Mai und etliche Themenfeiern im Keller des Hauses. Die Trolle und Elfen um meine schwertschwingende Freundin sahen dazu wild entschlossen aus.

Daniel war immer noch nicht da. Auch nicht, als wir in einer großen Prozession Richtung Drachenwiese zogen. »Komme am 11.11. Stopp Im Laufe des Tages Stopp Bis denne Daniel«, hatte er am Tag vorher an Kerstin telegrafiert. Wir hatten seit acht Wochen nichts voneinander gehört. Er hatte kein Telefon, ich auch nicht, und dass Daniel einen Brief schreibt, war irgendwie nicht vorstellbar. Ich wusste nicht einmal, was er in Berlin so trieb. »Und was hast du jetzt hier vor«, hatte ich ihn damals beim Umzug auf seinem Küchenfußboden sitzend gefragt, und er hatte gesagt: »Mal sehen.« Mehr nicht. Am nächsten Tag war ich mit dem Renault-Transporter meines Vaters wieder nach Rostock zurückgefahren.

Die Studenten trugen die Drachen, und einige der Figuren

waren so groß, dass sie auf Bollerwagen gefahren werden mussten. Wir besetzten die ganze Straße, die Autos mussten im Schritttempo hinter uns herfahren oder warten, bis wir an ihnen vorbei waren. Heiligendamm war sonst wie ausgestorben. Ein paar Einwohner lungerten am Straßenrand. Die Ostseeklinik wurde gerade abgewickelt, sodass es kaum noch Kurpatienten gab. Wir gingen vorbei an dem klassizistischen Gebäude, dem großen Kurhaus und den Villen, die am Strand aufgereiht waren wie Perlen auf einer Kette. Viele von ihnen standen leer. Im *Kurcafé* und im Café *Palette* verkehrten eigentlich nur die Kunststudenten, auch der kleine SPAR-Laden schien ausschließlich von ihnen zu leben. Das älteste Seebad Deutschlands, die weiße Stadt, war grau geworden, und das lag nicht nur am feinen Nieselregen. Im Sonnenlicht war der Lack genauso ab, und in einigen der ehemals prächtigen Strandvillen wohnten jetzt FAK-Studenten. Mit Meeresblick für 'nen Appel und 'n Ei. So, als hätten sie die Stadt übernommen.

Die Schule war ebenfalls bedroht und inzwischen Fachbereich der Uni Wismar geworden. Dort wollte man die Kunstsektion in die Hansestadt holen, doch die FAK wehrte sich. In der ersten Reihe der Drachenfestprozession hielten zwei Männer ein Plakat, auf dem stand: »Wir wollen nicht zu Krause«. Böse Zungen behaupteten nämlich, die Technische Hochschule Wismar wäre nach dem Mauerfall nur Universität geworden, weil der jetzige Verkehrsminister Krause dort schon vor dem Mauerfall seine Professur hatte. »Der Gangster hat den Einigungsvertrag ausgehandelt. Das muss man sich mal vorstellen. Der hat uns doch verraten und verkauft. Und nun will er uns auch noch die FAK zumachen«, sagte Kerstin, die an meinem Arm eher ein bisschen torkelte als ging. Ich nickte und fragte mich, was das eine mit dem anderen zu tun hatte. Kerstin trug jetzt ein selbst geschneidertes Kleid mit großen blauen Punkten, rote Strumpfhosen und einen NATO-Parka darüber.

Es wurde Bier getrunken, Wein, Sanddornwodka. Zwischen uns wuselten ein paar Kinder aus der Region von Tschernobyl, die zur Kur in einem ehemaligen FDGB-Heim am Ortsrand untergebracht waren. In der Ukraine hatte man vor drei Wochen gerade den dritten Block des Kernkraftwerks wieder hochgefahren, so, als hätte es den GAU gar nicht gegeben. Den Kindern sah man nichts an. Sie waren blass und still.

Ein paar Studenten trugen auch schon eigene Kinder auf den Schultern. Am Strand angekommen, prosteten wir dem Meer zu, das dickflüssig und fast anthrazitfarben dalag, mit wenigen weißen Schaumkronen weit draußen. Dann gingen wir rüber zur Drachenwiese, die sich hinter den Dünen bis zum Wald erstreckte. An einem VW-Bulli stellte sich die Lehrerjury neben einem Verstärker auf. Hansen, der Professor für Farbe, ein Fünfzigjähriger mit grauem Bürstenschnitt, grünem Anorak und goldener Nickelbrille, ergriff das Mikrofon und eröffnete das Drachenfest. »Nun geiht dat wieda los«, sagte er sichtlich erfreut, und für die Tschernobylkinder gab es ein »Dobro poschalewatch«.

Die Darbietungen der einzelnen Semester glichen dem Tanz ums goldene Schwert am Vormittag, nur dass alle schon deutlich angeheiterter waren. Die Innenarchitekten aus dem 4. Semester versuchten, einen Doppeldecker mit einem Schweinerüssel in die Luft zu kriegen. Die Produktis aus dem 7. Semester machten ein Feuer unter einer Art pinken Wassermelone, die sofort zu brennen anfing und nach wenigen Sekunden verpuffte. In den weiß geschminkten Gesichtern der Studenten konnte man nicht erkennen, ob sie das gewollt hatten oder genauso erstaunt waren wie wir. Von der Professorenjury gab es immerhin 4,5 Punkte. Wofür auch immer.

Kerstin gab ihren Möwendrachen einem Tschernobylkind. Es griff nach der Schnur, und meine Freundin deutete Richtung Meer und sagte: »Dawai, dawai.« Das vielleicht achtjährige Mädchen, das einen dicken gelbblonden Zopf trug und pinke Ohrenschützer, nickte wortlos und rannte los. Die Schnur spannte sich, Kerstin ließ los, und der Drachen stieg langsam in die kalte feuchte Luft. Als er die Horizontlinie zwischen Meer und Himmel überstieg, sah ich einen metallic-roten Mercedes, der langsam den Feldweg zwischen den Dünen und der Drachenwiese entlangfuhr. Ich wusste sofort, dass es Daniel war. Kerstin sah immer noch dem Drachen und dem ukrainischen Kind nach und hüpfte lachend auf und ab: »Genau, genau. So ist es gut.«

Ich ging auf das Auto zu, das langsam mit der Motorhaube in unsere Richtung einparkte. Daniel stieg aus und lehnte sich auf die geöffnete Tür. Er trug einen alten schwarzen Wollmantel und hatte eine Blues-Brothers-Sonnenbrille in den Haaren stecken. Ich begann zu laufen und merkte, dass ich debil lächelte, während ich mich dem Auto näherte. Aber das war mir egal. Ich freute mich so sehr, Daniel wiederzusehen, und der Alkohol tat ein Übriges. Die Beifahrertür ging auf, und ein Mädchen stieg aus dem Wagen. Sie war groß und schlank, und ihre Haare waren knallrot gefärbt. Als ich das Auto erreichte, saßen beide auf der Motorhaube und grinsten, als hätten sie im Lotto gewonnen.

»Ey, Mann, Alter, dir scheint es ja gut zu gehen«, sagte ich, und Daniel steckte sich eine Zigarette an. Er nickte und küsste mich absurderweise auf die Stirn, als wäre er der

Papst. Lässig deutete er auf das große Mädchen mit den roten Haaren und dem sehr schmalen Gesicht. »Das ist Linda. Aus Düsseldorf. Wir arbeiten zusammen.«

Ich schüttelte ihre Hand und pumpte nach Luft: »Als was? Als Bankräuber?«

Als ich am Abend in den Keller der FAK kam, ging die Party gerade los. Die Wände waren schwarz bemalt, die Fensterrahmen zum Hof gold gestrichen. Für jedes Fest gestalteten sie hier die halbe Schule neu. Kerstin stand auf einer Bühne und verkündete, dass für die Kinder aus Tschernobyl vierhundertzwanzig Mark gesammelt worden waren, und das Gejohle der Studenten ging über in die ersten Takte der *Sisters of Mercy*. »Temple of Love« knallte in den Raum, und die Leute begannen sofort zu tanzen.

Ich hatte die letzten zwei Stunden schlafend in Kerstins Bett verbracht. Weil ich müde war von diesem ständigen Gesaufe und Krakelen, aber auch von dem kurzen Gespräch mit Daniel. Wir waren mit seinem Auto zur Schule zurückgefahren, und ich saß hintendrin wie ein Kind. Daniel erzählte, dass er wieder angefangen habe zu kochen. Bei einem Chinesen in der Kollwitzstraße in einem Café, das *Krähe* hieß. Er schlug auf das schmale schwarze Lenkrad vor sich: »Piepenburg, der kocht wie ein Scheißitaliener oder Franzose oder was weiß ich. Das glaubst du nicht. Ossobuco, Vitello tonnato, Foie gras, solche Sachen.«

Ich ließ mich gegen die Rückenlehne fallen und sagte: »Aber ich denke, der ist Chinese.«

Daniel sah mich über den Rückspiegel an: »Ach, Quatsch, der Vater ist Chinese oder Vietnamese oder Koreaner oder was weiß ich. Aber er ist eigentlich aus der Zone, genau wie du und ich. Und ich glaube, der war noch nie in Italien oder in Frankreich. Der hat das alles aus Büchern oder aus Restaurants in Westberlin oder was weiß ich woher.«

Linda lächelte ihn an, während er redete, und einmal sah sie auch zu mir auf die Rückbank. Ich zeigte den beiden die Schule, so als würde ich auch dort studieren. Wir gingen durch die Gänge, guckten in die vollgemöhlten Atelierbaracken und endeten in der Turnhalle, die schon für das Theaterstück dekoriert war. Linda fand das alles »total schön« und »unglaublich« und »zauberhaft«. Daniel nahm es zur Kenntnis und behauptete großspurig, dass es im Osten überall so aussehen würde. Als Linda aufs Klo ging, sagte er, dass sie und er nichts miteinander hätten. »Das ist nicht meine Freundin oder so. Wir sind nur Kollegen. Die arbeitet auch in der *Krähe* im Service und war noch nie an der Ostsee. Aber eigentlich studiert sie Architektur an der TU.«

Mir war das alles zu viel. Erst dieser Tag mit den Kommilitonen von Kerstin, und dann tauchte Daniel auf und redete so, dass ich ihn nicht verstand. Also nicht mehr wie noch vor ein paar Wochen. Und jetzt starrte ich in diesen Partykeller und überlegte, ob ich einfach wieder umdrehen und ins Bett gehen sollte, aber da entdeckte mich Kerstin, kam auf mich zu und küsste mich. »Na, ausgeschlafen?«, fragte sie.

Daniel lehnte uns gegenüber an der Wand und unterhielt sich mit dieser Linda. Zwischen ihre Gesichter passte kein Blatt Papier. »Ist die Tante aus'm Westen seine Freundin?«, fragte Kerstin. An der ganzen FAK gab es keinen Studenten aus Westdeutschland, aber im nächsten Semester sollte ein Professor für Fotografie aus Bielefeld kommen. Immerhin.

Ich sah sie an und zuckte mit den Schultern. »Er meint, nein«, sagte ich, und dann sagten wir beide gleichzeitig: »Sieht aber anders aus«, und lachten.

Ein paar Meter weiter setzte Manne dem blonden Tischlerrecken, der am Morgen versucht hatte, das Schwert mit der Axt aus dem Eis zu befreien, eine hellblaue Strickmütze auf. Sie küsste ihn, und er küsste sie, dann kam sie alleine auf uns zu, wobei sie so lange es ging noch des Tischlers Hand hielt. Sie ließ sich von mir eine Zigarette geben, zündete sie an und stieß den Rauch durch die Nase aus. Noch einmal drehte sie sich zu dem Bärtigen um, der immer noch ihre Mütze aufhatte und ihr immer noch nachblickte. »Ach, der ist so süß, der René.« Ihr Kajalstift war verlaufen, und sie sah irgendwie dramatisch aus.

Kerstin nickte. »Ja, aber der hat auch eine Frau und ein Kind in Jena.«

Manne schlang ihre Arme um Kerstins Hals und sah aus, als ob sie sie gleich küssen würde. Sie seufzte. »Ich weiß! Das Leben ist eins der härtesten!«

6. *Dienstag*

Das Amtsgericht Tiergarten in der Kirchstraße ist direkt um die Ecke von unserer Kanzlei, es lohnt nicht einmal, einen Mantel überzuziehen. Das Gebäude ist hässlich und funktional, und die Dinge, die verhandelt werden, sind es meistens auch. Um in einen der Gerichtssäle zu kommen, geht man schmale fensterlose Gänge entlang, die mit einem abgelaufenen türkisfarbenen Teppichboden ausgelegt wurden. Das harte Neonlicht macht den Anblick nicht besser.

Im Saal 2404 wird heute gegen Frau Kahn verhandelt, die neben mir sitzt und hörbar ein- und ausatmet. Sie ist fünfzig, klein und untersetzt. Ich muss fast zwanghaft auf die Strasssternchen gucken, die auf ihre falschen Fingernägel geklebt sind. Die hatte sie bisher noch nie aufgelegt. Aber sonst bin ich sehr zufrieden mit ihr, mit ihrer schwarzen Hose, der weißen Bluse und den zur Seite gefönten, kurzen dunkelblonden Haaren.

Die Richterin vernimmt gerade eine alte Frau, die Mutter eines Kurierfahrers, und mir ist nicht wirklich klar, was sie damit bezwecken will. Die alte Dame scheint sich kaum an ihren Sohn, der in der fraglichen Zeit bei ihr gewohnt haben will, zu erinnern. Frau Kahn hatte einen Fahrdienst für Kurierfahrer, die im Wesentlichen für die Deutsche Post gearbeitet haben. Das heißt, die Post hat diesen Dienst outgesourct, und Frau Kahn hat mittelalte, hoffnungslose

Männer für wenig Geld die Kurierfahrten der Post machen lassen. Im eigenen Auto, mit einer geliehenen Postjacke und einem Postschild, das ins Rückfenster gelegt wurde. Eigentlich sollte man dafür die Post verklagen, aber wir verhandeln hier, ob Frau Kahn die Fahrer hätte anstellen müssen, weil die fast jeden Tag für den gelben Riesen gefahren sind, und ob sie, da sie das nicht getan hat, diese in die Scheinselbstständigkeit gedrängt hat. Der Post will niemand an den Kragen. Das war alles im Rahmen des Gesetzes. Frau Kahn stößt neben mir ihren Atem aus wie eine Dampflok, und ich lehne mich zurück.

Die Richterin hört gespannt dem Unsinn zu, den die 84-jährige Zeugin von sich gibt. »War ja kaum da jewesen, der Ronny. Nee, weß ick nich mehr. Schon zu lange her.« Und so weiter.

Der Saal 2404 ist quadratisch, und »Saal« ist ein großes Wort für diese vier Wände. Er ist ebenfalls mit diesem türkisfarbenen Fußbodenbelag ausgelegt, und die grauen Stühle und Tische sehen aus wie in einer Schule. Absolut deprimierend, eine Atmosphäre wie beim Elternabend. Immerhin gibt es uns gegenüber eine Fensterfront, die zwar nur auf einen schmalen Lichtschacht zeigt, aber die Mittagssonne steht hoch genug, um uns etwas Tageslicht zu spendieren.

Ich bin heute Morgen leicht aufgestanden, ohne die Kopfschmerzen der letzten Tage. Gestern blieb es bei nur einem Glas des saarländischen Rieslings, und da die Nachtigall direkt vor unserem Haus saß und offensichtlich vorhatte, die ganze Nacht durchzusingen, musste ich mir irgendwann Ohropax in die Ohren stecken. Aber so habe ich tief und traumlos geschlafen. Acht Stunden lang. Keine Nachricht von meiner Frau, keine von den Kindern. Aber was soll's. Ich habe auch noch keine Lust, mich zu melden. Ich weiß nicht, was das alles soll. Was wollen die überhaupt von mir?

Als nächster Zeuge ist Dirk Werner geladen, der ehemalige Geschäftspartner von Frau Kahn. Ein schlanker Mittfünfziger mit Meckifrisur und einem kleinen goldenen Stern im linken Ohr. Frau Kahn hat mir erzählt, dass sie früher bei der Post zusammengearbeitet und vor ein paar Jahren die Idee zu diesem Fahrdienst hatten. Werner hatte die Kontakte, die Firma war schnell gegründet. Faktisch leitete er die Firma allein, auch wenn Frau Kahn theoretisch die gleichen Rechte hatte wie er.

»Wir hatten schon bei der Post ein Verhältnis, falls Sie das meinen«, hatte Frau Kahn am runden Tisch im Besprechungszimmer der Kanzlei gesagt. Ich meinte gar nichts und hatte auch nicht danach gefragt, war aber trotzdem froh, davon zu wissen. Denn kurz vor der Anklage ging das Verhältnis auf Betreiben der Ehefrau von Herrn Werner auseinander, und es wurde reichlich schmutzige Wäsche gewaschen. Die beiden haben nun seit fast einem Jahr nicht mehr miteinander gesprochen.

Dirk Werner betritt den Saal sehr forsch, um vor dem Zeugenstuhl doch abzubremsen, als würde er von einem unsichtbaren Band gehalten. Er würdigt meine Mandantin keines Blickes und begrüßt die Richterin hinter ihrem erhöhten weißlackierten Pressholzpult wie ein Schüler die Lehrerin mit einem freundlich-unsicheren »Guten Tag«. Frau Kahn folgt seinen Bewegungen, wie man einem Tiger in der Manege folgt.

Dirk Werner antwortet schnell und ohne Zögern. Er selbst ist nicht mehr angeklagt, weil er auf Anraten seines Anwalts ein Schuldeingeständnis abgegeben hat. Dafür hat er nur ein halbes Jahr auf Bewährung bekommen, aber damit ist er vorbestraft, und ich finde, das ist mehr, als er verdient. Der Fahrdienst fuhr zwar auf der Grenze der Scheinselbstständigkeit, aber meiner Meinung nach nie darüber. Somit ist das hier etwas delikat, weil Dirk Werner jetzt nur noch Zeuge ist, und es bleibt die Frage, ob er nun die Wahrheit sagen wird und nichts als die Wahrheit, oder ob er noch ein wenig nachtreten will gegen seine ehemalige Geschäfts- und Bettpartnerin. Sagt er die Wahrheit, kommt Frau Kahn im Gegensatz zu ihm ohne eine Haftstrafe auf Bewährung davon, da bin ich sicher.

Er sagt die Wahrheit. Gewissenhaft wiederholt er alle Fakten so, wie Frau Kahn sie bei mir auf den Tisch gelegt hat. Auch, dass er praktisch die Firma geleitet hat. Allein. Er wirkt angespannt dabei und gleichzeitig erleichtert. Die Fahrer waren eigenverantwortlich, sind mit dem eigenen Auto gefahren, wurden eingeteilt und mussten sich um ihre Aufträge selber kümmern. Ja, die Post war Hauptarbeitgeber, aber nicht der einzige.

Die Staatsanwältin uns gegenüber fängt nach ein paar Minuten an, in ihren Unterlagen zu blättern, und bittet nach der Aussage um eine kurze Unterbrechung. »Das war's«, sage ich leise zu Frau Kahn, die mich mit roten Flecken im Gesicht ansieht. »Was heißt das?«, flüstert sie, und ich nehme sie mit hinaus. Vor dem Saal, in einer der tageslichtlosen Ecken, warten ein paar Männer in ausgebeulten Jeans und Windjacken darauf, dass sie aussagen sollen. »Mensch, Conny, du siehst nicht gut aus«, sagt einer. Er ist groß und sehr dünn und reicht meiner Mandantin die linke Hand, weil die rechte in einem Gips steckt. »Bin ausgerutscht im Garten«, sagt er, und Frau Kahn nickt ihm zu: »Mensch, Kurtchen.« Zu mir hat sie vor ein paar Wochen gesagt: »Die werden mir nicht in den Rücken fallen. Keiner von denen. Ick war immer korrekt«, und vermutlich hat sie damit recht.

Auf der Kirchstraße würde mich Frau Kahn am liebsten umarmen, das ist deutlich zu spüren, aber auch ohne Talar ist unser Abstand groß genug, dass sie es unterlässt. Sie hüpft ein wenig auf und ab wie ein junges Mädchen, und auch ich freue mich für sie und dass mich mein Instinkt nicht getäuscht hat. Die Staatsanwältin hat uns angeboten, das Verfahren gegen eine Geldauflage von achthundert Euro einzustellen, und das haben wir angenommen. Gemeinsam laufen wir auf die Schinkelkirche aus Backstein zu, die der Straße ihren Namen gab. Ich ziehe meinen kleinen Aktenkoffer polternd hinter mir her. Damit sieht man zwar aus wie ein Schaffner, aber die meisten Kollegen nutzen diese Dinger inzwischen. An der Kirche geht Frau Kahn links ihrer Wege und ich rechts in die Kanzlei.

Es riecht nach Kaffee, und im Besprechungszimmer sitzen alle Kanzleimitglieder um den runden Tisch herum. Ich habe den monatlichen Kuchen unserer Sekretärin Frau Möller völlig vergessen. Sie hat einen ganzen Aktenordner mit alten Brigitte-Rezepten und backt für uns jeden Monat einen Kuchen, den es an einem Tag gibt, an dem wir alle am Nachmittag in der Kanzlei sind. Sorgsam von Frau Möller, der Herrin der Terminkalender, geplant.

Ich ziehe mein Sakko aus und lasse mich auf einen der Stühle fallen. Frau Möller gießt mir sofort eine Tasse Kaffee ein und schiebt mir ein Stück Kuchen auf den Teller. Mein Highlight des Jahres. Turiner Torte. Laut Frau Möller ein Rezept aus den späten Siebzigerjahren. Zwei runde Mürbeteige werden mit einer Schicht Nutella verbunden, darauf kommt noch einmal eine Schicht der Nussnougatcreme, in die dann ganze Erdbeeren gesteckt werden. Mit einer Schicht Sahne on top. Hammer!

»Hast du verloren mit deiner Kurierfahrerin?«, fragt Agneszka.

Ich schiebe mir den ersten Bissen Turiner Torte in den Mund. »Wieso, sehe ich so aus?«, frage ich kauend. Die Erdbeeren vermischen sich in meinem Mund mit der Schokolade und der Butter des Teigs, und ich wünsche mich augenblicklich ins Westdeutschland der Siebzigerjahre.

»Um ehrlich zu sein, ja«, sagt Agneszka und gießt sich Kaffee nach.

»In keinster Weise, meine Liebe«, sage ich und recke die Faust in die Luft.

Agneszka nickt anerkennend und hält mir die Kaffeetasse hin. Ich stoße mit ihr an und auch mit Salah. Frau Möller tut so, als würde sie das nicht bemerken. Als wären wir Pubertierende, die mal wieder über die Stränge schlagen.

Es ist Salah, der mich aus dieser Kindergeburtstagsstimmung bringt. Salah aus Pasewalk, dessen Vater Sudanese ist oder war, so genau weiß er das nicht. Die DDR hat den jungen Afrikaner rausgeschmissen nach seinem Medizinstudium, obwohl Salahs Mutter schwanger war und sein Vater gern geblieben wäre im Paradies der weißen Arbeiter und Bauern. Doch so weit reichte die internationale Solidarität nicht. Der Papa musste das Land verlassen. Zur Jugendweihe 1986 hat Salah seinen Vater das letzte Mal gesehen. Damals lebte der in London, und dorthin flog er nach einer Woche auch wieder zurück. Um kurz darauf wieder in den Sudan zu gehen, wo sich seine Spur verlor. Salah hat nie wieder etwas von ihm gehört. Er war eines von zwei dunkelhäutigen Kindern in Pasewalk. »Aber Roberto war drei Jahre älter als ich und leider ein Idiot«, hat mir Salah einmal erzählt, und so richtig gern redet er nicht über seine Kindheit am Stettiner Haff.

Aber jetzt ist der Nichtraucher selber Vater geworden. Seine Frau ist aus Heidelberg, deren Vater stammt aus der Bronx, und Salahs Welt dreht sich seit ein paar Wochen nur noch um Jenny, die jetzt ein halbes Jahr alt ist. »Deine Frau hat mir dieses Kinderkrankheitenbuch empfohlen«, sagt er, während er sich eine Zigarette dreht. »Kannst du mir das nicht mal mitbringen?«

Was soll ich da sagen? Ich rede gerade nicht mit meiner Frau, lieber Salah? Wir haben gerade eine, ja was eigentlich? Krise? Sie ist weg, und ich kann sie nicht mal nach diesem Scheißbuch fragen, verstehst du? Aber das sage ich natürlich nicht, sondern: »Ja, mache ich.« Vielleicht gucke ich selbst mal nach, ob ich das finde. So viele Kinderkrankheitenbücher haben wir nicht.

Salah steht auf und geht in sein Büro, wo er auf der Fensterbank sitzend rauchen wird. Frau Möller stellt das Geschirr zusammen. »Ich habe bisher nur eine Mieterin in der Ruheplatzstraße erreicht. Eine ältere Dame. Frau ... Ich muss nachschauen. Die können Sie in einer Stunde aufsuchen.« Sie nimmt das Tablett und verlässt den Raum.

»Na, geht doch«, sagt Agneszka, und ich antworte ein wenig lauter, als ich will: »Ja, du musst da jetzt auch nicht hin und einer Oma im Wedding erklären, dass sie sich jetzt noch 'ne neue Bleibe für die letzten Jahre suchen kann.«

»Ach, na ja. Vielleicht ist ihre Wohnung sowieso zu groß, und sie kann die Abfindung gut gebrauchen. Das weiß man nie.«

»Ja, genau. Und die Erde ist 'ne Scheibe«, antworte ich und nehme mir noch ein letztes Stück Turiner Torte, die Frau Möller freundlicherweise für mich stehen gelassen hat.

»Hast du schon diese Assistentin von Iwan gesehen?«, fragt Agneszka, und bevor ich antworten kann, lacht sie los. »O.k., das Lächeln reicht. Hast du offensichtlich. Ja, das ist wirklich ein hübsches Ding.«

»Und was ist mit der?«

»Der kannst du die Liste mit den Mietern geben, die unterschrieben haben. Sie kümmert sich um die Details, und in vier Wochen nehme ich dir das ganz ab.«

Sie steht auf, nimmt ihre Tasse und geht.

»Zu gütig von dir«, sage ich, allein gelassen am großen runden Tisch des Besprechungsraums. »Zu gütig.« Ich stippe mit den Fingern ein paar Krümel auf, stecke sie mir auch noch in den Mund und gehe über die knarrenden Dielen in mein Büro.

Frau Möller steckt den Kopf durch die Tür, noch bevor ich mich an den Schreibtisch gesetzt habe, natürlich mit einem kurzen Klopfen davor. »Branzke heißt die Dame in der Ruheplatzstraße. 3. Obergeschoss. Seitenflügel.« Welches Bild wohl vor ihrem inneren Auge entsteht, wenn sie die »Dame im Wedding« sagt?

Mein Problem ist, dass ich das alles gerne kurz mit Stephanie besprechen würde. Diesen ganzen Unsinn der letzten Tage. Ich glaube, das fehlt mir am meisten. So ein kurzes Gespräch mit ihr. Die Stille in unserer Botschaft ist zwar merkwürdig, aber ehrlich gesagt habe ich es auch genossen in den letzten Tagen, etwas aus diesem täglichen Trott gerissen zu sein. Mich nicht darum kümmern zu müssen, wer heute das Essen macht, ob alles eingekauft ist und wie lange die Mädchen eigentlich schon am Smartphone daddeln. Mal alles stehen und liegen zu lassen, wie es mir passt.

Aber allein, dass ich ihr noch nicht erzählt habe, dass ich Daniel gestern getroffen habe, ist schon ein Ding. An manchen Tagen haben wir sicher fünfmal miteinander telefoniert. Über Wichtiges oder Banales. Nur, um die Stimme des anderen zu hören.

Ja, ich war in letzter Zeit ein bisschen unaufmerksam. Ja, ich habe ein bisschen viel gearbeitet, vielleicht war ich überhaupt ein bisschen viel unterwegs. Die eine oder andere Flasche Wein war eventuell auch zu viel. Aber jetzt, da hätte ich Zeit, und nun ist sie nicht da, und ich weiß noch nicht mal, wo sie ist. Ich weiß gar nichts. Auch nicht, wie ernst sie das hier meint. Ob sie mir nur einen Schuss vor den Bug setzen will, oder ob sie mich am Ende wirklich verlassen will. Aber warum? Wegen dem bisschen Gestreite. Wegen der geflogenen Vase und meinem Lachen darüber? Und was hat sie den Mädchen erzählt, dass die auch gleich ihre Sachen gepackt haben und mitgegangen sind? »Dein ständiges ›ach komm‹ geht mir so auf die Nerven, das glaubst du gar nicht«, war das Letzte, was ich von Stephanie gehört habe.

Ich bin morgens in die Kanzlei gefahren, wie immer, und am Abend war sie nicht mehr da. Keiner war da, aber ich habe das am Anfang gar nicht gemerkt. Ich habe mich vor die Glotze gesetzt und die Nachrichten angeguckt. Dieses Durcheinander in der Welt, diese Bomben, Eitelkeiten und Tarifverhandlungen. Erst nach einer Stunde habe ich den Zettel auf dem Küchentisch gesehen. Ich dachte, Stephanie wäre beim Yoga und Miriam und Nina bei irgendwelchen Freundinnen.

Aber als ich durch die Botschaft ging, habe ich sofort gesehen, dass sie alle drei weg sind. Sie haben drei Koffer mitgenommen, richten sich offensichtlich auf was Längeres ein. Mir fiel keine Freundin von Stephanie ein, bei der sie mit zwei Kindern für mehrere Tage bleiben könnte und vor allem wollte, und wenn ich ehrlich bin, habe ich gedacht, dass ich das aussitzen kann, gerade weil die Mädchen mitgegangen sind. Wo auch immer sie sind, die kommen schon zurück, habe ich gedacht. Aber da habe ich mich wohl geirrt. Jetzt sind sie schon eine Woche weg, und es sieht nicht so aus, als ob sie klein beigeben werden. Vielleicht sollte ich heute Abend einfach mal anrufen. Ich bin mir fast sicher, dass Stephanie nicht damit rechnen wird. »Du bist so ein Holzkopf«, war eine der häufigsten Beschimpfungen, die ich in letzter Zeit gehört habe. Ich sollte ihr einfach mal das Gegenteil beweisen.

Frau Branzke trägt Jeans und einen roten Pullover und keine Kittelschürze, wie ich erwartet habe, aber ihre Wohnung ist tatsächlich zu groß. Drei Zimmer, sicher hundert Quadratmeter. Sie hat mich mit dem zwanghaften »junger Mann« begrüßt, mit dem alle Berlinerinnen Männer von achtzehn bis achtzig bedenken. Zumindest bei mir hört das nicht auf. »Dann kommen Sie mal rein, junger Mann.« Sie führt mich in die Küche. Zur Wohnung gehörten das Berliner Zimmer des Vorderhauses und der gesamte Seitenflügel, und ich müsste von hier in die Wohnung von Daniel sehen können. Aber erst mal werde ich von Frau Branzke an den Küchentisch mit hellblauer Wachstuchtischdecke geführt und muss mich setzen. Salz- und Pfefferstreuer sind aus Porzellan und stellen ein Dackelpaar dar, das mich mit schwarzen Knopfaugen mustert. Ich reiße meinen Blick von dieser Scheußlichkeit los und sehe Frau Branzke an. Sie guckt etwa so starr zurück wie die Porzellandackel.

Ich deute unbestimmt in die Küche auf die Einbauschränke, den altersschwachen Kühlschrank und das Küchenbüfett in der Ecke. »Schön haben Sie es hier«, sage ich, und Frau Branzke antwortet: »Ja, und das soll auch so bleiben.«

Ich nicke und gucke etwas zu lang auf den kleinen Leberfleck über ihrer Oberlippe. Der sieht aus wie angemalt.

»Was plant denn der neue Hausbesitzer?«, schleudert sie mir entgegen, und ich stehe auf und gehe auf das Küchenbüfett zu. Vor die Pressglasscheiben hat Frau Branzke Urlaubskarten aus dem Harz und von Teneriffa geklemmt, und ein Foto von einem echten Dackel steckt da auch.

»Schönes Stück«, sage ich, und Frau Branzke antwortet: »Nun komm Se mal zur Sache.«

Sie sieht ein bisschen aus wie die Oma hinten auf den Autos vom Lieferservice für Seniorenessen. Die abgebildete Dame streckt einem einen Kohlrouladenteller hin, daneben steht: »So ess ich es am liebsten.« Und man weiß natürlich, dass das gelogen ist, niemand isst so etwas gern. Aber die akkuraten schlohweißen Locken und die runde Brille erinnern mich an Frau Branzke, auch wenn die sicher zehn Jahre jünger ist als diese Kohlrouladendame.

Auf dem Weg zurück zum Küchentisch mache ich einen Schlenker zum Fenster. Ich habe mich nicht geirrt, man kann Daniels Küche sehen. Man kann sogar sehen, wie er dort in der Sonne sitzt, oder vielmehr seine übereinandergeschlagenen Beine, die er auf das Fensterbrett gelegt hat. Was würde ich dafür geben, jetzt mit Daniel eine Etage tiefer zu sitzen, anstatt hier alte Omas übers Ohr zu hauen.

Ich gehe zu meiner Aktentasche und entnehme ihr den Standardvertrag von Wenzel und Partner. Der Dicke Iwan hatte in Lübars gesagt, ich solle erst mal ein paar Testballons aufsteigen lassen. Fünfzehntausend Euro für bis zu Fünfzig-Quadratmeter-Wohnungen und fünfundzwanzigtausend für die großen. Wer in den nächsten vier Wochen unterschreibt, dem schieße er noch tausend Euro beim Umzug dazu.

Ich lege Frau Branzke den Vertrag hin und erkläre ihr die Details, dabei rede ich leider fast genau so wie der Dicke Iwan. Eigentumswohnungen, alles ganz modern, Geldanlage. Sie als Mieterin würde natürlich ein Vorkaufsrecht erhalten, wenn sie das denn wolle.

»Seh ick so aus, als könnte ick mir 'ne Eigentumswohnung leisten, junger Mann?«, fragt Frau Branzke, ohne aufzublicken. Und obwohl ich ihr gar nicht antworte, sagt sie nach einer kurzen Pause: »Na also!« Sie sieht sich den Vertrag an und wendet ihn mit spitzen Fingern, wie man ein Schnitzel in der Pfanne umdreht und Angst dabei hat, sich zu verbrennen. Dann wechselt sie ihre Brille und beginnt zu lesen.

Ich stehe auf, gehe zurück zum Küchenfenster und lehne mich daneben an die Wand. Ich sehe runter zu Daniel, und da steht meine Frau! Mit dem Rücken zu mir lehnt sie am Fensterbrett und redet offensichtlich mit ihm. Ich erschrecke so, dass ich tatsächlich kurz in die Knie gehe. Wie bei einem Fliegerangriff, denke ich und fange den Blick von Frau Branzke auf. Ich komme schnell wieder hoch und streiche über meine Hose, als hätte ich auf dem Fußboden gelegen.

»Haben Sie schon bei den Bombenangriffen hier gewohnt?«, frage ich unsinnigerweise, und der Blick, den die Mieterin über ihre Lesebrille auf mich wirft, wechselt von irritiert zu stark zweifelnd.

»Bombenangriffe? Im Krieg?«

Ich bin ein Stück vom Fenster zurückgegangen, als könnte Stephanie mich mit ihrem Hinterkopf sehen. Sie ist es, zweifellos. Die Ärmel ihres weißen T-Shirts hat sie bis zu den Schultern hochgerollt. Die Ellenbogen, die sie manchmal in Zitronenhälften steckt, weil das gut für die Haut sein soll, hat sie durchgedrückt. Ich sehe Frau Branzke an, die mich immer noch über ihre Lesebrille mustert. »Nein, nein, ich meine nur so. Für den Krieg sind Sie ja viel zu jung.«

Sie streicht über das Blatt vor sich und sagt: »Ich bin '42 geboren, aber in Neuruppin. Nach Berlin sind wir erst kurz vorm Mauerbau gekommen. Und hier in die Ruheplatzstraße sind wir '74 eingezogen. Wegen Schering. Da habe ich gearbeitet, und mein Mann auch.«

»Ach so«, sage ich, und am liebsten hätte ich gesagt: »Das ist mir so was von wurst, meine Gute.« Ich sehe noch einmal auf Stephanies Rücken. Was haben die beiden da miteinander zu bequatschen? Sind ihr Verschwinden und sein Auftauchen gar kein Zufall, sondern hängt das alles zusammen? Aber wenn ja, wie?

Ich höre ein sehr lautes: »Junger Mann!« Frau Branzke steht fast neben mir und hat mich offensichtlich mehr als einmal angesprochen. Sie hat den Standardvertrag zusammengerollt und hält ihn mir unter die Nase. »Das lese ich mir in Ruhe durch, und ich möchte Sie jetzt bitten zu gehen.«

Ich sehe in ihr rundes Gesicht. Sie geht an mir vorbei und schließt das Fenster, so, als hätte sie Angst, dass ich da gleich rausspringen würde. Ich nicke, nehme meine Aktentasche und sage: »Das ist eine sehr gute Idee. Unsere Nummer haben Sie ja. Auf Wiedersehen.«

7. *Ganz klar und leuchtend*

Draußen regnete es Bindfäden, aber drinnen wurde es langsam warm. Durch die verrußte Scheibe des kleinen Dauerbrandofens in der Ecke konnte man die Kohlen glühen sehen. Daniel und ich standen hinter dem Tresen des alten Uhrenladens, der jetzt unsere *Makrelen-Bar* war. Wie jeden Donnerstag. In ein paar Stunden würde es hier knüppelvoll sein, da konnte es draußen so viel regnen, wie es wollte.

Daniel hatte den seit Jahren leerstehenden Laden in der Torstraße aufgetan und für ein paar Mark angemietet. Aber den Perlenvorhang am Eingang, den Kerstin so angeordnet hatte, dass ein grauer Fisch im blauen Meer schwamm, den hatte ich in einem kleinen Dorf in der Toskana gekauft.

Seit fast einem Jahr wohnte ich nun in Berlin und konnte mein Glück gar nicht fassen. Daniel hatte eine Frau von der Kommunalen Wohnungsverwaltung, die jetzt WIP hieß, bequatscht. WIP stand für »Wohnen im Prenzlauer Berg«. Neuer Name, alte Struktur. Es lief eigentlich immer noch wie in der DDR. Der Staat verwaltete die meisten Wohnungen, und es war fast unmöglich, als Student eine Wohnung in Ostberlin zu mieten. Man bekam zwar einen Wohnberechtigungsschein für eine Einraumwohnung, doch ohne Dringlichkeit, und somit war der nicht mehr wert als das Papier, auf dem er stand. Aber vorbeigehen und das Gespräch suchen, das konnte man natürlich, so wie früher auch. Die WIP-Tante hatte Daniel erklärt, dass er auch mit einem Bruder oder einer Schwester zusammenziehen könne, um ein Anrecht auf eine Zweiraumwohnung zu haben. So wurden wir also Brüder auf dem Papier. »Diese alten DDR-Geburtsurkunden druck ich euch in fünf Minuten«, hatte Manne in Heiligendamm gesagt, und sie hielt tatsächlich Wort. Ich legte die falsche Urkunde noch vier Wochen unter meinen Futon, danach sah sie wirklich alt und faltig aus. Mit dem Personalausweis war es schon schwieriger, aber da wir bei der WIP nur eine Kopie vorlegen mussten, fälschte Manne die gleich mit. So wurde ich Thomas Rehmer, zumindest für die Behörde.

Auf diese Weise bekamen wir eine kleine Wohnung in der Schönhauser Allee. Im Hinterhof, oben an der Bornholmer Straße. Zwei Zimmer, Küche, Bad mit Blick auf Beton, Mülltonnen und den gegenüberliegenden Seitenflügel. Aber wenn man vorne durch die Haustür trat, donnerte die U2 vorbei. Auf einem Viadukt. Mehr Großstadt ging gar nicht.

Die *Makrelen-Bar* hatten wir erst seit sechs Wochen, aber sie lief wie Mütze. Wir mussten vor der Eröffnung ein bisschen Müll entrümpeln und die kackbraune Tapete, auf der man noch die Umrisse der alten Uhren erkennen konnte, weiß überstreichen. Fast hing noch das dutzendfache Ticken im Raum, aber mit ein paar Pinselstrichen waren die Geister vertrieben.

Am Anfang kamen nur unsere Freunde und Bekannten, aber schon am zweiten Donnerstag hatten wir keine Ahnung mehr, wer da vor uns im Verkaufsraum unter der kleinen Discokugel tanzte, soff und knutschte. Jeden Donnerstagnachmittag luden wir Daniels Benz bei ALDI voll mit Alk, Cola, Tonic und Säften, schleppten das Zeug in den Laden und verstauten alles in zwei großen beleuchteten Kühlschränken, die wir in der *Zweiten Hand* gefunden und aus Kreuzberg abgeholt hatten. In der Wiener Straße hatte eine echte Bar zugemacht, und wir bekamen die Dinger dort für 'n Appel und 'n Ei. Das Mischpult und die beiden CD-Player waren nur geliehen, wir mussten sie nach diesen Nächten immer in zwei großen, lilagestreiften Vietnamesentaschen nach Hause mitnehmen, weil wir Angst hatten, dass sie uns sonst geklaut wurden. Meist hockten wir so frühmorgens zwischen dieser Anlage in Tüten im riesigen *Burger-King* am Rosenthaler Platz, tranken noch einen Kaffee, rauchten noch eine Zigarette und guckten auf die vor uns liegende Kreuzung. Betrunken und glücklich.

Der alte Verkaufstisch aus dem Uhrenladen war der Tresen. Auf dem grünen abgegriffenen Samt der Auslage darunter schwammen jetzt inmitten echtem Ostseesand Fische aller Art. Die Gäste brachten immer mehr davon mit. Aus Plastik, Holz, Glas und Chrom, und ein Fisch war sogar aus echtem Bernstein.

Noch war an diesem Abend die Bar leer. An der Schaufensterscheibe liefen die Regentropfen in Schlangenlinien herunter. Wir standen hinter dem improvisierten Tresen, Daniel legte *Nirvana* in den CD-Player, und als die Bassline von »Come as You Are« aus den Boxen klang, sah er mich an. »Bereit?«, fragte er, und ich wusste, was mich erwartete. Das war ein Spiel. Wir eröffneten die Donnerstagsbar immer so. Der eine fragt: »Bereit?«, der andere sagt: »Bereit, wenn Sie es sind!« So wie Hannibal Lecter in »Das Schweigen der Lämmer«. Danach exen wir einen großen Wodka und beißen in eine Scheibe Zitrone. Aber heute gab es keinen Wodka, das wusste ich auch, und sagte trotzdem: »Bereit, wenn Sie es sind!«

Daniel legte mir eine kleine Pille auf die Zunge. Sie war kaum zu spüren, so klein war die, und dann reichte er mir ein Glas Leitungswasser, wie eine Krankenschwester. Ich trank es ganz aus und stellte es vorsichtig auf den Uhrentresen, so als könnte es durchbrechen und die Fische erschlagen.

Daniel hatte mit Drogen viel mehr Erfahrung als ich. Ab und zu dealte er sogar ein bisschen. Für Eduard, einen Deutschrussen, eingewandert aus Kasachstan, der das Geschäft wiederum nur für seinen Onkel betrieb. Ein harmlos aussehender Junge mit einem hellblonden Seitenscheitel und einem Hang zum Military-Look. Wenn Eduard mal ein freies Wochenende machen, aber seine Stammkunden nicht auf dem Trocknen lassen wollte, vertrat ihn Daniel. Er bekam einen kleinen grünen Beeper, der plötzlich bei uns auf dem Küchentisch in der Schönhauser lag, und als Daniel das erste Wochenende für Eduard arbeitete, starrten wir beide auf das Ding wie auf eine Bombe. Es piepte erst nach anderthalb Stunden, Daniel zog seine Jeansjacke über und ging raus in die Nacht. Rief von irgendeiner Telefonzelle aus die auf dem Beeper erschienene Nummer an und fuhr los zu den Kunden. Zum WMF, dem Bunker oder zu den Privatadressen. Die Leute standen an dem verabredeten Ort, stiegen zu Daniel ins Auto und drehten eine Runde mit ihm. Bekamen während dieser Fahrten Kokain, Ecstasy, Amphetamin oder Angel Dust. »Mensch, Piepenburg, die paar Mal, wo ich das mache. Was soll da passieren?«, hatte er gesagt, als ich ihn fragte, ob er gar keine Angst habe vor dem Zeug. Zog die Schultern hoch und meinte, er habe das im Griff. Und ob ich wisse, was er an so einem Wochenende verdiene? Als vor ein paar Monaten die Love-Parade durch den Tiergarten stampfte, kaufte sich Daniel später eine neue Lichtmaschine für den Strich-Achter, ließ den Unterboden neu schweißen, und ein Satz neuer Reifen war auch noch drin.

Auf einer Party in unserer Wohnung legte er mir mal eine Linie Koks. Ich zog mir das durch die Nase und verbrachte danach eine halbe Stunde auf dem Klo vor dem Spiegel, weil ich sehen wollte, was mit mir passierte. So lange, bis mehrere Partygäste gegen die Tür hämmerten und ich rausging und jemanden, den ich kaum kannte, in unserem langen schmalen Flur eine Stunde lang vollquatschte. Über mein neues Studium der Theaterwissenschaft und Literatur. Über Brechts episches Drama und »Die Blendung« von Elias Canetti. Der Typ nickte immer nur, sah mich an, zog an seiner Zigarette und nickte, bis mir das selbst zu blöd wurde. Ich ging allein raus in die Nacht und lief die Schönhauser hoch bis weit nach Pankow, bis ich wieder klar im Kopf wurde. Später trank ich noch eine Cola in einem Dönerladen und ging langsam nach Hause. Niemand hatte meine Abwesenheit bemerkt, und den Rest der Party verbrachte ich auf dem Sofa sitzend wie ein Schluck Wasser in der Kurve.

»Ecstasy ist ganz anders«, hatte Daniel gesagt. »Das haut nicht so mit dem Hammer, das ist viel feiner und überall und wirkt ewig. Und dann tanzt du schön, und am Ende bumst du noch schön. Sollst mal sehen …« Wir standen hinter dem Tresen, *Nirvana* sang, die Diskokugel drehte sich und verteilte Punkte im ganzen Raum. Daniels Gesicht wurde zur Hälfte von den prall gefüllten Kühlschränken neben ihm beleuchtet.

»Was trinke ich denn jetzt?«, fragte ich.

Daniel steckte sich eine Zigarette an und sah mich an. »Nicht so viel«, sagte er. »Brauchst du gar nicht. Wein vielleicht. Oder sogar nur Wasser.«

Er schob mir eine Flasche rüber, ich drehte sie auf, setzte sie an, trank, und mir war, als stürzte ich selbst in mich hinein. Ich stellte die Flasche ab, rülpste laut, und wir lachten.

Da ging die Tür auf, der Fischvorhang teilte sich, und Kerstin erschien. Leicht hochgezogene Schultern, dunkelblaue Jeansjacke, eine rote Basecap auf dem Kopf von den Chicago Bulls, durch deren Öffnung sie ihren blonden Zopf gezogen hatte. Sie war extra einen Tag früher aus Heiligendamm angereist, um in unsere *Makrelen-Bar* zu kommen. Sie hielt die Perlenschnüre auseinander, und hinter ihr kam meine Mutter in den Raum.

Langsam betrat sie das leere Uhrengeschäft, blieb stehen und stützte sich auf einen großen hellblauen Stockschirm. Sie trug eine weinrote Jacke und einen schwarzen Hut, dessen Krempe vorn hochgebogen war, sodass er aussah wie die Miniaturausgabe eines Südwesters. Vorsichtig stellte sie ihre kleine Reisetasche auf den Fußboden und zog den Riemen ihrer Handtasche fester unter ihre Brust. Ihr Blick ging unter die Decke, Richtung Diskokugel, folgte den Lichtpunkten durch den Raum und blieb schließlich an meinem Gesicht hängen. Ich rülpste noch einmal und hörte Daniel: »Na, da gratuliere ich aber!« sagen, dann ging ich los. Auf dem kurzen Weg bis zur Tür hörte ich plötzlich klar und deutlich die Stimme meiner Mutter auf unserem AB. »Ich kann jetzt doch schon am Donnerstagabend kommen. So habe ich ein bisschen mehr Zeit in Berlin. Das passt dir doch, mein Junge?« Das war am Montag gewesen, wir hatten mal darüber gesprochen, aber eigentlich wollte sie ja erst am Freitag kommen, ich wollte sie eigentlich noch anrufen, dass mir das überhaupt nicht passe, dass ich noch lernen müsse für eine Klausur. Eigentlich. Aber das hatte ich vergessen. Total vergessen.

»Ich habe deine Mutter im Zug getroffen, sie meinte, du weißt, dass sie kommt?« Kerstins Augen glänzten unter dem Basecapschirm und sahen mich halb fragend, halb belustigt an. Ein bisschen sah sie in ihren Klamotten aus wie Winona Ryder in »Night on Earth«. Nur eben in Blond: »I want to become a mechanic, you know?«

Ich nahm sie in den Arm: »Klar, alles klar.«

Meine Mutter blickte immer noch völlig ratlos im leeren Uhrenladen herum, schließlich sah sie mich an: »Das ist ja gediegen hier. Wem gehört das denn? Hat Daniel dieses Geschäft eröffnet?«

Ich musste lachen und umarmte sie. »Nee, Mama. Das gehört einem Freund von uns. Der feiert hier heute seinen Geburtstag.« Das war die Standardantwort für die Bullen, die jede Woche zwei-, dreimal reinguckten. »Und ihr feiert hier immer am Donnerstag Geburtstag? Ich meine: Jeden Donnerstag?«, hatte mal ein Schnauzbartträger gefragt und sogar gegrinst dabei. »Ganz genau, Officer«, hatte Daniel ihm damals geantwortet. »Unsere Freunde haben wirklich dauernd Geburtstag.«

»Aber dann komme ich ja doch ungelegen, mein Junge«, sagte meine Mutter enttäuscht.

»Nein, nein, ist alles gut. Wir gehen jetzt los. Du hast doch sicher Hunger.«

Ich klärte alles in zwei Minuten und bat Kerstin, mich an der Bar zu vertreten. Sie war eigentlich als DJane ab Mitternacht vorgesehen, bis dahin wollte ich längst wieder da sein. »Ich geh mit ihr schnell was essen, bringe sie zu uns in die Wohnung, und vor Mitternacht steh ich wieder hier«, sagte ich und küsste sie.

Daniel schlug mir beim Abschied auf die Schulter: »Guten Flug, Alter.« Er lachte, und ich lachte mit.

Ich schob meine Mutter, die immer noch wie ein staunendes Kind unter der Diskokugel stand, aus dem Laden. Der Regen hatte aufgehört, und der graue Oktoberhimmel lag über der Torstraße wie ein Federbett.

Meine Mutter und ich waren uns durch den Tod meines Vaters wieder nähergekommen. »Jetzt habe ich nur noch dich«, hatte sie an seinem Grab auf dem Alten Friedhof in Rostock gesagt, und auch wenn das ein bisschen klang wie eine Drohung, stimmte es ja. Mein Vater konnte dann doch nicht mit der Marktwirtschaft umgehen. Vielleicht ging das alles zu schnell, vielleicht hatte er sich einfach übernommen, und die Konkurrenz war zu mächtig. Jeder Supermarkt hatte inzwischen eine eigene Drogerieabteilung. Aber er wollte nicht aufgeben oder einsehen, dass es so nicht weiterging, und nahm immer mehr Schulden auf. Drogerie Piepenburg, Doberaner Platz, seit 1921.

Als mein Großvater im letzten Jahr meiner Kaufmannslehre starb, nahm sich auch sein Sohn das Leben. Nur eine Woche später. Als hätte er es bis dahin geschafft und nicht weiter. Als wäre es das Wichtigste gewesen, zumindest den Alten zu überstehen. Nach Feierabend klebte er akribisch die Garage von innen und die Fensterscheiben seines Transporters ab. Schließlich leitete er die Abgase direkt in die Fahrgastkabine und starb schnell und einfach. Wenigstens das. Meine Mutter wusste er währenddessen im Theater. »Ihm sei nich so«, hatte er zu ihr gesagt.

Die Schulden und die Hypothek auf unserem Haus waren so hoch, dass meiner Mutter nichts blieb. Gar nichts. Sie musste alles verkaufen und hatte danach immer noch Schulden. »Dass man sich so täuschen kann in einem Menschen«, sagte sie einmal zu mir, aber das war auch schon das Schlechteste, was sie über ihn sagte.

An einem hellen Frühlingstag, ein leichter Dunstschleier hing vor der hellgelben Sonne, stand ich fassungslos an seinem Grab. Nur ein paar Tage nachdem wir seinen Vater fünf Meter weiter links beerdigt hatten. Da hatte ich noch eher teilnahmslos vor der aufgeworfenen Erde gestanden, die bröselig warm war und für die Spaten leicht. Mein Großvater hatte nie ein großes Interesse an mir gezeigt, und spätestens als ihm klar wurde, dass ich die Drogerie nicht übernehmen würde, redete er fast gar nicht mehr mit mir. Was mich aber auch nicht besonders störte. Er war ein herzloser Mensch, der meine Eltern tyrannisiert hatte.

Aber am Grab meines Vaters zu stehen, das war etwas anderes. Ich war ihm nie besonders nah gewesen, und er mir auch nicht. Alle emotionalen Dinge wurden mit meiner Mutter geklärt. Manchmal mehr, als mir lieb war. Mit ihm habe ich nie über mich oder meine Probleme geredet. Doch wenn ich Hilfe brauchte, bekam ich sie, so wie er mir sein Auto lieh. Er gab mir den Schlüssel ohne viel Aufsehen. Er war einfach immer da gewesen. Das war er jetzt nicht mehr, und das traf mich mit einer Wucht, mit der ich nicht gerechnet hatte. Dass uns keine Zeit mehr blieb, für nichts mehr. Dass er in seiner Not mit niemandem geredet hatte, nicht mit mir und auch nicht mit seiner Frau. Dass er mit dem Tod seines übermächtigen Vaters wohl den eigenen Tod als Chance begriff. Als Ausweg.

Meine Mutter wohnte jetzt in zwei winzigen Mansarden mit Kochplatte und Klo, die ihr eine alte Freundin in ihrem Haus für wenig Geld überließ. Die Überreste des in der DDR aufrecht gehaltenen bürgerlichen Lebens, die Bücher, Platten, das alte Ölgemälde des Rostocker Hafens, waren nun zusammengepfercht auf dreißig Quadratmeter unter schiefen Dachwänden. Das Hafenbild stand neben dem

Klo, hochkant. Die Windjammer segelten nach unten. Ich war froh, ein paar Monate später nach Berlin ziehen zu können.

Jetzt hing meine Mutter an meinem Arm, wir liefen die Torstraße entlang, und neben uns zogen zweispurig alte DDR-Karren und neue alte Westautos vorbei. Die Droge begann langsam zu wirken, aber sie fuhr mir nicht wie das Koks durch alle Rohre, sondern es war so, als würde das Bild viel schärfer gedreht. Alle Lichter waren klarer und heller, und mir war, als könnte ich jedes Auto einzeln hören. Das Knattern eines Trabants, das käferartige Boxergeräusch eines Škoda MB 1000 und das tiefe Brummen der Mercedes-Taxen.

»Können wir denn jetzt in dem Restaurant essen, in dem du arbeitest?«, fragte meine Mutter. Seit einem halben Jahr kellnerte ich auch in der *Krähe* in der Kollwitzstraße. Daniel hatte mich da untergebracht, zweimal in der Woche trug ich Teller und Weingläser durch die Gegend.

»Klar, da gehen wir jetzt hin. Restaurant ist aber zu viel gesagt, das ist eher ein Café«, sagte ich. »Sollen wir ein Taxi nehmen?«

»O Gott, nein. Kein Taxi, ich kann gut noch ein Stück laufen.«

Am Rosa-Luxemburg-Platz bogen wir links hoch in die Schönhauser Allee. Rechts lag die Volksbühne, deren Rückseite dunkel und steil aufragte. Kresniks »Ernst Jünger« lief da gerade. Daniel hatte es schon gesehen und mit: »Viel Blech und Schweiß und Sperma« zusammengefasst. »Eben ein verklemmter schwuler Nazi und Käfersammler«, sagte er, während ich an unserem Küchentisch noch »In Stahlgewittern« las und die Begeisterung einer Generation für den Krieg begriff, die mir in »Im Westen nichts Neues« nie aufgegangen war. »Aber schon geil anzusehen, wie die tanzen und schreien und spucken«, sagte er auch noch und stampfte selbst wie eine Dampflok durch die Küche. Auf der Premierenfeier unten in der Kantine hatte er Sophie Rois Feuer gegeben, und überhaupt ging Daniel hauptsächlich wegen der Partys in die Volksbühne, die im dunklen Bauch des Theaters nach den Stücken stattfanden. Zwischen Bier, Buletten und Kartoffelsalat, an gescheuerten Tischen mit überquellenden Aschenbechern und unter einer dicken Schicht Zigarettenrauch, die sich wohl nie auflösen würde.

In der *Krähe* machten wir manchmal einen »Murx-den-Europäer«-Wettbewerb, den gewann Daniel immer. Er konnte am allerbesten von uns allen wie Magne-Håvard Brekke laufen. Der saß ja in einem roten Rollkragenpullover das halbe Stück ganz hinten links auf der Bühne an einem Tisch und ging ab und zu nach vorn, als hätte er zu kleine Gelenke, als wäre er eine aufgezogene riesige Puppe, starrte wortlos ins Publikum und gurkte wieder zurück. Daniel konnte genauso gehen und genauso gucken und bekam jedes Mal die Flasche belgisches Kirschbier vom Chef, wenn er gegen wen auch immer auf den Tresen der *Krähe* zulief und man dabei befürchtete, dass seine Oberschenkelknochen aus den Hüftpfannen springen würden. Unter dem Gejohle der Belegschaft und einiger letzter Gäste.

Der Chef stand auch an diesem Abend hinter dem Tresen, und wir wussten immer noch nicht, aus welchem asiatischen Land sein Vater nun eigentlich stammte. Er war nicht der Typ, den man so etwas fragen konnte. Bevor man die Schicht begann, wollte er sogar die Kassetten sehen, die wir Köche und Kellner mitbrachten und im Café abspielen wollten. Außer Jazz und Klassik fand allerdings wenig seine

Gnade, und ab und zu flogen schon auch mal Pfannen durch die kleine Küche, die dem Eingang gegenüberlag. Auf einer Tafel aus DDR-Zeiten stand *Heute empfehlen wir* und darunter in Lindas schwungvoller Schrift: *Gnocchi alla romana*. Der Chef war ein unfreundlicher Muffelkopp, aber er kochte wie ein verdammter Gott.

Als ich an diesem Abend mit meiner Mutter den Raum betrat, nickte er mir freundlich vom Tresen aus zu und ließ Linda einen Tisch am Fenster eindecken. Ein paar Minuten später saßen wir über weißem Stoff an einem wackligen alten Tisch und aßen Baguettescheiben aus einem kleinen Korb. Linda tanzte um uns herum und stellte vier Kerzenständer aus Pressglas vor uns hin. Das flackernde Licht fiel warm über den Tisch. Sie trug einen rotkarierten Rock, der kurz über ihren Knien endete, schwarze Netzstrumpfhosen und kleine Stiefeletten, wie eine englische Zofe. Ihre weiße Bluse zierten folkloristische Stickereien, und sie war so weit aufgeknöpft, dass man einen Großteil ihrer Kugelbrüste und ein Stück ihres taubenblauen BH sehen konnte. In dieser Aufmachung würde sie das doppelte Trinkgeld einfahren, das ich bekam, wenn ich hier bediente. Egal, was ich anhatte und wie schnell oder wie freundlich ich war. Ihre Haare waren nicht mehr rot gefärbt wie damals in Heiligendamm, sondern stumpfschwarz und mit einer Spange am Hinterkopf hochgesteckt; dazu trug sie Lippenstift und einen fast violetten Lidschatten. Sie legte die Speisekarten vor uns auf den Tisch und fuhr mir im Vorbeigehen vom Nacken aufwärts durch die Haare. Mir lief es warm und kalt den Rücken runter.

Meine Mutter fragte, was denn Gnocchi seien und was eine Zucchini Piccata. Ich erklärte es ihr, und sie entschied sich für die Gemüsescheiben in Käse-Ei-Hülle auf hausgemachten Tagliatelle. Ich selbst nahm erst ein Vitello tonnato und danach gratinierte Jakobsmuscheln.

Mir war, als würde die Keith-Jarrett-Kassette schon zum zweiten Mal laufen, mir war, als würden die vier Kerzen auf unserem Tisch den ganzen breiten Bürgersteig vor uns auf der Kollwitzstraße beleuchten, und mir war, als wenn die dunklen Schatten der Bäume leicht zur Klaviermusik schaukelten. Die Straße war regennass und leer, nur selten fuhr ein Auto vorbei. Fuhr überhaupt eines vorbei? Doch da. Mir war, als würden meine Arme und Beine eine zweite Haut bekommen, die sich gegen die erste leicht verschob. Nicht unangenehm, eher energetisch, so, als würde ich gleich aufstehen und auch ein bisschen mit den Bäumen tanzen und vielleicht auch mit Linda in ihren Zofenstiefelchen. Schon bei dem Gedanken bekam ich einen Dicken. Mir war auch, als würde sie mir wirklich jedes Mal, wenn sie vorüberging, zulächeln und als würde ihr Gesicht dabei klarer vor mir stehen als alles andere, näher, als sie eigentlich war. Wie ausgeschnitten. »Die Linda ist nymphoman, glaube ich. Die hört nicht auf, die kennt kein Ende«, hatte Daniel gesagt, der natürlich mit ihr im Bett gewesen war, obwohl sie auch einen Architektenfreund an der TU hatte. »Verstehst du, was ich meine?« Und ich hatte geantwortet: »Nein, versteh ich eigentlich nicht. Wie ist das dann, wenn eine nymphoman ist?« Mir war jetzt plötzlich, als hätte ich diesen Satz laut zu meiner Mutter gesagt, die da vor mir saß, ihren Teller leer gegessen hatte und weinte. Weinte? Ja, weinte!

Ich beugte mich über den Tisch durch das Kerzenlicht, das ich auf der Haut spürte, keine Wärme, eher so wie eine elektrische Spannung. Ich berührte das Gesicht meiner Mutter und fragte: »Was denn, Mama? Was ist los?«, und registrierte, dass ich überhaupt nicht zugehört hatte in den letzten Minuten. Wovon hatte sie geredet?

»Dass es dir hier so gut geht. Ist doch wirklich schön«, sagte sie, und ich antwortete: »Ja schon.« Und: »Aber das ist doch kein Grund zu weinen.«

»Nein, nein.« Sie lächelte schief, nahm ihre große runde Brille ab, putzte sie mit einem Zipfel der Tischdecke, und als sie sie wieder aufsetzte, sah sie endgültig aus wie ein trauriger Uhu.

Ich stand auf und holte noch einmal die Karte beim Chef. »Gut drauf heute mit der Mutti, oder was?«, fragte der, und ich antwortete: »Ach Chefchen, noch mal nach 'nem Nachtisch gucken.« Hatte ich Chefchen gesagt?

Meine Mutter hob die Hände wie ein Torwart: »Thomas, nein. Nicht noch mehr essen.«

Ich sah auf die Speisekarte, verspürte auch keine Lust mehr auf etwas Süßes, gab die Karte der vorbeirauschenden Linda und rief ihr nach: »Einen Espresso bitte, aber plötzlich.«

Sie lachte über die Schulter, ich lachte mit, und meine Mutter sagte: »Aber, Thomas!«

Ich sah sie an, und die Haut unter ihren verheulten Augen war ganz rot. Sie schob ihre Brille ein Stück höher auf die Nase, und Keith-Jarretts-Klaviertöne fielen aus den Boxen wie Eisstücke in ein Glas. Der Chef stellte zischend die Kaffeemaschine an, und sein asiatisches Gesicht im Tresenspiegel verschwand für ein paar Sekunden hinter Wasserdampf.

»Die wollen mich eben loswerden!« Meine Mutter schnäuzte sich.

»Wer denn?«, fragte ich und beobachtete über ihren Rücken, wie der Chef einen Westberliner auflaufen ließ.

Der hatte sicher beim Reinkommen gesagt: »Mach ma 'n Beck's«, und der Chef hatte sicher geantwortet: »Wir haben hier kein Beck's«, und da brach dann auf der anderen Seite des Tresens immer eine Welt zusammen. Die drei Ostbohemiens, die auf den Hockern vor der Bar hingen und sich den ganzen Abend selbst im Spiegel ansahen, kicherten in sich hinein. Ich musste auch grinsen, und das Grinsen blieb mir im Gesicht kleben, wie festgetackert.

»Na, Schlecker doch«, sagte meine Mutter, und ich musste daran denken, dass mein Vater sich im Grabe umdrehen würde, wenn er wüsste, dass sie da jetzt arbeitete. Zunächst hatte Schlecker ihr zweimal nur einen Zeitvertrag gegeben, und sie musste zwischen zwei Filialen hin- und herfahren. Manchmal an einem Tag. Schließlich sollte sie eine neue Filiale in Toitenwinkel übernehmen und zum Laufen bringen. Das hatte sie doch gemacht. Und was war nun?

»Aber du bist da doch jetzt Chefin«, sagte ich und schob die vier Kerzenständer zusammen, sodass sie sich berührten. Ich tauchte meine Zeigefinger in das warme Wachs. »Sie baden gerade Ihre Hände drin.« Am liebsten hätte ich beide Arme da reingesteckt.

»Pffff, Chef ist niemand bei Schlecker, außer Schlecker selbst. Es heißt, die wollen am liebsten nur noch junge, alleinerziehende Mütter anstellen. Ohne Ausbildung. Und die hier soll mein Ende sein.«

Sie legte eine Schachtel Lord Extra auf den Tisch. Die hatte sie sich manchmal schon zu DDR-Zeiten im Delikat für sieben Ostmark gekauft und heimlich mit ihren Freundinnen im *Ratskeller* geraucht. Mein Vater hatte das überhaupt nicht leiden können. »Mathilde, aber das ist doch nun wirklich zu kindisch aber auch, zu kindisch.«

Ich nahm die Schachtel und drehte sie hin und her. Nahm mir eine raus und zündete sie an. Stieß den Rauch durch die Nase und fragte: »Wie das?« Und dachte: Die sind einfach zu leicht, immer schon gewesen.

Meine Mutter schnaubte noch einmal selbstvergessen in ein Taschentuch, so laut, dass der Chef meinen Blick suchte, anerkennend nickte und loslachte. Sie deutete auf die Zigaretten: »Ich habe die von zu Hause mitgebracht, weil ich ... Meine Güte, weil ich seit dem Tod deines Vaters ... Und dieser ganze Stress ... Na, auf jeden Fall rauche ich mehr. Nur ein bisschen, ab und zu. In der Mittagspause. Oder nach der Arbeit.«

Ich drehte unter dem Tisch meine nebeneinanderstehenden Füße im Takt der Musik von links nach rechts und wieder zurück. Sie griff nach der weißen Schachtel und stellte sie aufrecht auf den Tisch. »Ich habe die von zu Hause mitgebracht. Aber der BL sagt, ich hätte die geklaut, weil da nicht so ein Zettelchen dran war, dass ich die gekauft habe. Wie auch? Ich habe sie ja mitgebracht.«

»Der BL?«, fragte ich.

»Ach, das war eine ihrer Kontrollen, die die ständig machen. Die haben nur nach was gesucht. Die wollten mich fristlos kündigen. Erst wollten sie sogar, dass ich mich gleich hinsetze und meine Kündigung selbst schreibe. In der Umkleide. Aber das habe ich nicht gemacht. Wenigstens das nicht.«

Sie legte ihren Kopf auf den weißgedeckten Tisch, und auch wenn sie nicht so weit ging, ihn auf der Decke abzulegen, sondern die Stirn auf ihre aufeinandergestellten Fäuste bettete, zeigte das doch ihren Verzweiflungsgrad. Ich konnte ihren Haaransatz sehen, der zweifingerbreit grau war.

Ich stand auf und schüttelte die Beine aus wie ein Fußballer, der eingewechselt wird, und breitete die Arme aus: »Das geht so doch nicht, Mama. Da musst du dich doch, was weiß ich ... An den Betriebsrat wenden.«

»Bei Schlecker gibt es keinen Betriebsrat«, sagte sie dumpf gegen die Tischplatte. Sie nahm den Kopf hoch und sah mich direkt an: »Ich bin jetzt einundfünfzig und steh auf der Straße.«

Ich stand immer noch mit erhobenen Armen da, und am liebsten hätte ich so eine Welle gemacht, von der linken Hand über die Schultern rüber in die rechte Hand, aber ich konnte das unterdrücken: »Du musst dir eben woanders Hilfe holen, bei der Gewerkschaft oder bei einem Anwalt.«

Die Keith-Jarrett-Kassette kam ans Ende, und das Herausklicken der Playtaste war bis zu uns zu hören. Der Chef grinste in meine Richtung: »Jawoll!« Er klatschte in die Hände, die Vor-dem-Tresen-Hocker klatschten auch, und selbst der Westberliner klatschte. Und dann war mir, als wenn ich aus der Küche Linda und den Koch singen hörte: »Danke für meine Arbeitsstelle, danke für jedes kleine Glück. Danke für alles Frohe, Helle und für die Musik.«

8. Kleeblattsommer

Kerstin und ich sprachen schon den ganzen Tag nicht miteinander. Wir hatten mit Daniel gemeinsam gefrühstückt, dann war er zur Arbeit gegangen und wir beide rüber ins Vorderhaus, um die neue Wohnung weiterzustreichen. Ich hatte Frau Wagner in der Schönhauser überzeugen können, mit uns zu tauschen. Die Siebzigjährige lebte allein auf hundert Quadratmetern und konnte sich die steigende Miete nicht mehr leisten. Die WIP war einverstanden, und so zogen Daniel und ich ins Vorderhaus. Das dritte Zimmer sollte Kerstin bekommen, die mit ihrem Studium fertig war und in ein paar Wochen bei der *Zitty* im Layout anfangen wollte.

Aber da ging der Streit schon los. Ob wir jeder einen eigenen Raum wollten oder nicht lieber, wie Kerstin das vorschlug, das Berliner Zimmer nach hinten auf den Hof gemeinsam zum Schlafen nutzen und eines der beiden vorderen, wo in Augenhöhe die U-Bahn vorbeiballerte, als gemeinsames Wohn- und Arbeitszimmer einrichten sollten. »Ich bin sowieso den ganzen Tag nicht da, und du könntest da in Ruhe lernen. Na ja, so viel Ruhe, wie dir die U2 eben lässt!«

Ich hatte das Studienfach gewechselt. Das Rumgelaber in der Germanistik war mir auf die Nerven gefallen, und in der Theaterwissenschaft hatte ich nur Spaß, wenn wir mal selber inszenierten und spielten. Allerdings konnte ich meine bescheidenen Talente auf diesem Gebiet realistisch einschätzen. Also hatte ich mit Jura angefangen, die ersten zwei Semester lagen bereits hinter mir. Das Studienjahr war so gut wie beendet, auch wenn es erst Juni war. Ich hatte zwei kleine Scheine gemacht, und in fünf Tagen wollten wir nach Irland fliegen. Wenn wir allerdings weiter so schweigen würden, war ich mir nicht sicher, ob das eine gute Idee war. Seite an Seite in einem kleinen Zelt.

Kerstin wollte ein Kind, und ich wollte keins. So einfach war das. Jedenfalls wollte ich jetzt keins. Wir hatten uns an meinem sechsundzwanzigsten Geburtstag vor ein paar Wochen darüber so in die Haare bekommen, dass Kerstin die Wohnung verlassen hatte und auch am Abend nicht zur Party erschienen war.

Ich hörte sie jetzt in der Küche unserer neuen Wohnung rumoren. Sie ging an meiner Leiter im Berliner Zimmer vorbei, auf der ich ganz oben mit einer Malerrolle stand, und stellte eine Tasse Kaffee daneben. Wortlos. Dann verschwand sie wieder in der Küche. Daniel und ich hatten uns dort einen Fries aus technotanzenden Zwergen gewünscht, und Kerstin brachte mit einer Schablone und roter Farbe gerade die Jungs mit ihren Zipfelmützen auf die Wand. Ich machte die Wände weiß, sie war eher für die Feinheiten zuständig.

»Wenn ich ein Kind auf dem Schoß habe, stimmt einfach alles«, hatte Kerstin vor einem halben Jahr das erste Mal zu mir gesagt. Wir waren bei ihren Eltern in einem kleinen Dorf bei Stralsund. Wir fuhren manchmal dorthin, und ich mochte das sehr. Wenn man erst in den Regionalzug nach Stralsund und weiter mit einem Bus nach Muuks fuhr, war es, als ob jemand den Lauf der Welt verlangsamen würde.

Irgendwann dann Kopfsteinpflaster, Bauernrosen, Sonnenblumen. Stille, einerseits. Dafür nahm man die Farben viel mehr wahr, die wenigen Menschen, die Gerüche, die Vögel, den Wind, das ständige Hundegebell.

Kerstins Eltern mochten mich. Sie waren freundlich und arbeiteten für den Nachfolger der LPG in der Landwirtschaft. Ich konnte eigentlich über nichts mit ihnen reden, aber ich war gern in ihrem überheizten, vollgequalmten Haus, aß gern die viel zu großen Portionen und hing abends mit ihnen vor der Glotze ab. Für einen oder zwei Tage genoss ich das sehr. Auch weil ich seit dem Umzug meiner Mutter nach Itzehoe, wo sie jetzt in der Kosmetikabteilung bei Hertie arbeitete und sich wieder eine richtige Wohnung leisten konnte, gar nicht mehr nach Rostock fuhr und mich heimatlos fühlte. Seit ihrem Weggang war ich nicht mehr da oben gewesen.

Aber da gab es eben auch zwei Schwestern von Kerstin, die in Stralsund wohnten, insgesamt fünf Kinder hatten und jedes Wochenende bei ihren Eltern waren. Dauernd saß da ein Kind auf unserem Schoß, doch im Gegensatz zu Kerstin war ich sehr froh, wenn ich das nach einer halben Stunde wieder, an die rechtmäßige Besitzerin zurückgeben konnte.

Kerstin kam mit ihrem Kaffee zurück ins Berliner Zimmer, nahm sich eine Zigarette aus meiner Schachtel, zündete sie an und setzte sich auf eine der unteren Leitersprossen. Ich strich weiter und sie sagte: »Wir sollten Daniel einfach mit nach Irland nehmen. Dem geht es wirklich nicht gut.«

Ich wusste absolut nicht, was ich darauf antworten sollte, auch wenn sie recht hatte. Dem ging es wirklich nicht gut. Er nahm einfach zu viele Drogen. Inzwischen konnte man das sehen, an seiner Haut, die trocken wirkte, und überhaupt an seiner ganzen fahrigen Erscheinung. Während ich noch darüber nachdachte, wie ich Kerstins Vorschlag fand, und mir dabei ein Klecks Farbe auf die Stirn tropfte, der langsam Richtung Nase lief, stand Kerstin wieder auf und sagte im Hinausgehen: »Und Manne sollte auch mitkommen. Der geht es in München auch nicht gut.«

Wir trafen uns mittags in Dublin in einem dieser schrecklichen fensterlosen Flughafencafés. Wir waren fast die einzigen Gäste, ein gelangweilter Mann in einem unschätzbaren Alter stand hinter dem Zapfhahn und starrte ins Nirgendwo. Daniel und ich tranken ein erstes Guinness, rauchten und warteten darauf, dass Kerstin mit Manne wiederkommen würde, deren Flugzeug aus München gerade gelandet war. Neben uns standen drei große Rucksäcke, darauf waren die Isomatten und die Zelte geschnallt.

Wir hatten Daniel gar nicht groß überreden müssen mitzukommen. Seit ich ihn kannte, war er noch nie in Urlaub gefahren. Jedenfalls nicht so wie Kerstin und ich, nach Griechenland oder Korsika oder meinetwegen nach Norwegen. Höchstens für ein Wochenende nach Amsterdam, und mit Linda war er mal vier Tage in Rom gewesen. Danach redeten sie wochenlang nicht miteinander, und ich wusste immer noch nicht, was da eigentlich vorgefallen war. Aber als Kerstin ihm den Vorschlag machte, mit allen gemeinsam für ein paar Wochen durch Irland zu reisen ohne Rückflugticket, da sagte er immerhin nicht sofort: »Nee, lass mal.« Er ließ sich erklären, was wir vorhatten, und selbst die Vorstellung zu trampen und im Zelt zu schlafen schreckte ihn nicht ab. Er hörte sich das an und sagte: »Wenn ich einmal die *Pogues* höre, fahre ich wieder ab.«

Auch Manne willigte schnell ein. Sie hatte ihr Studium ein Jahr vor Kerstin beendet und danach das Angebot einer PR-Agentur angenommen, für wirklich viel Geld. Sie wolle mal was anderes versuchen, hatte sie zu Kerstin gesagt. Je fremder, je besser. München war ihr nun aber offensichtlich zu fremd, und Kerstin erzählte mir ständig, wie unglücklich Manne da sei und dass alle immer sagten, das Beste an München wäre die Nähe zu Italien. Aber dann könne man doch gleich nach Italien ziehen! Auch die Berge: nicht ihr Ding. Von den Bayern mal ganz zu schweigen.

Jetzt kam sie an Kerstins Arm in unsere dunkle Flughafenbude gelaufen, wuchtete sich den Rucksack von der Schulter und umarmte uns, als wären wir die Heiligen Drei Könige. Sie hatte tatsächlich Tränen in den Augen, die coole Manne. Ihre Haare waren schulterlang und nicht mehr weiß gefärbt wie zu FAK-Zeiten, sondern sandbraun. Kerstin stand ganz glücklich neben ihr, und während Daniel den beiden ein Guinness orderte, sagte sie: »Manne hat noch kein Zelt.«

»Kein Ding«, antwortete Daniel. »Kannst gern bei mir schlafen. Meins ist groß genug.«

»O.k., gern«, sagte Manne, und als wir mit den großen Stoutkrügen anstießen und der fingerdicke schmutzig braune Schaum darauf schwappend zitterte, sagte Daniel noch: »Aber wenn wir in einem Zelt schlafen, kann ich nicht Manne zu dir sagen. Ich kann das sowieso nicht sagen. Noch nie. Ich find den Krug so bescheuert. Dieses Gesinge im ›Tatort‹ geht mir so was von auf den Zeiger.«

Manne wischte sich den Schaum von der Oberlippe und nickte: »Du, gern. Ich habe nie darum gebeten. Die haben mich einfach in Heiligendamm so getauft. Schon am ersten Tag.« Sie stand auf, verbeugte sich vor Daniel und sagte:

»Ich heiße Stephanie. Du kannst aber auch gern Steffi sagen.«

Daniel lachte und nickte. »Steffi ist doch gut.«

Kerstin und ich sahen uns zufrieden an.

Die Mädchen wollten die erste Fahrt zusammen machen, und wir verabredeten uns in Connemara, oben an der Küste, in Westport. »Ist das nicht zu weit?«, fragte Manne skeptisch, aber Kerstin sagte: »Ach was. Wir treffen uns da auf dem Zeltplatz. Wir beide kommen schon weg. Fragt sich nur, wer die beiden Zausel hier mitnimmt.« Sie kniff mich in die Backe, küsste mich lange und so, wie sie mich schon seit Tagen nicht geküsst hatte.

Wir kamen immerhin bis Galway. Aber allein bei Athlone saßen wir vier Stunden am Straßenrand und guckten in die Landschaft, in dieses endlose Grün der Wiesen, durchzogen von kleinen Mauern aus aufgeschichteten grauen Steinen. Bis sich Gary erbarmte, ein Klempner, nicht viel älter als wir, der in Galway lebte und uns in seinem Kastenwagen mitnahm. Ich stieg hinten ein, hockte da glücklich im Halbdunkel auf meinem Rucksack, und Gary sagte: »You can smoke there as well.« Er hatte trotz seiner jungen Jahre eine Halbglatze, aber dafür unterarmdicke Koteletten. Sein Rücken war breit, er trug einen Blaumann, und über dem braunen Ledergürtel hing ein beeindruckender Bauch.

Daniel saß auf dem Beifahrersitz, hatte die Scheibe runtergedreht, und seine Haare wurden vom Wind zerzaust. Er kurbelte das Fenster gerade wieder hoch, als Gary krachend den vierten Gang erreichte, zu ihm herübersah und fragte: »So, where are you from?« Ich lehnte mich gegen die geschlossene Wand des Kastenwagens und war gespannt, was Daniel antworten würde. »Ich hab so keinen Bock mehr auf diese ständigen Ostfragen, das kannst du dir gar nicht vorstellen. Als wäre ich im Indianerreservat groß geworden«, hatte er vor ein paar Wochen zu einem Mädchen auf einer Party gesagt und sie einfach stehen lassen. Meine Mutter in Itzehoe hatte sich auch angewöhnt zu sagen, dass sie aus der Nähe von Lübeck stamme, und kam damit fast immer durch.

Daniel zündete sich eine Zigarette an: »Berlin. We are from Berlin.«

Aber Gary setzte nach: »East or West?« Und als Daniel nach kurzem Zögern »East« antwortete, flippte der Ire völlig aus. Seit Jahren würde er Tramper mitnehmen, aber noch nie wäre jemand aus dem Osten Deutschlands dabei gewesen. Er schlug auf das Lenkrad und lachte donnernd: »I've been waiting for you for years.«

Daniel sah erst auf die schmale Straße, auf deren linker Seite Gary dahinraste, sah ihn wieder an und fragte: »What's so special? I mean...«, und Gary erklärte, die Iren würden denken, die Ostdeutschen seien wie sie. Schließlich hätten sie auch einen großen Bruder, der sie übers Ohr hauen würde, wo er könne, ihre Arbeitslosigkeit sei hoch, sie würden zu viel saufen, und ob unsere Straßen nicht auch so Scheiße seien wie ihre? Als er das sagte, rasten wir an einer kleinen Kirche vorbei, und Gary, der mit rechts rauchte, nahm auch die linke Hand vom Steuer, um sich zu bekreuzigen, während wir über eine Bodenwelle flogen.

Ich war ganz froh, nicht vorne zu sitzen, und jedes Mal, wenn wir links in einen der vielen Kreisverkehre bogen, guckte ich lieber hinten aus dem kleinen Fenster des Kastenwagens. Daniel lachte mit einer kurzen Verzögerung und sagte in seinem schlechten Schulenglisch, dass da schon was dran sein könnte. »It's true. A bit.«

Gary stellte das Auto in Galway direkt vor *Dunning's Bar* ab und verbrachte die nächsten Stunden dort mit uns lachend, trinkend, rauchend. Er stellte uns all seinen Freunden, die vor dem runden Tresen in der Mitte des Raumes standen, als seine beiden ostdeutschen Brüder im Herzen vor, und ohne das Guinness wäre es vielleicht schwierig geworden, aber mit ging es ganz gut. Es gab keine einzige Frau im ganzen Pub, und musikalisch kamen wir ein paar Mal gefährlich in die Nähe der *Pogues*. Von den Gesprächen, die mit uns geführt wurden, verstanden wir bestenfalls die Hälfte. Kurz vor Mitternacht torkelten wir aus dem Pub.

Draußen konnte man das Meer riechen, auch wenn Gary sagte, dass gerade Ebbe sei – falls ich ihn richtig verstand. Die kaltfeuchte Luft über uns wurde von einem Gewirr aus Kabeln und Drähten durchzogen, und darüber lag ein wattig wolkiger Himmel, durch den ab und zu ein Stern blitzte. Die Häuser waren klein und manchmal tatsächlich mit diesem grauen, groben Putz versehen, den ich aus Rostock kannte. Sie standen da wie untergehakt oder aneinandergelehnt, und in der Mitte der Stadt floss rauschend ein Fluss.

Der Pub stand auf einer Landzunge, die dieser Fluss auf seinem Weg zum Meer auf beiden Seiten umfloss, und als Letztes gab uns Gary mit auf den Weg, dass wir da ruhig unser Zelt aufstellen könnten. Mitten in der Stadt, direkt vorn auf der kleinen Wiese, wo die Flussarme wieder zusammenkamen, sei doch ein schöner Platz. Am Meer sei es verboten, aber da: »No problem.« Daniel, der seinen Rucksack nur über einer Schulter auf seiner schwarzen Jeansjacke trug, deutete wortlos auf eine Polizeiwache, die nur hundert Meter entfernt lag. Gary wendete den Kopf langsam, seinem Finger folgend, und drehte ihn genauso langsam wieder zurück: »One night, no problem! Trust me!«, und das taten wir auch.

Am nächsten Morgen wurde ich vom donnernden Fluss um uns und von donnernden Kopfschmerzen in mir geweckt. Daniels Schlafsack neben mir war leer. Ich quälte mich aus dem Zelt, löste im letzten Rest Mineralwasser ein Aspirin auf und legte mich in die frühe Morgensonne, deren Strahlen noch fast ohne Wärme waren.

Nach einer halben Stunde kam Daniel wieder. Er strahlte und ließ sich neben mich fallen. Der breite Reißverschluss seines dunkelblauen Seemannspullis war bis zum Hals zugezogen, und er hatte sich ein rot-weißes Tuch unter den Pony gebunden, sodass seine Haare vorn etwas abstanden. Er deutete in Richtung Meer. »Da vorn verkaufen sie akkuraten Kaffee. Schwarz, heiß und irgendwie geschmacklos ... Aber eh, gut! Völlig ausreichend, wie früher bei uns eben. Einen mug of coffee, heißt das hier. So 'ne große Tasse.« Er war absolut zufrieden, so hatte ich ihn schon lange nicht mehr gesehen.

Connemara tat dann das Übrige. Ein italienisches Architektenpaar nahm uns als Erstes in seinem Fiat Uno mit. Beide waren ganz in Schwarz gekleidet, sie trug auch noch eine eckige Brille und sah aus wie Gundel Gaukeley.

Der Mann, Bruno, fuhr nie schneller als im dritten Gang, und wenn er im Schneckentempo links in einen der Kreisverkehre einbog, schloss sie die Augen und murmelte: »Donna mia.« Sonst redeten wir wenig, auch weil die beiden noch schlechter Englisch sprachen als wir.

Aber wir kamen vorwärts. Der Himmel war tief, mit Wolken in allen Grauschattierungen. Hortensien reckten überall ihre schweren Köpfe der immer wieder durchscheinenden

Sonne entgegen, wechselten ihre Farben in großen Büschen von blau über violett nach rosa und wieder zurück, als wenn es nichts wäre. Die Straßen waren oft nur ein Auto breit und vollkommen leer, nur manchmal waren sie von Schafen bevölkert, die jeweils einen blauen oder roten Farbfleck auf dem Nacken oder dem Hintern hatten und sich überhaupt nicht um uns kümmerten. Wenn Bruno sie entdeckte, schaltete er in den ersten Gang und ruckelte langsam an ihnen vorbei.

Als Nächstes nahm uns eine englische Lehrerin mit, die sagte, dass sie uns in England niemals mitgenommen hätte. Zwei junge Männer? »Never ever.« Aber in Irland habe sie einfach immer das Gefühl, alles sei gut. Kahle Bergkegel säumten den Horizont, das tiefe Grün wurde immer wieder durchbrochen von kleinen Seen und von den ewigen Steinmauern, die im Quadrat die Landschaft teilten. Daniel neben mir sah aus dem Fenster, grinste in sich hinein, und wir vergaßen sogar zu rauchen.

Am späten Nachmittag trafen wir die Mädchen, die angeblich schon am Abend zuvor in Westport gelandet waren, mehr oder weniger nonstop von Dublin aus, was wir stark bezweifelten. Mir kam es vor, als seien sie genau einen Zeltaufbau schneller gewesen als wir. Sie standen untergehakt und grinsend auf der weiten Wiese, die hier der Zeltplatz war. Das Meer vor uns wurde von einer kleinen felsigen Bucht begrenzt und lag ganz still und mattgrau da.

Manne lud uns alle zu Fish and Chips in der Stadt ein, danach tranken wir noch eine Flasche Rotwein im böigen Wind vor den Zelten. »Der ist so teuer!«, sagte Kerstin, als ich die Flasche ansetzte, »das glaubst du gar nicht. Flüssiges Gold, ey, und erst die Zigaretten. Unfassbar, was die hier kosten. Wir müssen gleich anfangen zu drehen.«

Danach verschwanden wir in unseren Zelten. Kerstin und ich hatten uns in Berlin neue Schlafsäcke gekauft, die man zusammenschließen konnte. Ich hatte das eher als theoretische Möglichkeit begriffen, aber als ich vom Klo wiederkam, hatte sie tatsächlich diese eine Riesenmumie gebaut. Ich kletterte in Jogginghose, T-Shirt und Socken zu ihr hinein. Es war arschkalt. Sie trug außer einem T-Shirt nichts, und als ich fragte: »Was machen Manne und Daniel wohl jetzt«, murmelte sie: »Vielleicht das, was wir jetzt machen?« Dann griff sie nach mir, und es war wirklich merkwürdig in diesem Riesenschlafsack, weil wir uns unheimlich nah waren, uns aber trotzdem nicht sahen. Sie zog mir die Hose herunter, und ich küsste ihre unsichtbaren Brüste. Es ging alles sehr schnell, viel schneller als sonst, und als ich mich von ihr wegdrehte, um mit der Taschenlampe nach den Kondomen zu suchen, maulte Kerstin: »O Menno, brauchen wir die denn?«

Ich sah sie an im Schein der kleinen Lampe. Sie sah wirklich süß aus, ganz nah vor mir mit zerzausten Haaren und geröteten Wangen von der Kälte oder vom Rummachen. »Klar brauchen wir die«, sagte ich. »Ich bin sechsundzwanzig, Kerstin. Und ich habe gerade mal zwei Semester Jura hinter mir. Ist noch ein bisschen hin bis zum zweiten Staatsexamen, bis ich Geld verdiene und alles.«

Sie stützte ihren Kopf in die rechte Hand und fuhr mir mit der anderen die Eier hoch bis zum Schwanz, der bei diesem Thema an Spannung verloren hatte.

Ich fand die Packung und zog eines heraus. Durch die silberne Folie in die Mitte des Kondoms hatte Kerstin ein winziges Loch geschnitten und den Stängel eines Kleeblattes durchgezogen. Ich schüttete die ganze Schachtel aus, alle Gummis waren gleich präpariert. »O Mann«, sagte ich, musste aber auch lachen. »Bist du irre? Kriegen wir hier überhaupt neue zu kaufen? Sind die hier nicht verboten? Die sind doch so katholisch.«

Kerstin grinste und flüsterte: »Umso besser. Wie alt willst du denn werden, um Vater zu sein? Vierzig? Ich verdien doch jetzt Geld. Du kannst schön weiterstudieren und das Kleine morgens vor der Uni in den Kindergarten bringen.« Sie tauchte in den Riesenschlafsack, nahm meinen Schwanz in den Mund, der ihr die Gefolgschaft nicht versagte, und knurrte: »Jetzt komm, mach das Licht aus«, was sehr lustig klang aus dieser dunklen Daunenhöhle.

Ich löschte das Licht, und Kerstin schwang sich auf meinen Schwanz wie in einen Sattel. Sie war so warm, dass die kalte Luft, die oben in diese riesige Schlafsackmöse drang, mir noch kälter vorkam. Schnell bewegte sie ihren Hintern auf und ab, und auch ohne es zu sehen, war das fantastisch. Ganz nah blökte plötzlich ein Schaf. Der Reißverschluss eines Zeltes wurde aufgezogen, und jemand murmelte etwas. In welcher Sprache, war nicht zu verstehen. Ich umklammerte Kerstins Hintern und fing sie wieder ein, hob mein Becken und warf sie von mir. Sie mochte auch das und wimmerte leise, als ich mich in ihr vorschob, während sie auf dem Rücken lag. Ich griff ihre Hände, wir verkrallten die Finger ineinander, und vor allem verringerte ich etwas die Schlagzahl. Kerstin rutschte unter mir hin und her, wollte sich wieder mehr bewegen und glitt unter mir weg. Das Schaf blökte wieder und mehrfach hintereinander. Es klang so, als ob es direkt vor unserem Zelt stand. Wir lachten beide, Kerstin legte sich mit dem Rücken zu mir und fädelte sich so auf meinen Schwanz. Ich bog ihren Nacken nach vorn und umfasste ihre schmale Hüfte, sie stöhnte leise in die Daunen und blökte einmal aus Quatsch wie das

Schaf. Wieder mussten wir lachen, und Kerstin verlor sich irgendwann und kam.

Ich kam auch, aber nicht in ihr, was in unserem Riesenschlafsack natürlich nicht lange zu verbergen war. »Mensch, Scheiße, jetzt lieg ich hier in deiner Soße«, sagte sie, und mehr sagte sie nicht. Ich drückte mich an ihren verschwitzten Körper und küsste die warme Haut hinter ihrem Ohr. Sie ließ sich halten, es schüttelte sie ein paar Mal, und ich war nicht sicher, ob das wegen der kalten irischen Luft war oder wegen des Sex, oder ob sie doch weinte.

Wir reisten zwei Wochen durch das Land, hingen lange in Connemara rum und trödelten so Richtung Süden. Alles bei feinstem, durchwachsenem Wetter. Kerstin und Daniel badeten sogar zweimal, während Manne und ich am Ufer in unseren Schlafsäcken saßen und fröstelnd zuguckten.

Wir lagen an den Cliffs of Moher auf dem Bauch über der Steilküste und sahen dem Meer dabei zu, wie es aus Westen kommend hundert Meter tiefer gegen die Felsen donnerte und dabei türkisfarbene Strudel bildete. Möwen wirbelten wie Blätter im Wind, um irgendwann wie Patronen auf ihre Nester in der Felswand zuzuschießen und aus unserem Blickfeld zu verschwinden. Ich musste immer ein Stück nach vorn gucken, Richtung Horizont, denn wenn ich gerade runtergeguckt hätte, hätte ich vermutlich gekotzt. Aber ich hätte uns gern von oben gesehen, wie wir da auf dieser blühenden Wiese lagen, mit über den Abhang geschobenen Köpfen. Ganz links Manne, dann Kerstin, daneben ich und an meiner rechten Seite Daniel.

Kurz bevor wir unten im Südwesten den Shannon mit einer Fähre überquerten, hielt ein sehr langsamer weißer

Fiat Uno vor uns, und Bruno und seine Gundel Gaukeley stiegen aus und umarmten uns wortlos.

Irland war gut zu uns, und der Regen kam erst auf der Halbinsel Dingle. Zwei deutsche Tramper hatten uns ein kleines Hostel in Inch, kurz vor dem Ring of Kerry, empfohlen. Da versackten wir für ein paar Tage.

Es war ein altes Haus, in dem es ein paar Gästezimmer gab, und auf dem Hof war noch ein Stall mit zehn Doppelstockbetten bestückt. William, der Besitzer, hatte uns eine kleine Mansarde unter dem Dach zugewiesen, in die gerade zwei Doppelstockbetten passten mit anderthalb Metern Platz dazwischen. Die Betten sahen aus, als ob sie im Frühjahr bezogen worden waren und erst im Herbst wieder abgezogen werden würden. Aber es war sehr gemütlich in dem verwinkelten Haus, wo wir auf Backpacker aus Frankreich trafen, aus Polen und den USA. Lukas und Susanne aus Flensburg. Zwei Uwes aus der Nähe von Hannover, drei Schwestern aus Thüringen.

William hatte einen Narren an Daniel gefressen und bat ihn schon am zweiten Tag, in seiner Abwesenheit die Neuankömmlinge zu empfangen und auf die Zimmer zu verteilen. Seine schulterlangen Locken waren fast schon grau, obwohl er höchstens Anfang vierzig war. Er hatte eine Tochter, Anne, zwanzig Jahre alt, klein und etwas untersetzt. Ihre aschblonden Haare waren gelockt wie die von ihrem Vater. Ihr Gesicht war voller Sommersprossen, und so blaue Augen wie ihre hatte ich tatsächlich noch nie gesehen. Sie lief den ganzen Tag in einer schwarzen Hose und einer olivgrünen Kapuzenjacke mit hochgezogenen Schultern rum, und die Frage nach ihrer Mutter beantwortete sie mit: »She is gone.« Hieß das, dass sie tot war oder nur abgehauen? Wir trauten uns nicht, sie zu fragen. Anne stand morgens in der kleinen Küche, spülte, wischte Tische ab und räumte auf, und danach verschwand sie bis zum Abend, ohne dass wir rausbekamen, wo sie tagsüber war.

Aber sie gefiel Daniel, das war zu sehen. Einmal kam sie mit uns in das nächste Pub. Er quatschte den ganzen Abend auf sie ein, und sie tanzten sogar miteinander. Anne warf Geld in die Jukebox, bog und streckte dann ihren Zeigefinger in Daniels Richtung, und er stand tatsächlich auf und tanzte mit ihr. Auch zu den *Pogues*.

Kerstin war die Einzige, die trotz des Regens an diesen Tagen ständig rausging. Es war ein sehr feiner Regen, Tropfen, die kaum zu sehen waren, eher wie feuchter Nebel, doch nach zehn Minuten war man komplett nass. Aber Kerstin zog sich ihre dunkelblaue Regenpelle an und weiße Gummistiefel mit roten Punkten, lief über die Straße die achthundert Meter zum Meer und setzte sich unter einen riesigen Regenschirm, den sie sich in Castlemaine gekauft hatte. Sie skizzierte Möwen, Felsen und Hortensien, einsame Spaziergänger am Strand und kam mit Muscheln zurück, glatt gespülten Steinen. Einmal brachte sie einen armlangen Fisch mit, den ihr ein Angler am Strand geschenkt hatte. Daniel nahm den auf einer Zeitung im Hof aus, schuppte und garte ihn im Ganzen in einer Alufolie im Ofen, mit Knoblauch und Gemüse, dazu gab es Salzkartoffeln.

Wir saßen auf zu kleinen Kiefernholzstühlen an einem wackligen Kiefernholztisch und bekamen neidische Kommentare der anderen Bewohner, die ihre Nudeln aufwärmten und Müslis zusammenrührten. Wir redeten beim Essen über das Schaf, das sie auf der anderen Seite der Irischen See in Schottland geklont hatten. »Hergestellt. Einfach so«, sagte Daniel und schob sich eine halbe dampfende Kartoffel in den Mund.

Kerstin nickte: »Ja, und wann machen die das mit uns? Ich möchte meine Kinder lieber selbst herstellen.« Sie schenkte mir einen giftigen Blick quer über den Tisch.

William, der einen letzten Gang durch die Küche tat, verstand, worüber wir redeten: »Dolly? That's against God.«

»It's against everything«, antwortete ich, und wir meinten vermutlich dasselbe.

Manne und ich verbrachten die Tage meistens lesend in unserer kleinen Mansarde, auf den oberen Betten liegend. Ich unter dem Fenster in der Schräge, Manne mit den Beinen hoch an die einzige gerade Wand, sodass ihre Schlafanzughose ein Stück über die schmalen Waden rutschte. Ich sah so nur ihre Haare, die Nasenspitze und ihr Kinn. Ihre Brüste fielen unter dem T-Shirt weich zur Seite. Die Zehen hatte sie grün, weiß und orange bemalt. Immer im Wechsel. Unsere eigenen Bücher hatten wir schon ausgelesen und auch die der beiden anderen. Also fraßen wir uns durch das, was die deutschen Touristen im kleinen Regal neben der Küche hatten stehen lassen. Schwedische Krimis, den »Medicus« und den »Baader-Meinhof-Komplex«.

In den Regenpausen stellten wir uns manchmal auf mein Bett, streckten die Oberkörper aus dem Fenster und rauchten. Dabei berührten sich immer wieder unsere Rücken, weil das Fenster so schmal war, und manchmal auch unsere Hintern. Das war lustig, und ich mochte Mannes Hintern an meinem, während ich aus dem Dach auf das Meer am Horizont blickte und sie auf die Wiesen hinterm Haus und wir dabei Dampfwolken in den Nebel bliesen.

Wir redeten an diesen Regentagen mehr, als wir in den letzten Jahren insgesamt geredet hatten. »Und du machst jetzt in Paragrafen. Ist das nicht ein bisschen langweilig?«, fragte Manne mit den Beinen an der Wand und ohne den

Blick vom Buch zu nehmen, und ich erklärte ihr meine Gründe. Dass mir die anderen Fächer irgendwann völlig belanglos vorgekommen waren, dass die meisten Kommilitonen keine herausragenden Eigenschaften hatten, genau wie ich, und dass man Recht nicht bekomme, sondern es sich holen müsse. Den Satz hatte ich von unserem Strafrechtsprofessor, aber das sagte ich Manne nicht. »Als meine Mutter von Schlecker rausgeworfen wurde, da hätte ich gern mehr gewusst, um ihr zu helfen«, sagte ich stattdessen, und dass ich überhaupt gern anderen Menschen helfen würde. »Eben Menschen, die einen Anwalt brauchen!«

»Also, so Liebling-Prenzlauer-Berg-mäßig?«, fragte Manne.

»Ganz genau, Manne Krug«, antwortete ich und sah auf ihre bunten Zehen. »Und du?«

Sie drehte sich auf den Bauch, legte ihre rechte Wange auf die vor sich gefalteten Hände und schloss die Augen. Die Brauen darüber waren schmal und ganz gerade. »Ach, ich. Wenn ich das wüsste. Ich möchte auf jeden Fall keinen wohlwollenden Journalismus mehr machen.« So nannten die Werber ihre Arbeit. Manne hatte vor dem Urlaub gekündigt, und von Kerstin wusste ich, dass es auch noch eine unglückliche Liebe in München gab, die sie auch sehr gern loswerden würde. »Ich will nach Berlin. Das ist das Einzige, was ich sicher weiß.«

Quietschend ging die Tür auf. Kerstin stand da, tropfend in ihren Regenklamotten, und sah aus wie die Deichgräfin persönlich. Sie stürzte sich auf mich, küsste mich, bis ich auch halb nass war. Dann sprang sie vom Bett: »Daniel hängt mit William schon wieder in der Garage ab. Schrauben die eigentlich wirklich an der alten Karre rum, oder sitzen die da nur und kiffen und saufen?«

»Vermutlich beides«, sagte Manne und legte ihre Beine wieder an die Wand.

Kerstin zog sich aus bis aufs T-Shirt und die Unterhose und kam zu mir ins Bett. »Wollen wir hier nicht mal abhauen?«, fragte sie. »Mir reicht's so langsam.«

Manne schwang die Beine wieder rum und saß nun auf ihrem Bett mit herunterbaumelnden irischen Zehen. »Mir eigentlich auch. Sonst fange ich noch an, die englischen Liebesromane unten aus dem Regal zu lesen.«

»Ich habe die Wettervorhersage heute Morgen im Küchenfernseher gesehen. Es regnet im ganzen Land, morgen und übermorgen auch«, gab ich zu bedenken.

»Ach, dann fahren wir einfach nach Cork und nehmen 'ne Fähre rüber nach Holland und gurken langsam zurück«, antwortete Kerstin.

»Sounds good«, meinte Manne, und ich hatte auch genug in dieser Kammer gelegen.

Aber Daniel wollte nicht mit. Er wolle bleiben, erklärte er uns am Abend im Pub, und Anne grinste. »Der William will ein Restaurant in Dingle aufmachen. Unten am Hafen, er könnte 'nen Koch brauchen«, sagte er, sog an seiner Kippe und schob »so baltisch-keltische Küche« hinterher.

Wir mussten alle lachen. »Da rennen die euch sicher die Bude ein. Labskaus und Irish Stew. Was für eine Kombi«, sagte ich und konnte mir absolut nicht vorstellen, dass Daniel in Irland bleiben würde, wusste aber gleichzeitig, dass ihm das ernst war.

»Kann ich dann dein Zimmer in der Schönhauser haben?«, fragte Manne. »Also, erst mal. So übergangsweise?«

»Klar, Steffi«, sagte Daniel. »Ist doch super. Gibst du Piepenburg die Miete. Und in der *Krähe* rufe ich morgen an und kündige. Die werden sich freuen.« Er schlug vor Begeisterung auf die Tischplatte.

»Aber wie lange willst du denn bleiben?«, fragte Kerstin.

Daniel legte den Arm um Anne, die ihren Kopf an seine Schulter lehnte: »Mal sehen.«

9. Mittwoch

Ich räume das Haus auf, Zimmer für Zimmer. Unsere Putzfrau kommt heute, und das ist auch nötig, denn als ich hier letzte Woche mit runtergelassenen Rollos vor dem Fernseher lag, hatte ich ihr abgesagt. Ich beseitige nur die etwas peinlichen Dinge und lasse mir dabei Zeit, mein Prozess für heute, der Vorwurf des wiederholten Fahrens ohne Führerschein, ist auf nächsten Monat verschoben. Homeoffice.

Es gibt ein paar leere Flaschen wegzuräumen, Chipstüten und meine Klamotten, die ich über das ganze Haus verteilt habe, wie Miriam und Nina zu ihren besten Zeiten. Deren Zimmer sehen dafür absurd aufgeräumt aus. Unberührt. Sie bewohnen den ersten Stock, Miriam links, Nina rechts. Neben dem Gästezimmer, das anfangs ihr gemeinsames Kinderzimmer war, und manchmal glaube ich, dass sie auch mit dreizehn noch friedlich zusammenleben würden in dieser eineiigen Zweisamkeit. »Ja, warum nicht«, hatte Nina gesagt, als wir den beiden im zweiten Grundschuljahr vorschlugen, jeder ein eigenes Zimmer zu geben. Miriam hatte nichts gesagt, da war sie die Stille, aber genickt hatte sie doch, und beide wirkten so, als machten sie das eigentlich eher uns zuliebe. Ninas Zimmer kann heute so bleiben. Es gibt nichts, das ich wegen der Putzfrau ändern müsste. Ein Wellensittichpaar aus Stoff steht auf dem Nachttisch, neben dem seit Tagen unbenutzten Bett. Einer blau, einer grün, und ich bin erstaunt, dass sie die nicht mitgenommen hat. Sie grinsen mich mit ihren grauen Schnäbeln stofftierselig an, und ich weiß, dass so ein Vogelpaar auch bei Miriam steht. Genau so.

Im Wohnzimmer fege ich die Scherben der Blumenvase zusammen. Weißes, großstückig zerborstenes Porzellan, das Stephanie nach ihrem Wutwurf einfach liegen ließ, bevor sie am nächsten Tag verschwand. Ich habe es nicht angerührt, wie eine Installation oder ein Mahnmal, zu dem mir allerdings immer noch nichts einfällt. Und über diese Wurfszene muss ich immer noch lachen, auch wenn es mir jedes Mal wieder vergeht. Aber witzig sah es schon aus. »So geht das nicht weiter, verstehst du, Thomas?«, hatte sie geschrien und war mit ihrem Handtuchturban auf dem Kopf auf das Sofa gesunken. Ich stand vor der Fensterfront zum Garten, das Licht fiel mir in den Rücken und ihr ins Gesicht. Ich wusste nichts zu sagen und nichts zu tun. Außer die Arme zu verschränken, zu schweigen, lange, um schließlich zu sagen: »Und warum bitte schön nicht?« Dann musste ich lachen, anfallsartig lachen, auch weil das Scheißding nur einen Meter neben mir gegen die Wand geknallt war. Stephanie hob den Kopf, sah mich fassungslos an, stand auf und winkte ab, aber da hatte sie mir schon den Rücken zugedreht und ging aus dem Zimmer. Und ich steh jetzt vor den Scherben einer Rosenthal-Vase, die wir vor zehn Jahren mal zusammen auf dem Trödelmarkt gekauft haben. »Wie findest du die?« – »Ganz schön eigentlich.«

Ich werfe die Scherben in den Mülleimer. Nun ist das Haus o.k., den Rest soll doch bitte schön Frau Jankowski machen. Der schreibe ich noch schnell einen Zettel, dass ich in drei Stunden wiederkomme und hier arbeiten müsse, sonst pusselt die hier wieder ewig rum.

Ich steh im Eingangsflur unserer Botschaft. Die Sonne scheint durch das Oberlicht der Haustür in den schmalen Gang. Vor mir über der Schuhbank hängt das Foto einer Afrikanerin, die absolut ausdruckslos in die Kamera guckt. Das Bild ist riesig, schwarz-weiß, zwei Meter mal einen Meter. Sie sieht mich an, und die Locken, die wie ein Gewächs ihr Gesicht umschließen, sehen aus, als würden sie leicht im Wind zittern. Jedes Mal erstaunt mich das.

Das ganze Haus hängt voll mit Kunst aus Stephanies Galerie. Gemälde, Fotos, Skulpturen. Im obersten Stock vor unserem Schlafzimmer fährt eine winzige Eisenbahn auf einem schwebenden ovalen Holzring, unter dessen Stirnseiten sich langsam riesige, hölzerne Propeller drehen. Ein junger Japaner hat das vor vielen Jahren gemacht. Bei der Eröffnung seiner Ausstellung trug er Jeans und ein weißes Unterhemd und stand da wie ein Vierzehnjähriger, der Bier trinken durfte. Aber wenn er sprach, dröhnte aus ihm eine erstaunliche Tom-Waits-artige Stimme. Alles, was ich von dem Japaner gesehen habe, hat diese filigrane schwebende Handwerklichkeit, und wenn man bei uns der winzigen stapfenden Elektrolok auf dem schwebenden Ring und den sich majestätisch drehenden Propellern lange genug zusieht, dann ist man irgendwann woanders, ganz woanders. Das funktioniert immer noch wie am ersten Tag.

»Kannst du dich überhaupt noch an meine letzte Ausstellung erinnern?«, hatte Stephanie mich gefragt, und leider musste ich passen. Konnte ich nicht, auch wenn ich das natürlich nicht zugab. »Das ist mein Leben, das ist alles ...«, sagte sie noch, aber ich konnte mich auch nicht daran erinnern, was da gezeigt wurde, weil ich wirklich zu viel arbeitete. Tagtäglich. Eben auch, weil Stephanie in ihrer Galerie nichts mehr verkaufte, schon seit einer ganzen

Weile. Das sollte ich aber lieber auch nicht sagen. »Wenn wir zumachen, was mach ich denn dann?«, hatte sie gefragt und gar keine Antwort von mir erwartet. Was hätte ich auch darauf sagen sollen?

Ich zieh mir die Schuhe an und gehe vorbei an den Fahnenmasten Richtung Esplanade. Da ich Frau Jankowski nicht beim Putzen begegnen und mir ihre Einschätzung der Weltlage anhören möchte, habe ich jetzt drei Stunden frei, und so laufe ich los. Neben der Gartentür steht die kleine Skulptur einer tanzenden Frau. Sie hat einen Arm nach vorn gestreckt, den anderen nach hinten, und über ihre Schultern fällt ein Kleid aus großen Schmetterlingspfauenaugen. Das sieht leicht aus, obwohl die Figur aus Metall ist und das Kleid aus winzigen Mosaiksteinchen zusammengesetzt. Die Tanzende ist von Anjas Bruder, der von der Galerie vertreten wird, und Anja ist seit fast zehn Jahren Stephanies Partnerin.

Wenn ich mich auch nicht mehr erinnern kann, was in der letzten Ausstellung bei den beiden zu sehen war, so erinnere ich mich sehr gut an Anja an diesem Abend. An ihre weinrote Bluse und den runden silbernen Kettenanhänger, gefüllt mit einer hellblauen Filzscheibe, der über ihren Brüsten baumelte. Anja ist kleiner als Stephanie, und alles an ihr ist runder und weicher. Auch ihr Inneres. Sie hat sehr helle, fast grüne Augen, Wangen, die man nur als rosig bezeichnen kann, und sie trägt ihre hennaroten Haare immer hochgesteckt. Sie riecht gut und tanzt gut. Ich erinnere mich, wie wir nach der Vernissage in der *Joseph-Roth-Diele* in der Potsdamer Straße an einem langen Tisch mit rot-weiß karierter Decke nebeneinandersaßen. Gegenüber dem Flügel, an dem nie jemand spielt, auch wenn ich mir das immer wünsche. Stephanie saß am anderen Ende der

Tafel, mit irgendwem, vermutlich mit dem Künstler. Oder der Künstlerin? Anja und ich tranken Grünen Veltliner und aßen Kaiserschmarrn, und ich redete mich in eine Begeisterung über Joseph Roths »Radetzkymarsch«, die mir hinterher peinlich war, weil sie so ohne Punkt und Komma war, aber Anja gefiel das, wie sie sagte. Ihr Kinn lag auf ihren Daumen, die Finger hatte sie vor ihren rotgemalten Lippen verschränkt: »Dann muss ich das wohl auch mal lesen.« Ich nickte: »Musst du, schon wegen Jacques, dem Diener, und überhaupt. Weil mehr k. und k. geht nicht, in seiner Schönheit und seinem Schwachsinn.« Da sah sie mich an, lachte und warf dabei den Kopf zurück. Spielte an ihrem Kettenanhänger. Fragte nach und erzählte. Über sich, über ihre Kinder, über die Arbeit, Filme, Bücher und den alltäglichen Wahnsinn. Nicht über ihren Mann, einen Architekten, der schon seit Jahren nicht mehr bei den Vernissagen auftauchte, und mit dem ich, als er noch kam, nie mehr als zwei Sätze reden konnte. Auch an diesem Abend berührten sich unsere Arme ständig.

Ich bin in Anja verknallt, seit ich sie kenne, und sie in mich. Es ist nicht so, dass ich nächtelang wegen ihr wachliege, doch ich freu mich wirklich sehr, wenn ich sie sehe. Aber es ist nichts passiert. Nie. Darauf hat Anja immer mehr geachtet als ich. Dass wir nie beide irgendwo übrig blieben mit den Resten einer Flasche Wein, oder dass wir uns irgendwo mal trafen, wo meine Frau nicht war. Zufällig oder geplant. Ein paar Mal waren wir trotzdem nah dran. Standen auf einer Party sehr dicht nebeneinander. Einmal sagte Anja: »Mensch, Thomas, wenn ich deine Frau nicht so schätzen würde«, ich sagte nichts, und sie ging wieder rein, ohne den Satz zu beenden. An einem ihrer Geburtstage rutschte ihr der Wangenkuss auf meine

Lippen, aber nur sehr kurz, und mehr war nie mit Anja und mir.

Vor der Botschaft herrscht eine sonnendurchflutete Stille, die mich immer wieder erfreut. Dass das möglich ist, mitten in Berlin. Ein paar Straßen weiter fahren die Autos in Viererreihen mit Straßenbahnen dazwischen und der U-Bahn obendrüber, aber hier ist eine Stimmung wie auf dem Dorfanger. Eine Oma radelt vorbei, von den Plattenbauten kommend oder aus der Kleingartenanlage dahinter, und vor dem ALDI stehen ein paar wenige Autos. Für den Supermarkt mussten drei Botschaften weichen, unter anderem die von Brasilien, weil jemand gute Kontakte zum Senat hatte und sie wegreißen durfte, denn unter Denkmalschutz stehen die Häuser bis heute nicht. Den gibt es für DDR-Bauten sowieso kaum, als habe man Angst, das Reich Erich des Bösen könnte wiederauferstehen, nur wenn ein paar Gebäude überleben. Vor den preußischen Pickelhauben scheint man hingegen keine Angst zu haben und gießt sich in Mitte das Hohenzollernschloss aus Beton.

Dem ALDI schräg gegenüber steht ein Altersheim. Auch erst vor zehn Jahren gebaut. Scheußliche Investorenarchitektur mit schmalen Säulen vor der hässlichen Fassade. Da hat meine Mutter vor zwei Jahren ihre letzten Monate verbracht, nach ihrem Schlaganfall in Itzehoe. Wir konnten sie täglich besuchen, aber eigentlich gingen nur Nina und ich regelmäßig zu ihr, bis selbst Nina sagte: »Es riecht wirklich wahnsinnig bei Oma.« Das war noch freundlich ausgedrückt. Meine Mutter hatte sich wundgelegen, und zusammen mit dem Urin und dem Geruch nach Tod war das sehr schwer zu ertragen.

Ich gehe am Altersheim vorbei, vor zur Bornholmer Straße. Auch hier wird überall gebaut, jede Lücke manisch mit Wohnraum gefüllt. Weit habe ich es nicht geschafft, denn wenn ich die Bornholmer Straße nach links laufen würde, stände ich in ein paar Minuten vor unserer alten Wohnung in der Schönhauser. Aber ich wollte es auch gar nicht weit bringen. Ich habe immer gern im gleichen Viertel gewohnt, mich ausgekannt und zu Hause gefühlt. In der Steintor-Vorstadt, der östlichen Altstadt oder hier zwischen Prenzlauer Berg und Pankow.

Jetzt kommt der Arnimplatz, der hat immer noch etwas von seiner verschlafenen Abseitigkeit, nicht zu vergleichen mit den Touristenhotspots Kollwitzplatz oder Helmholtzplatz. Auch wenn der neue REWE-Supermarkt mit seiner chromglänzenden Außenhaut aussieht, als wäre da ein UFO gelandet. Etwas weiter steht das Geburtshaus, in dem Miriam und Nina beinahe geboren wären, wenn Stephanie nicht, als klar war, dass es Zwillinge werden würden, doch lieber ein paar technische Geräte um sich wissen wollte. Und so lagen wir dann nach zwölf Stunden Geburt völlig weggetreten im Maria-Hilf-Krankenhaus, jeder mit einem winzigen Etwas auf dem Bauch. Wir wissen heute beide nicht mehr, wer da welche hielt, aber wir wissen noch, dass beide fast gleichzeitig auf uns schissen. Kindspech als höchstes Glück.

Auf der ewig provisorischen Fußgängerbrücke über die Gleise rüber zur Kopenhagener Straße habe ich mit Daniel und den beiden kleinen Mädchen oft gestanden und den Zügen und S-Bahnen nachgesehen, da waren sie vielleicht zwei. Vier kleine Handschuhfäuste, die sich um die Metallstreben klammerten. Hier, wo die Seitenflügel der Häuser direkt an die Gleise grenzen und immer noch wirklich runtergekommen aussehen, muss ich immer an *Solo Sunny* denken. An den tristen Charme der Achtzigerjahre in

Ostberlin. Denn sonst ist natürlich die ganze Gegend längst glattrenoviert. Nur in einem Bretterverschlag hinter der Brücke machen ein paar Israelis und Palästinenser zusammen das angeblich beste Hummus der Stadt. Die Holzhütte mit ein paar alten Gartenmöbeln davor wirkt wie ein Provisorium, gebaut für die Ewigkeit. Israelis und Palästinenser verteidigen den Prenzlauer Berg. Gemeinsam.

Am Ende des Spaziergangs setze ich mich in das kleine Café an der Behmstraße kurz vor der Brücke, die in den Wedding führt. Die unbekannte Schwester der Bornholmer Brücke. Ein paar unauffällige Jungs kochen hier den besten Kaffee des Viertels. Auch wenn der Cappuccino Flat White heißt, wie es eingeätzt auf einem goldgerahmten Spiegel steht, und alle zwanzig Jahre jünger sind als wir, ist das unser Lieblingscafé.

Hier haben wir oft gesessen, Stephanie und ich, wenn die Mädchen endlich in der Schule waren, bevor wir zur Arbeit fuhren. Wie zwei müde Spatzen haben wir uns mit Koffein gedopt und uns aufgeplustert, bevor es in den Tag ging, und waren wir. Nur wir zwei. Haben geredet über unsere Arbeit, den Urlaub, über Passanten oder über einen Song, der im Radio lief. Stephanies Kopf an meiner Schulter, manchmal ganz still. Oder sie hat mir von ihren Träumen erzählt, als wäre die Stunde zwischen dem Aufstehen und dieser Tasse Kaffee hier nicht angefüllt mit Broteschmieren, der Suche nach Sporthosen und Hausaufgabenheften und von dem strengen Diktat der Küchenuhr, das sich um zehn vor acht auflöste wie ein Spuk. Sie setzte hier einfach wieder mit ihrem Traum an, als hätten wir gerade die Augen geöffnet. Das hätte ich gern wieder. Ich will meine Frau wiederhaben, aber sie hat sich nicht gemeldet. Und meine Lust, mich bei ihr zu melden, ist vergangen, nachdem ich gestern ihren

Rücken in Daniels Wohnung gesehen habe. Was wollte sie denn da?

Außerdem habe ich heute von ihr geträumt. Nicht nur von ihr, sondern auch von den Mädchen und meinen Eltern, und alle saßen in der Küche am ovalen Tisch. Bei uns in der Botschaft, wo sie ja nie zusammen gesessen haben, weil mein Vater da längst tot war. Auch Agneszka war da und noch ein paar andere Leute, an die ich mich jetzt nicht mehr erinnern kann. Und alle gingen immer raus in den Garten und kamen wieder herein. Wie bei einem kleinen Fest. Nur ich war auf meinem Laufband aus dem Büro, das vor dem Kühlschrank stand, und lief. Gar nicht schnell, in einem ganz normalen Tempo. Aber ich hatte keine Hose an. Gar keine, auch keine Unterhose. Niemand beachtete mich, aber es war auch nicht so, dass mich alle ignorierten. Ich lief einfach nur, und die anderen gingen rein und raus und wieder rein. Und dann fiel mir ein Kackehaufen aus dem Hintern, einfach so, während des Laufens, klatschte auf das Laufband und lief rund. Er tauchte also immer wieder vor mir auf, und ich musste jetzt laufen und immer noch über meine eigene Kacke springen, und ich konnte dieses Scheißlaufband nicht ausstellen. Aber ich kann mich auch nicht erinnern, dass ich das wollte oder es versucht habe.

Als ich nach dreieinhalb Stunden die Tür zur Botschaft öffne, ist sie nicht abgeschlossen. Während ich mich noch für Frau Jankowski und ihre Sicht der Dinge wappne, kommt Miriam aus der Küche. »Hallo, Papa«, sagt sie und geht an mir vorbei die lange steile Holztreppe hoch, die in den ersten Stock führt. Ich sehe ihr stumm und mit heruntergeklapptem Unterkiefer nach. Sie trägt ein Camouflageshirt, das sie Stephanie und mir in zähen Diskussionen abgerungen hat, und kurze Jeans. Ihre Haare sind ab Kinnhöhe abwärts blond gefärbt. Das sieht aus wie Schokoladenpudding mit Vanillesoße, und auch darüber haben wir mit ihr und ihrer Schwester ewig diskutiert. Offensichtlich hat sie ihre Mutter jetzt weichgekocht. Als sie im ersten Stock ankommt und aus meinem Blickfeld verschwindet, finde ich meine Sprache wieder. »Was machst du hier?«, rufe ich ihr nach, und sie antwortet unsichtbar: »Ich wohne hier.« Dann höre ich, wie sie ihre Zimmertür zuzieht und den Schlüssel dreht. Das machen beide Mädchen auch seit einem halben Jahr. Wann immer sie in ihr Zimmer gehen, schließen sie ab.

Ich springe die Treppe hoch, klopfe an die Tür und rufe: »Hey, mach schon auf.«

Miriam macht natürlich nicht auf, aber ich freue mich trotzdem, dass sie wieder da ist. Das vertraute Geräusch des Herumwurschtelns in ihrem Zimmer. Plötzlich bewegt sich der Schlüssel doch metallisch knirschend, und meine Tochter öffnet die Tür, sieht mich an, schlägt aber den Blick gleich wieder nieder. Sie will an mir vorbei ins Bad.

»Bist du wieder eingezogen, oder was? Und was ist mit Mama und Nina?«

Miriam guckt mich immer noch nicht an, zieht die Schultern hoch und drängt sich an mir vorbei. »Mama ist genauso bescheuert wie du, und Nina ist Nina.« Sie schließt auch die Badezimmertür hinter sich ab. Es gab zehn Toiletten und Bäder in der alten Botschaft, wir haben fünf rausgerissen, aber die beiden Mädchen habe jede ein kleines vor ihren Zimmern behalten.

»Hast du mich mehr vermisst oder das Bad?«, frage ich gegen das Türholz.

»Das Bad«, kommt sofort zurück, und nach einer kleinen Pause sagt Miriam: »Unten im Garten sitzt einer und wartet auf dich.«

»Wer wartet da auf mich?«

»Was weiß ich? Ein alter Freund von dir. Mit 'ner Glatze.«

Ich dreh mich unschlüssig um, weil ich eigentlich mein Verhör durch die Badezimmertür gern weiterführen möchte, aber das kann ja dann nur einer sein, der da unten sitzt.

Daniel fläzt sich rauchend in einem der Gartenstühle unter den beiden Balkonen, die nach hinten raus die Fassade in der Mitte teilen. Mit der Hand schirmt er die Augen gegen die blendende Sonne ab. »Herrscht ja ein rauer Ton bei euch.«

»Was geht's dich an?« Das rutscht mir eher raus, und so bin ich froh, als er sagt: »Zwei Balkone, nicht schlecht.«

»Vorne hängen noch zwei, aber wir brauchen nicht mal einen, weil wir immer nur im Garten sind.«

Daniel sitzt auf Stephanies Platz, auf dem linken der beiden Stühle, die ganz nah an der Fassade stehen. Obwohl der Garten riesig ist, benutzen wir eigentlich immer nur diese beiden Stühle neben dem Haus, abends, wenn die Kinder schlafen, und trinken ein Glas Wein. Manchmal rauchen wir auch einen Joint. Wenn wir miteinander schlafen, fangen wir oft hier mit dem Knutschen an, die Beine übereinandergelegt und ineinander verknotet. Ich will nicht, dass Daniel da lümmelt, aber das weiß er natürlich nicht. Und wenn, wäre es ihm vermutlich egal.

Er steht auf, stellt sich neben mich und deutet auf diesen DDR-Pseudobauhausquader mit Kratzputz. »Schicke Kiste.«

Der Arbeiter- und Bauernstaat hat das Bauhaus gehasst, aber diese Botschaften wurden ja auch nicht für die eigenen

Bürger gebaut. »Ja, Typ *Pankow 3*. Es gibt auch noch den Typ *Magdeburg* und den Typ *Gera*.«

Daniel lacht, ich wusste, dass er das tun würde, und lache gern mit. »Zeig mir die Hütte doch mal. Ich habe mir die früher nie richtig angeguckt. Da habt ihr das Geld ja gut angelegt.«

Er geht durch die Küche hinein, und ich laufe ihm hinterher wie ein Angestellter. Wie sein Angestellter! Meine Wut auf ihn kehrt wieder. Wie er da vor mir läuft mit diesem federnden Daniel-Rehmer-Schritt, das macht mich aggressiv. Als er die Holztreppe hochgeht gegen das Licht der oberen Fensterfront, fallen mir ein Schreibblock und ein Kugelschreiber auf, die hinten in der Tasche seiner Jeans stecken. Wozu? Macht der hier 'ne Recherche oder was? Ich habe Daniel wirklich nur in der Schule schreiben sehen, oder nur, wenn er unbedingt musste. Wozu macht der sich denn Notizen? Und wieso sieht er so erleuchtet aus, wie Mahatma Gandhi in Jeans und Turnschuhen.

Er lässt sich die kleine Lok des Japaners vor unserem Schlafzimmer einschalten, die eigentlich immer erst um sechs Uhr abends ihr Tagwerk beginnt. Per Zeitschaltuhr, weil das sonst sinnlos wäre, wie Stephanie sagt. Das könne nicht einfach nur so da hängen.

Daniel ist in Plauderlaune. Er amüsiert sich über die kleine Eisenbahn: »Wir könnten doch mal wieder zum Hühnerhugo im Wedding gehen.«

Ich verdrehe die Augen. »Schon wieder, so toll ist es da nun auch wieder nicht.«

Daniel sieht mich kurz an, zieht die Schultern hoch und sagt. »Na ja, ich bin da gern.« Und nach einer Pause: »Und die Bornholmer Hütte. Gibt's die noch? Oder warst du da auch gerade?«

Was will der eigentlich von mir, denke ich und sage: »Die gibt's noch. Sieht auch noch fast genauso aus.«

Daniel erhebt sich aus der Vorbeuge, in der er vor der kleinen Eisenbahn gestanden hat, lächelt und verschränkt die Arme: »Ich habe dir doch von meinem Restaurant in Saint-Malo erzählt? Oder? Da lege ich auch großen Wert drauf. Dass Dinge so bleiben, dass sich nicht immerzu alles ändert. Du musst auch Neuem Raum geben, aber ...«

Saing Maloooo, wie der das ausspricht, und wie mir das auf den Sack geht, dieses Gefasel über sein Scheißrestaurant in Scheißfrankreich! Ich dreh mich um und lass ihn einfach stehen, bevor er noch weiter dozieren kann, laufe die Treppen wieder runter. Jetzt läuft Daniel mir hinterher.

Im ersten Stock rast Miriam an uns vorbei. »Ich muss los!« Wohin, das bleibt natürlich ihr Geheimnis.

Wir folgen ihr langsam, als hätte ihre Hast uns abgebremst. Als wir unten ankommen und Miriam die Tür zuknallt, sagt Daniel lachend: »Die ist gut, die hat so eine Energie. Die könnte von mir sein.«

Mir reicht's, mir platzt der Kragen. Ich baue mich vor ihm auf. »Was willst du eigentlich von mir?«, schnauze ich ihn an. »Kannst du mir das mal sagen. Du tauchst hier auf und, und ...« Mir fehlen die Worte, aber dann finde ich sie wieder. Daniel guckt mich mit großen Augen an, seine Glatze glänzt matt. »Kannst du dich vielleicht mal anmelden, wenn du kommst«, schreie ich. »Du tauchst hier dauernd auf wie Aladin aus der Wunderlampe und gehst mir auf die Nerven. Weißt du, ich hab wirklich noch ein paar andere Dinge zu tun, als hier mit dir Blödsinn zu reden.«

Jetzt guckt er wirklich erstaunt. Wenn er jetzt noch mal so scheinheilig nach Stephanie fragt, schießt es mir durch den Kopf, schmeiße ich ihn raus.

Aber er geht von alleine. Hebt die Hände und murmelt: »Schon gut, schon gut. Ich hab ja deine Nummer gar nicht.« Er schleicht rückwärts aus der Tür, als wäre ich ein Psychopath.

Was hat er denn mit meiner Visitenkarte gemacht, frage ich mich. Einen Joint daraus gedreht?

An der Gartentür stößt er fast mit Miriam zusammen, die noch einmal zurückkommt. Sicher hat sie was vergessen, sie vergisst eigentlich immer was. Daniel lässt sie vorbei und brüllt jetzt auch in meine Richtung: »Mensch, reg dich ab, Alter.« Er dreht sich um und geht in Richtung Schönhauser Allee davon.

Miriam verharrt neben mir, grinst, hängt sich in meinen linken Arm und küsst mich auf die Wange: »Läuft bei dir, Papa. Echt.«

10. *It could be sweet*

Manne, Manne, Manne.
 Manne. Manne.
 Manne.
 Ich bekam sie nicht aus dem Kopf, und ich konnte sie wohl auch gar nicht aus dem Kopf bekommen. Weil sie ja jetzt vor meinen Augen lebte. In Daniels Zimmer in der Schönhauser Allee.
 Manne war von Irland aus direkt nach München zurückgefahren, um ihre Dinge zu klären, und sie klärte sie schnell. Während sie sich in Berlin einrichtete, verbrachten Kerstin und ich noch vier Wochen zusammen in Rerik. Wir hatten als Saisonkräfte im *Klabautermann* angeheuert, einem Hotel mit Ausflugsgaststätte am Ortsrand, vorn, fast an der Steilküste. Wir konnten es schon sehen, als wir von Neubukow aus angeradelt kamen, von oben, von der Kühlung aus. Die hölzernen Bierbänke und Tische unter flatternden Lübzer-Sonnenschirmen auf grüner, ausgelatschter Wiese vor fast dunkelblauem Meer. Wir rasten runter auf den kleinen Ort am Ausgang der Mecklenburger Bucht zu, der über den Flaschenhals auslief in die Halbinsel Wustrow, die immer noch militärisches Sperrgebiet war. Abgetrennt mit einem Zaun quer über den Strand, der bewacht wurde aus einem Container, und dahinter wucherte ein angeblich bombenverseuchtes Märchenland. »Man los, Lütt Matten«,

schrie Kerstin und trat vor mir in die Pedale. Sie war schwer einzuholen.

Im *Klabautermann* schleppten wir von Mittag bis Mitternacht große Alutabletts mit Bier, Wein und Kurzen zwischen den Bänken und Tischen durch. Apfelschorlen, Cola und Spezi. Standen beim fixen Dieter in der Kellnerschlange. Der zapfte Bier im Akkord, ohne aufzugucken, und hatte eine Lederkappe auf dem kugelrunden Kopf, die wirkte wie festgewachsen. Auf seinen dicken Backen, unter den kleinen wasserblauen Augen, waren Adergeflechte, die aussahen wie explodiert. Zu essen gab es da Bockwurst mit Brot, Schnitzel mit Pommes, Soljanka, Würzfleisch und Götterspeise grün und rot. Eine Speisekarte, als wäre die DDR gar nicht untergegangen.

Über der Küche dieses alten FDGB-Ferienheimes, das bis zum Mauerfall *Julius Fučík* hieß, hatten wir ein schlauchartiges Zimmer, in dem ein Bett stand, kein Tisch und bloß ein Stuhl, der aber im Grunde genommen nur drei Beine hatte. Das vierte steckte nur noch ganz locker im Rahmen. Kerstin haute dem armen Gesellen das Holzbein immer wieder mit einem Karatetritt weg, so, als würde der Stuhl sie hinterrücks angreifen. Knarrend sackte er dann vor ihr zusammen wie ein alter, sterbender Mann. »Mit mir nich, Kollege«, schrie sie ihn dabei an, und wir beömmelten uns darüber jedes Mal.

Morgens, mittags und abends roch es in diesem Zimmer nach ranzigem Fett und schalem Bier, und man konnte überhaupt nur nachts das Fenster aufmachen. Aber wir stopften vor dem Schlafen das verdiente Geld in eine Plastetüte und rauchten noch eine Zigarette am Fenster, und auch wenn wir die Ostsee nicht sahen, weil das Zimmer auf den Parkplatz ging, konnten wir doch hören, wie sie unablässig anrollte und die Steine des Strandes wieder klodderrnd mit sich zurückzog. Danach schliefen wir da oben ein wie die Babys. Traum- und sexlos.

Ich weiß nicht, ob das an der Arbeit lag, an der Rennerei mit den schweren Gläsern und Tellern. Wir gingen doch manchmal nach Feierabend, wenn die Nacht lau war und kein Wind wehte, noch schwimmen im Meer. Mit unseren letzten Kräften. Ein paar Mal hing die Mondsichel schmal über uns. Kerstin rannte vor mir in diese kaum angeleuchtete Schwärze und verschwand mit einem Kopfsprung im horizontlosen Wasser. Später im Bett kribbelten uns die Beine, vom vielen Laufen und vom kalten Wasser. Der Kopf summte von der Arbeit, und manchmal waren wir zu müde, um einzuschlafen. Wort- und regungslos. Wir lagen uns nackt in den Armen oder drehten uns die Rücken zu.

Wir gingen auch hin und wieder tanzen nach Feierabend im *Baltic*, einer Hoteldisco mit schlechter Musik. Mit unserer allerletzten Kraft. Aber auch nach Gin Tonic, Cuba Libre und Whitney Houston passierte nichts zwischen uns in diesem Kämmerlein. Mit dem Geld aus der Plastetüte kauften wir uns später einen neuen Futon für das Berliner Zimmer in der Schönhauser. Und zwei Arbeitsplatten auf Holzböcken für das andere nach vorne raus. Das Zimmer, neben dem jetzt Manne wohnte.

Die hatte die Matratze von Daniel übernommen, und unter der Decke hing immer noch die nackte Glühbirne, die wir zum Malern benutzt hatten. An der einen Wand stand ein alter Sprelacart-Küchentisch mit einem Stuhl davor, darüber waren ein paar Zeitschriftenbilder an die Wand geklebt: ein Sonnenuntergang am Meer, bei dem die Sonne ausgeschnitten war und die Strahlen zentrumslos übers Wasser gingen; Tim Roth in einem schwarzen Mantel; ein

Foto von Manne selbst im Schneidersitz auf einem Campingstuhl, eine Zigarette hinter dem Ohr und den Kopf zur Seite gewandt. Daneben stand ein Sperrholzregal voll mit Büchern und Daniels Stereoanlage. Vor der anderen Wand gab es eine Garderobenstange auf Rollen, an der wenige Kleider, Blusen und Hosen hingen. Die T-Shirts und Pullover lagen in zwei Stapeln auf dem Boden vor der Scheuerleiste.

Daniel war in unserer Abwesenheit auch in Berlin gewesen. Er hatte sein Auto geholt und ein paar Klamotten, den Rest hatte er entweder Manne überlassen oder auf den Dachboden gebracht. Mir hatte er einen Zettel auf den Küchentisch gelegt. *Bin zu erreichen unter: darehmer@aol. ir Gruß Daniel.* Mehr stand da nicht, auch nicht, wenn ich den Zettel umdrehte.

Kerstin ging morgens um neun zu ihrer neuen Arbeit. Tag für Tag in die *Zitty*, zum Layouten. Manne machte ab und zu Jobs für verschiedene Werbeagenturen, über die sie nicht sprach, und arbeitete außerdem an einer Mappe für die Kunsthochschule in Weißensee. »Ich will das noch mal wissen. Ich bin noch nicht fertig«, sagte sie in unserer Küche, vor sich ein Glas Rotwein. Die Mädchen saßen da oft abends, mit einer Flasche oder auch zweien, und qualmten den Aschenbecher voll, während ich an meinem Schreibtisch hockte und lernte. »Wie sieht's aus, Doktor Faustus?«, fragten sie ab und zu und schwenkten die Gläser.

Meistens blieb ich standhaft bis zehn Uhr und setzte mich erst dann dazu. Ich hatte mir einen kleinen Schein Strafrecht fürs dritte Semester und einen großen im Öffentlichen Recht fürs vierte vorgenommen und hatte gut zu tun. Tagsüber saß ich oft in der Bibliothek der Slawisten, weil mir meine Kommilitonen auf den Kranz gingen, für die es schon das Aufregendste war, bei Bernhard Schlink die Vorlesung über Europarecht zu hören. Und an den Abenden lernte ich eben zu Hause.

An manchen Morgen war ich mit Manne allein. Ab und an ließ ich dafür sogar eine Vorlesung sausen, um mit ihr den Tag zu beginnen. Sie stand gegen neun auf und kam aus ihrem Zimmer, in einer weißen Schlafanzughose und einem Männerunterhemd, unter dem ihre Brüste mehr als sichtbar waren. Oft ging sie lesend auf das Klo. Das erste Mal, als ich das sah, mit der »Wassermusik« von T. C. Boyle. Sie blickte nicht mal von dem Wälzer auf, als sie mich im Flur traf, murmelte nur: »Morgen« und »Was der hier macht, das glaubst du nicht. Der holt den einfach wieder raus aus dem Krokodil.« Und dann schloss sie die Badezimmertür hinter sich.

Die Wohnung wurde von einem kurzen Flur zusammengehalten, von dem die Küche, das Bad und unser Schlafzimmer nach hinten zum Hof abgingen. Die beiden großen Räume zur Straße, jeweils mit Stuck an den Decken und alten Flügeltüren, waren fast identisch geschnitten, außer dass unser Arbeitszimmer einen Balkon hatte. Daniel war das damals egal gewesen, er brauche keinen Balkon, hatte er gesagt. Manne aber kochte sich morgens einen Espresso in einer italienischen Alukanne, die sie aus München mitgebracht hatte, wärmte etwas Milch, goss das zusammen und ging auf den Balkon. Sie wickelte sich vorher in eine Decke, sodass nur ihre Füße rausguckten, wie bei einem Pinguin, und auch ihr Busen verschwand. Dann setzte sie sich über die Schönhauser, trank den Kaffee und zündete sich ihre erste Zigarette an, die sie am liebsten an der frischen Luft rauchte, wie sie sagte, und deutete dabei in die aufgehende mattorange Herbstsonne hinter den gegenüberliegenden

Häusern. Ich rauchte sehr gerne mit. Es war absurd laut auf diesem Balkon, und man konnte die Gesichter der Menschen in der U2 sehen, die in beiden Richtungen über das Viadukt rumpelten. Die Straßenbahnen quietschten, und die Autos warteten qualmend vor der Ampel an der Bornholmer Straße. Wir saßen uns gegenüber auf zwei klapprigen Gartenstühlen, die Zigaretten zwischen den Fingern, und es gab keinen schöneren Ort auf der Welt. Der Himmel war diesig blau.

Manne hatte sich in der Choriner Straße ein Atelier gemietet, eigentlich war es ein altes Trafohäuschen im Hinterhof eines Mietshauses, der hier ein wilder großer Garten war und nicht nur aus Beton bestand wie unserer. Mit zwei hohen Kastanien, einer Rasenfläche mit Grill und ein paar Stühlen, Fliederbüschen, einem Sandkasten und einer Schaukel. Dieses Trafohäuschen aus DDR-Zeiten brauchte niemand mehr, es maß drei mal drei Meter, war komplett leer, und Mannes Vorgänger, auch ein Künstler, hatte zwei große Fenster eingebaut. An ihn zahlte Manne die Miete, denn wem das Häuschen eigentlich gehörte, wusste niemand mehr. Es gab kein Klo, nur Strom, und es war saukalt. Aber Manne zog sich einen dunkelblauen Overall an und mehrere Schichten darunter, je nachdem, wie kalt es war, und fuhr mit dem Fahrrad die Schönhauser runter in die Choriner. Bis dahin fuhren wir oft nebeneinander. Dort bog ich ab nach Mitte Richtung Humboldt Uni, und zum Abschied klatschten wir während der Fahrt die Hände gegeneinander.

Ich besuchte Manne nie allein in diesem Atelier, nur mit Kerstin tat ich das, und danach gingen wir zusammen essen oder trinken oder tanzen. Meistens am Wochenende, weil Kerstin abends müde war von ihrer neuen Arbeit. Und morgens auch. Manchmal übernachtete jemand bei Manne, und hin und wieder sahen wir die Herren auch. Einer betrat die Küche nur in Boxershorts und Socken, seine Arme waren bis über die Ellbogen behaart. Er nickte kurz, als er Kerstin und mich in der Küche sitzen sah, ging wortlos auf den Kühlschrank zu, entnahm ihm einen Tetrapack Milch und verschwand wieder. Auch sein Rücken war behaart.

Einige hörten wir auch nur, und einmal fragte Kerstin bei einem gemeinsamen Sonntagsfrühstück, zu dem sich Manne dazusetzte, als wir schon lange fertig waren und nur noch die Zeitung lasen: »Kommt noch wer?« Manne blickte nicht auf von dem Erdbeermarmeladenbrötchen, das sie gerade schmierte: »Nee. War ohne Frühstück.« Kerstin lachte: »Fand er o.k.?«, und da biss Manne in das Brötchen und sagte kauend: »War auch ohne Diskussion.«

Wenn wir gemeinsam ausgingen, landeten wir zum Schluss oft im *Boudoir* in der Brunnenstraße, auf den breiten roten Sofas in diesem dunklen Laden, durch den die Musik waberte wie etwas Flüssiges. Mit *Kruder und Dorfmeister* als Wasserbett. Die Mädchen tanzten, ich tanzte, wir alle tanzten oder hingen in den Kissen und sahen den anderen dabei zu. Tranken, rauchten, versanken in der Zeit. Am Ende so einer Nacht fuhren wir mit dem Taxi nach Hause, dann saßen wir immer alle drei auf der Rückbank. Kerstin links und Manne rechts oder umgekehrt, ich jedenfalls in der Mitte. Kerstin schlief sofort ein auf diesen kurzen Fahrten, wir mussten sie vor der Schönhauser richtig wecken, obwohl das kaum gelang. Manne aber schlief nicht und lag mit ihrem Gesicht an meinem Hals. Ich spürte ihren Atem auf meiner Haut, die ganze Fahrt über, bis wir viel zu schnell zu Hause waren. Kerstin fiel sofort ins Bett, während Manne und ich noch in der Küche saßen und eine letzte Zigarette rauchten, eine allerletzte Zigarette, wortlos, bis Manne aufstand, mich auf die Wange küsste und ins Bett ging.

So kamen wir über den Herbst und auch über den Winter. An Weihnachten fuhr Kerstin nach Muuks zu ihren Eltern, ich fuhr nach Itzehoe und feierte dort mit dem mir fremden neuen Mann meiner Mutter und ihr in dieser mir völlig fremden Stadt. Kurz vor Mitternacht an Heiligabend rief ich bei Manne an, die in Berlin geblieben war. Sie erzählte nie etwas über ihre Eltern, und von Kerstin wusste ich, dass das eine schwierige Kiste war. Manne war in Güstrow aufgewachsen, keine zehn Pferde bekamen sie dorthin zurück. Sie freute sich hörbar über meinen Anruf und war trotzdem kurz angebunden. Sie lese die »Buddenbrooks«, sagte sie auf meine betrunkene Frage, ob sie nicht einsam sei. Allein in der Küche mit Rotwein, Zigaretten und ein paar Kerzen. Jeden von denen könne sie wirklich sehr schön hassen und gleichzeitig ein kleines bisschen lieben, die Budenbrooks seien ihr nun wirklich Familie genug. »Mein Gott, was lässt sich darüber sagen? Es gibt so viel Halbes in uns, das so oder so gedeutet werden kann«, las sie mir in den Hörer und legte auf.

Die zweite Platte von *Portishead* war nicht so gut wie die erste, ohne dass ich genau sagen konnte, warum. Sie hatte eigentlich alles, was die erste auch hatte. Ich kaufte die CD und fuhr damit zu Mannes Atelier. Der Sommer lag strahlend, heiß und tagtäglich über Berlin, als gebe es hier gar keine andere Jahreszeit. Trotzdem stieg der Pegel der Oder unaufhaltsam, weil es in Tschechien nicht aufhören wollte zu regnen, und man befürchtete, dass die Deiche brechen und vielleicht sogar Berlin überschwemmt werden würde. Alle starrten wie gebannt Richtung Osten. Es gab kaum andere Nachrichten, außer vielleicht, dass ein pausbäckiger Rostocker bei der Tour de France allen davonfuhr. Mir war beides vollkommen egal. Ich wollte Manne sehen.

Sie war ein paar Tage nicht in der Schönhauser gewesen. Kerstin und ich rätselten, ob sie jemanden hatte, bei dem sie übernachtete, oder ob sie im Atelier schlafen würde. »Aber wo geht sie denn aufs Klo?«, fragte ich, und Kerstin antwortete: »Glaubst du, nur ihr könnt in die Büsche pinkeln, oder was?« Gespielt schnippisch schob sie hinterher: »Scheinst sie ja ganz schön zu vermissen!« Sie wusste nicht, wie recht sie hatte.

In der Choriner Straße ging ich durch das Vorderhaus in den dahinter liegenden Garten. Hier war es deutlich kühler, zwei kleine Mädchen saßen zusammen auf der einen Schaukel, die sich kaum bewegte, und betrachteten mich, während ich an ihnen vorbeiging, wie Zootiere einen Besucher. Manne war da, das konnte ich an den offen stehenden Fenstern sehen. Ein dünner Baumwollvorhang wiegte sich leicht im kaum vorhandenen Wind. Ich klopfte an die Tür und hielt die CD in der ausgestreckten Hand. Manne öffnete. Sie trug einen kurzen Jeansrock, das weiße T-Shirt hatte sie vor dem Bauch zu einem Knoten gebunden. Sie sah erst auf die CD, danach in mein Gesicht: »Glaubst du, wir werden jetzt endlich aufhören, die andere zu hören?«, fragte sie, trat zur Seite und ließ mich hinein.

Sie war allein. Der Boden des Ateliers war voller Farbe, wobei nicht klar war, was von Manne stammte und was von ihrem Vormieter. Sie probierte sich wirklich aus. Malte, fotografierte und machte Videos. Einmal war sie im Abstand von fünfzig Zentimetern mit der Kamera um den ganzen

Berliner Dom gelaufen. Ich mochte diesen Film sehr, der als Loop auf unseren Partys lief.

In der Mitte des Raumes stand ein altes Sofa mit einem hellblauen Überwurf. Manne deutete drauf, und ich setzte mich. Sie ging zum Kühlschrank, der in einer Ecke brummte, holte zwei Dosen Bier heraus und gab mir eine. Ich knackte sie auf und trank gierig. Mein Herz schlug bis unter die Schädeldecke.

Manne holte einen Stuhl und stellte ihn drei Meter vor das Sofa. Dagegen lehnte sie ein großes Bild, scheinbar ein Ölgemälde, das fünf Figuren zeigte, die sich gegenüberstanden und dabei aussahen wie Aliens oder eine frühchristliche Karawane. Sie schienen zu schweben, wirkten konkret und gleichzeitig durchscheinend. Aber sie waren nicht gemalt, sondern am Computer entworfen und auf eine Leinwand ausgedruckt. Das war wirklich bemerkenswert, und es beruhigte mich etwas, das Bild zu betrachten. Das Grün ging ins Orange und das wieder ins Gelb und wieder zurück. »Schön«, sagte ich, »sehr schön«, und deutete mit der Bierdose auf das Bild. Mein Mund fühlte sich schon wieder ganz trocken an. Ich schluckte leer.

Manne lächelte mich über die Schulter an: »Das finde ich auch.« Dann legte sie die CD in den Ghettoblaster, der auf dem Kühlschrank stand, und die ersten Takte von *Portishead* zogen durch den Raum. Sie setzte sich zu mir, und zwischen uns war viel Platz. Wir saßen jeder in einer Ecke des durchgesessenen Sofas und stießen über die Leere dazwischen die Dosen aneinander, tranken, hörten der Musik zu und sahen uns dabei nicht an. Die Pausen zwischen den Stücken erschienen mir endlos. Manchmal zog ein ganz leichter Wind von draußen durch das Fenster, und einmal schrie eines der Kinder, aber aus Wut, nicht vor Schmerz.

Manne schlug abwechselnd die Beine übereinander, schob die Hände unter die Oberschenkel oder zündete sich eine Zigarette an. Sie griff nach dem Bier, das vor ihr auf dem Boden stand, und ich machte vermutlich ähnliche Verrenkungen. Die zärtlich quengelnde Stimme der Sängerin sang Sachen wie: »It's only you, who can tear me apart.« Ich wurde rot, ohne zu wissen, ob Manne das merkte. Der Synthesizer taumelte durch die Songs, die singende Säge zerteilte mich fast, und ich starrte nach vorn auf Mannes Bild. Auf diese Figuren, deren Gesichter man nicht erkennen konnte. Eine trug einen Hut mit einer Krempe und hatte etwas Feminines, während die anderen eher Weltraumhelme aufhatten. Nicht von dieser Welt und doch völlig real. Zum zehnten Mal versuchte ich, einen letzten Schluck aus der Dose zu trinken, aber sie war schon lange leer. Und schließlich war es vorbei.

Die CD war aus. Es war komplett still im Atelier, und auch aus dem Garten oder dem Vorderhaus war nichts zu hören. Manne sah mich an, ich starrte zurück. »Ganz schön, oder?«, sagte sie und stand auf. Ich blieb einfach sitzen. Sie ging auf den Kühlschrank zu, legte eine andere CD ein und holte zwei neue Biere. Als die ersten Klänge von »Dummy« aus den Boxen quollen, sagte sie: »Dann hören wir die doch noch mal und können sie vergleichen.« Sie gab mir das Bier, setzte sich und zog die Beine auf das Sofa. Jetzt legte sie ihren Kopf auf die Rückenlehne des Sofas, nicht weit von mir, und ich legte sofort meine Wange auf ihren Scheitel. Bei »Sour Times« knutschten wir schon, und wenig später holte Manne von irgendwo ein Kondom. Ich stieg aus meiner Hose und fiel dabei vornüber. Ich stützte mich mit den Händen ab und stand plötzlich wie ein Hund vor Manne, umschloss ihre Hüfte mit den Armen und küsste ihren weichen Bauch. Die Hose hing mir immer noch um die Knöchel. Aber die wurde ich los, und wir krochen zurück auf das quietschende Sofa.

Ich kam nach zwei Minuten, war aber so aufgeregt, dass ich weitermachen konnte. Doch Manne schien zu keinem Ergebnis zu kommen, und so hörten wir irgendwann auf, uns zu bewegen. Sie lag auf mir, ihr Gesicht an meinem Hals, küsste mich, und ihr Atem ging sanft über meine Haut. So lagen wir lange und schliefen gleich noch einmal miteinander.

Kerstin hatte zu tun. Kerstin hatte viel zu tun, und wir nutzten das aus. Mit einem schlechten Gewissen, aber wir nutzten das aus. Schliefen am Morgen miteinander, wenn Kerstin das Haus verlassen hatte, um in die Arbeit zu fahren. Sie musste die ganzen Schulferien durchmalochen, weil die Kinderlosen in dieser Zeit keinen Urlaub bekamen. »Aber im nächsten Jahr bin ich ja vielleicht schon nicht mehr kinderlos«, sagte sie in der Küche zu mir, strich mir über die Wange, und Manne verließ den Raum.

»Nenn mich nie mehr Manne«, sagte sie an einem Morgen, da lag ich noch auf ihrer Matratze. Sie ging in die Küche, um Kaffee zu machen, und ich rief ihr hinterher, dass ich doch jetzt nicht auf einmal Stephanie zu ihr sagen könne, so ohne Grund. Ich ging ihr nach und umarmte sie. Drückte meinen Schwanz an ihren Hintern, und sie fuhr mir mit der rechten Hand über den Kopf: »Was weiß ich, aber nicht Manne. Und am besten hören wir einfach wieder auf mit diesem Unsinn.« Ich drehte sie zu mir und küsste sie, während der Espresso blubbernd in die Kanne schoss.

Stephanie wollte aufhören, immer wieder. Manchmal verschwand sie für Tage im Atelier, weil ihr sonst der Kopf platze, wie sie sagte. Aber wenn sie nur eine Nacht in der

Schönhauser fehlte, fuhr ich am nächsten Morgen sofort in die Choriner. Und sie ließ mich in ihr Atelier, auch wenn sie einmal zu weinen anfing und, während sie mich küsste, sagte: »Das ist doch Scheiße, Thomas. So ist das doch Scheiße. Mensch …« Dann verschwand ihre Zunge in meinem Mund.

Kerstin ertappte uns nach fünf Wochen. Sie hatte Freikarten für ein Konzert im *Duncker*, aber keiner von uns wollte mitgehen. Ich konnte mich mit der Lernerei rausreden, und Stephanie sagte, dass ihr nicht so sei. Kerstin ging also allein, kam aber nach einer halben Stunde wieder, weil sie etwas vergessen hatte, weil sie zu müde war oder weil sie uns vielleicht doch schon verdächtigte. Sie betrat die Wohnung so leise, dass wir sie nicht kommen hörten. Wir waren in der Küche, Stephanie saß auf meinem Schoß, und wir knutschten. Plötzlich wurde das Licht angeklickt, Kerstin stand da mit verschränkten Armen und weinte los: »Ihr seid so scheiße. So scheiße seid ihr, wirklich …« Sie drehte sich um und ging in unser Schlafzimmer. Stephanie stand auf und fing auch an zu weinen. Ihre Beine zitterten, sie steckte sich eine Zigarette an und starrte mich an.

Dann ging sie aus der Küche, und ich hörte, wie sie im Flur auf Kerstin traf und etwas murmelte. Kerstin schrie: »Das kannst du dir echt sparen«, und ich hörte, wie die Wohnungstür zugeworfen wurde.

Die Küchentür flog auf, und Kerstin stand vor mir, barfuß und in einem orangen Kleid. »So, deine Süße ist weg. Und du kannst dich auch gleich verpissen. Musste das wirklich sein, Thomas Piepenburg? Ey, Mann, wirklich. Meine beste Freundin. Wirklich vielen Dank.«

Ich ging auf sie zu, aber sie hob die Hände und schrie: »Fass mich nicht an, verstehst du.« Sie fing wieder an zu weinen. Ich blieb vor ihr stehen, und sie schubste mich in den Flur und weiter Richtung Tür, und ich ließ mich schubsen. Auch aus der Tür hinaus.

Auf der untersten Treppe saß Stephanie, rauchte und starrte in das milchige Licht, das durch die geriffelten Scheiben der schweren Haustür fiel. Ich setzte mich neben sie und steckte mir auch eine Zigarette an. Das Flurlicht ging nach zwei Minuten aus, und der Lichtschalter, der aussah wie ein Hustenbonbon, leuchtete neben Stephanies Kopf rot auf. Bis irgendein Mieter die Treppen herunterkam und das Licht wieder anmachte.

So saßen wir lange da, sahen uns nicht an, redeten kein Wort, bis schließlich Stephanie sagte: »Wir müssen doch wieder hoch zu Kerstin.«

Ich trat die Zigarette aus und sah sie an. »Du fährst am besten in dein Atelier, und ich geh wieder hoch zu Kerstin. Und das wird nicht lustig.« Dann küsste ich sie, und sie küsste mich.

Als ich die Treppe hochstieg, riss Stephanie mich noch einmal zurück und küsste mich noch einmal, aber dieses Mal so, als würde sie mich nie wiedersehen und als wäre das hier das allerletzte Mal. Sie stammelte: »Ich ... Du ...« Sie sah mich an, lachte und weinte und sagte: »Scheiße!«

Ich nahm sie noch einmal in den Arm: »Ich komm morgen früh im Atelier vorbei.«

Sie sah zu Boden und nickte. Und ich ging langsam hoch.

11. Kosmonaut und Sucher

Eines Tages war Daniel einfach wieder da, saß in der Küche in der Schönhauser Allee, als wäre er nie weg gewesen. Aufgetaucht wie Hans im Glück, mit nichts als einem grünen Seesack. Sein Auto war irgendwann zusammengebrochen, und offensichtlich hatte er in den letzten drei Jahren nichts gefunden, was es wert gewesen wäre, zurückgebracht zu werden.

Ich kam an diesem Freitag im November 1999 vom Repetitorium nach Hause. Seit Monaten lernte ich für das Erste Staatsexamen, und ich würde noch Monate dafür lernen müssen. Müde schloss ich die Wohnungstür auf, an der neben Piepenburg und Krug immer noch Rehmer stand. Ich nahm an, dass Stephanie in der Küche sitzen würde, und schlurfte durch den schmalen Flur. Die Lampe beleuchtete den großen runden Tisch, der Rest der Küche war schon dunkel, und da saß er. Deutlich dicker als vor drei Jahren, mit einem richtigen Bauch über dem Hosenbund.

Er blieb sitzen, drehte die zwischen Tisch und Zeigefinger auf einer Ecke stehende Zigarettenschachtel und grinste mich an. »Na«, sagte er in meine Sprachlosigkeit hinein, und als ich auf ihn zuging, stand er auf und nahm mich in den Arm.

»Biste wieder da?«, fragte ich. »Also, ich meine, bleibst du wieder richtig hier?«

Er klopfte mit den Knöcheln der Faust auf die Tischplatte: »Back for good.«

Er sah ein bisschen aus wie Joschka Fischer, aber nicht wie der Asket, der jetzt als Außenminister um die Welt flog und morgens mit seinen Leibwächtern joggen ging, eher wie der barocke Fischer, der opulent auseinanderquoll und »roter Wein in grünen Kehlen« in die Kamera gegrölt und dabei das Glas wie eine Waffe gehalten hatte.

Ich ließ mich ihm gegenüber auf den Stuhl fallen und nahm mir eine Gitanes aus seiner Schachtel. Daniel zog eine Flasche Bordeaux aus dem Seesack, öffnete sie und roch dran. »Der ist jetzt natürlich ganz schön durchgerüttelt. Aber von der Temperatur her perfekt.« Er ging zum Küchenbüfett, nahm sich einen Milchkrug aus Porzellan heraus und goss den Wein da langsam rein. »Rotweingläser gibt's vermutlich nicht, oder?«, fragte er, und ich musste lachen.

»Keine Ahnung, gibt's bei Ikea Rotweingläser?«

Er lachte auch, und wir stießen an, und der Wein schmeckte ganz elegant und weich und in etwa so, wie Daniel aussah, mit seinem dunkelblauen Seemannspullover und seiner schwarzen Stoffhose.

Wir hatten uns in den drei Jahren nur einmal gesehen. Da war Kerstin noch da gewesen. Daniel kam damals aus Irland, er sah nicht gut aus, war fahrig und trank an den zwei Abenden, an denen er in der Schönhauser war, unfassbar viel. Dann fuhr er weiter nach Hamburg zu seiner Mutter und sagte beim Abschied zu mir: »Kannst ja mal vorbeikommen. Fahren wir raus und fischen. Der William hat ein Boot. Und später räuchern wir die Fische und so.« Ich nickte: »Ich hab so viel zu tun mit dem Studium, aber in den Ferien vielleicht. Wenn ich das Geld für ein Ticket habe.« Daniel sah mich an, als würde er mir nicht glauben, und verschwand.

Einmal hätte ich ihn wirklich fast besucht, aber als ich ihm das per Mail ankündigte, antwortete er, dass es gerade nicht so passen würde, und wenig später verließ er Anne und die Insel. Er mailte mir, dass die beiden, also Anne und ihr Vater, einfach zu hart unterwegs waren. Dass zu viel gesoffen wurde. »Wenn die blau waren, haben die sich geprügelt. Jedes Mal, und irgendwann haben Anne und ich uns auch geprügelt. Ich hab da Dinge gesehen und gemacht, die ich lieber nicht gesehen und gemacht hätte«, schrieb er, und ich glaube, er hat irgendwann einfach seine Siebensachen genommen und ist abgehauen, weil Anne ihn nicht gehen lassen wollte. Auf gar keinen Fall.

Vielleicht ist er deshalb nicht direkt nach Berlin gekommen. Weil er Angst hatte, dass sie nach ihm suchen würde. So hat er noch eine Runde durch Frankreich gedreht. Ist hier hängen geblieben und dort und hat seinen Beruf benutzt als Eintrittskarte in diese Welt. Ein halbes Jahr hatte er sogar in Lyon bei einem Sternekoch gearbeitet. »Am Anfang habe ich immer mit den Negern am Abwasch gestanden. Ich habe vielleicht zwei echte Negerköche gesehen in der ganzen Zeit, die anderen waren immer nur Diener«, sagte er jetzt, an unserem Küchentisch sitzend, und schwenkte den Bordeaux in einem Flohmarktglas mit grünem Stiel und engem Kelch. Daniel sagte Neger noch immer so, wie wir das früher in unserer Kindheit gesagt hatten. Als gäbe es gar keinen anderen Ausdruck, als würde das niemanden stören. Das Wort stand für Sekunden zwischen uns wie Mundgeruch, ohne dass Daniel es bemerkte und ohne, dass ich es erwähnte.

Auf dem Küchentisch neben ihm lag das Buch, das Stephanie gerade las. Ein schmaler weißer Paperbackband und obendrauf eine Zigarette und ein Feuerzeug, so, als würde man das zum Lesen dieses Buches brauchen, als wären das Instrumente.

Seit einem halben Jahr arbeitete sie für die Drei Russen, wie sie immer sagte, und das klang wie die Drei Musketiere, und ein bisschen sahen die auch so aus. Mit langen lockigen Haaren und fast identischen Bärten, und einer der Brüder trug immer einen hellblauen Schal um den Hals. Sie hatten im tiefsten Neukölln ein Ladenlokal gemietet, eine alte Kneipe, in der noch der Tresen stand, und wenn man weiter durchging, gab es dort eine Küche, in der Farbe und Kaffee gekocht wurden, und drei leere Räume, die wohl früher als Lager oder Büro genutzt wurden. Hier malten Sergej, Viktor und Andrej. Sie hatten in St. Petersburg Kunst studiert, waren vor ein paar Jahren nach Berlin gekommen und fälschten jetzt ganz legal Kunst. »Wir kopieren nicht, wir malen das neu«, sagte Viktor mit feierlichem Gesichtsausdruck, und mir war nie ganz klar, was er damit eigentlich sagen wollte.

Man konnte bei ihnen einen Rembrandt bestellen, einen Dürer, Monet oder van Gogh, Hauptsache, der Künstler war länger als siebzig Jahre tot, denn nach § 64 des Urheberrechtgesetzes verfällt genau dann das Copyright, und so bekam man fast alles für ein paar Hunderter in Neukölln. Hans Sobotsky, Stephanies hochverehrter Kunstprofessor in Weißensee, hatte mit seinen Studenten einen Ausflug zu den kopierenden Russen gemacht und gesagt, hier könne man was lernen über Technik, Licht und Pinselführung. Außerdem sei gut kopiert erst mal besser als schlecht selber gemacht.

Die Drei Russen mochten Stephanie, die bald ihr Kunststudium wieder hinschmiss, weil das erstens nichts bringe und sie es zweitens nie schaffen würde. »Ich bin nicht gut genug. Punkt.« Das sagte sie mir irgendwann mit vor der Brust verschränkten Armen, da hatte sie sich schon entschieden, und alle Argumente, es doch einfach weiter zu versuchen, waren nutzlos. Die Auftragslage der Drei Russen war gut, sie brauchten dringend Hilfe. Stephanie arbeitete vorn im Tresenraum der Neuköllner Kneipe, wo der Bier- und Zigarettenrauch von hundert Jahren sich nun mit dem von Farbe und Leinöl mischten, und sie spezialisierte sich hier auf Caspar David Friedrich. Allein die »Kreidefelsen« auf Rügen hatte sie schon dreimal gemalt. Eine leicht verunglückte Version, bei der eine der drei Figuren etwas weiter über den Abgrund schaute, als sie sollte, hing auch bei uns im Flur. Aber man müsse bei ihr schon sehr genau hinsehen, was Original sei und was Fälschung, hatte ihr ehemaliger Professor bei einem neuerlichen Besuch gesagt, und dass sie das Studium niemals hätte abbrechen dürfen.

Die Drei Russen arbeiteten immer nachts, und Stephanie passte sich diesem Rhythmus an. Die hell erleuchteten Räume mit den großen Scheiben zogen die Nachtgestalten von Neukölln an wie Motten, und hin und wieder verschaffte sich einer mit einer Flasche Wodka Eintritt. Wenn sie genug hatten von Neukölln, dann stiegen die Drei Russen und Stephanie nach der Arbeit noch in ein Taxi und tanzten bei der »Russendisko« im *Kaffee Burger* in der Torstraße oder soffen sich im *Club der polnischen Versager* ein paar Türen weiter die Seele wieder glatt, wie Sergej in seinem schönen brüchigen Deutsch sagte.

Aber oft fand ich meine Freundin, wenn ich morgens aufstand, still in der Küche sitzend über einem Buch. Manchmal trank sie dabei ein Feierabendbier und trug noch ihre Malerklamotten. So wie an dem Morgen, als

Daniel auftauchte. Da las sie Raymond Carver »Wovon wir reden, wenn wir von Liebe reden«, und als ich die Küche betrat, bemerkte sie mich gar nicht. Ich stellte mich hinter ihren Stuhl, aber sie hörte auch da nicht auf zu lesen, und als ich sie umarmte, drückte sie mir einen flüchtigen Kuss auf die Wange. »Der schreibt dir ins Herz. Jeden einzelnen Satz. Du sitzt mit irgendwem irgendwo in Amerika, allein in einer leeren Küche. Der Kühlschrank brummt, der Aschenbecher ist voll, das Bier ist alle, und du weißt genau, wie es dem geht, ganz genau, ohne dass er auch nur ein Wort sagt.«

Daniel zog in das Berliner Zimmer, das Stephanie und ich nach Kerstins Auszug nur noch als Abstellkammer genutzt hatten. Wir hatten auch überlegt, ob wir uns nicht irgendwo eine andere Wohnung suchen und einen wirklichen Neuanfang machen sollten, verwarfen diesen Gedanken aber nach einer kurzen Wohnungsmarkt- und Mietpreisrecherche sofort wieder. Stephanie blieb in ihrem Raum, und ich nutzte jetzt das Balkonzimmer alleine. Wir schliefen mal hier, mal dort. Daniel sagte bei seiner Wiederkehr, er könne auf die Schönhauser Allee und die U 2 sehr gut verzichten, und richtete sich nach hintenraus ein. Auch wenn es dort dunkel war und der gegenüberliegende Seitenflügel zum Greifen nah erschien.

Er begann in der Friedrichstraße in der *Perlzwiebel* zu arbeiten, einem richtig feinen Laden, der die ganze untere Etage eines ehemaligen Industriehofes belegte. Der große Raum hatte Kirschholzparkett, riesige Fenster fast bis zum Boden, und die Decke wurde von schwarzen Stahlträgern gehalten. Daniel behauptete, die Küche arbeite ernsthaft an einem Stern. Sie stellten ihn sofort ein, und er ging auf den

Fischposten. »Das habe ich in Frankreich von der Pike auf gelernt. Wenn du mir allerdings von zehn Fischfilets die Haut abziehst, erkenne ich wahrscheinlich höchstens fünf. Das ist schon so eine Sache.«

Die Küche war im Gegensatz zum Restaurant klein und schlicht weiß gefliest, und der viele Edelstahl hatte schon etwas von seinem Glanz eingebüßt. Manchmal besuchte ich Daniel dort. Am liebsten nachmittags um vier, wenn die ganze Belegschaft gemeinsam aß, meistens etwas Einfaches, Nudeln oder ein Risotto, und sich sammelte für den Sturm, der in ein paar Stunden losbrechen würde. Spätestens wenn der rotgesichtige Küchenchef seine Annoncen in den Raum brüllte, die Köche und Hilfsköche durcheinanderwuselten und ein paar Minuten später ein Teller mit sehr wenig darauf von Kellnern in Anzügen ins Restaurant getragen wurde, war der Moment gekommen zu gehen.

Noch lieber traf sich Daniel aber mit mir mittags ein paar Hundert Meter weiter Richtung Norden, in der Chausseestraße im Öffentlichen Golfzentrum, wie die verdorrte riesige Rasenfläche auf dem ehemaligen Gelände des Stadions der Weltjugend hieß. Wäre es nach Eberhard Diepgen und seinen Mitstreitern gegangen, sollte jetzt hier im Sommer 2000 um olympisches Gold gekämpft werden. Die Spiele wurden nun aber in ein paar Wochen in Sydney eröffnet, und statt einer modernen Sporthalle lagen auf der staubtrockenen Fläche des alten Stadions quadratische Kunstrasenmatten als Abschlagplatz. Es gab zwei kleine Sandbunker, ein Chip Green, und zerschlissene rote Fahnen deuteten Löcher an. Manchmal kamen Angestellte in blauen Hemden mit weißem Kragen aus den umliegenden Ministerien und nahmen das Ganze tatsächlich ernst, aber um das Klubhaus herum, das eigentlich ein fensterloser Baucontainer war, spielten eher Freaks und wachgebliebene Nachtschwärmer. Das Unkraut wucherte an den Rändern, und Getränke holte man sich von der Tankstelle nebenan.

Ich verbrachte die Morgen in der Woche bei Alpmann-Schmidt im Repetitorium. Mit zwanzig anderen Studenten saß ich in einem farblosen Raum mit Neonlicht an einem großen Tisch in U-Form und ließ mir für zweitausend Mark von einem Dozenten beibringen, was ich in der Uni nicht richtig kapiert hatte. Es roch nach Schweiß und Prüfungsangst. Jeden Donnerstag fuhr ich gegen Mittag mit dem Fahrrad Richtung Kreuzberg, wo aus der Friedrichstraße eine schicke Einkaufsstraße geworden war, und ging in den Keller des Glaspalastes der Galeries Lafayette, um in der Fressabteilung zwei Croissants zu holen. Das waren die Einzigen, die Daniel in Berlin gelten ließ. Mir holte ich auch noch ein belegtes Baguette, weil ich um diese Zeit schon richtig Hunger hatte, was man von Daniel nicht sagen konnte. Der war gerade erst aufgestanden.

Die Chausseestraße war die glanzlose Verlängerung der Friedrichstraße, und das letzte Stück davon, der Teil zwischen Invalidenstraße und dem Pillendreherwerk von Schering im Wedding, sah aus, als würde es nicht dazugehören. Zu nichts. Weder zum Wedding, noch zur alten Mitte. Hier standen ein paar gesichtslose Häuser und ein Gewirr von Baracken auf der einen Seite, der Golfplatz neben einem Beachvolleyballfeld und der Tanke auf der anderen.

Daniel saß schon in einem Liegestuhl und ließ sich die Sonne auf den runden Bauch scheinen. Er hatte zwei Kaffees von der Tankstelle für uns geholt, die in braunen Plastebechern neben ihm standen. Eine lausige Plörre, aber da war er kompromissbereiter als bei den Croissants, und hier gab es auch keine Alternative dazu. Ich ließ mich neben ihn in einen Liegestuhl fallen, reichte ihm das Gebäck und trank einen ersten Schluck von der braunen Brühe, die im besten Fall heiß schmeckte.

Ein massiger, glatzköpfiger Mann in Bundfaltenhose, schwarzen glänzenden Schuhen und einem kurzärmligen weißen Hemd stand allein auf einer der Abschlagmatten. Er zog einen Golfschläger aus der nagelneuen Tasche neben sich und legte den Ball vor seine Füße, vorsichtig, als wäre es ein Ei. Aus den Ärmeln seines Hemdes flossen Tätowierungen die Arme herunter, ein Anker und ein halbes Herz waren zu erkennen und Schriftzüge, die von uns aus gesehen keinen Sinn ergaben, ihn aber wohl an eine Zeit erinnerten, in der er noch nicht Golf spielte. Er holte ruckartig aus und drosch den Ball in einer Höhe von einem halben Meter über die vergilbte Grasnarbe. Immer wieder. Sein kantiges Gesicht änderte dabei nie den Ausdruck, und er wirkte, als würde er Klimmzüge machen.

Wir sahen ihm eine Weile wortlos zu. Aßen die fettigen Croissants und leckten uns die Finger ab. Hinter uns dröhnte der Verkehr, und über unseren Köpfen segelte ein Kohlweißling. Am Ende liehen wir uns im Baucontainer einen Schläger für eine Mark und zwanzig Bälle für zwei Mark. Wir stellten uns ein paar Plätze neben die tätowierte Kante, die immer noch versuchte, irgendeinen Sinn in ihr Spiel zu prügeln. Vor uns lag der leere Platz, und noch etwas weiter, hinter ein paar Häuserreihen, ragte der riesige backsteinerne Schornstein eines Heizkraftwerkes empor. Den nahmen wir als Richtunggeber, holten Schwung aus der Hüfte und schlugen los, sodass mit einem satten Plopp die Bälle in einem hohen Bogen Richtung Schornstein flogen und irgendwo ins Unkraut fielen.

Am Abend meines bestandenen Ersten Staatsexamens bereitete Daniel mir zu Ehren einen ganzen Hummer in der *Perlzwiebel* zu, und der unglaublichste Wein von den fünf, die uns der Sommelier auf Daniels Kosten brachte, trug den Titel »Großes Gewächs«. Danach verbrachten Stephanie und ich den Sommer unter einem tiefen blauen Himmel in Polen. Wir fuhren uns tagsüber an den Seen in Masuren den Kopf auf dem Fahrrad leer, und ich wäre gern noch weiter nach Litauen gezogen und immer weiter, aber im Herbst begann mein Referendariat in Cottbus, weil in Berlin dafür absolut keine Stellen zu bekommen waren. Auch nicht mit einem Vollbefriedigend im Ersten Staatsexamen.

An einem kühlen regnerischen Oktoberabend stand ich in der Auguststraße auf dem Bürgersteig der Galerie EIGEN + ART gegenüber und wollte da nicht hinein. Ich hatte drei Tage Cottbus hinter mir, drei Tage auf meiner Zivilstation am Landgericht, und ich wollte niemanden mehr sehen. Keinen einzigen Menschen. Ich war in einem vollgestopften Interregio bis zum Alexanderplatz gefahren, auf der Treppe zwischen den Zugetagen sitzend, und jetzt war mir, als ob ich schon zu lange auf Reserve fuhr. Ich setzte mich auf das Fensterbrett der Kneipe in meinem Rücken und rauchte langsam eine Zigarette.

Vor den beiden hell erleuchteten Fenstern der Galerie und vor der offen stehenden Tür dazwischen standen Trauben von Menschen, die grüne Bierflaschen oder Sektkelche in den Händen hielten, rauchten, redeten und lachten. Fast vor jedem zweiten Haus in der Auguststraße standen solche Gruppen Schwarzgekleideter, und Stephanie hatte gesagt: »Du kannst dir gar nicht vorstellen, wie öde diese Straße geworden ist. Nix als Kunst. Eine Galerie an der anderen. Wenn du rüber zum Bäcker willst, musst du erst mal durch eine Traube Japaner, die da mit Kopfhörern stehen und irgendeiner Trulla zuhören, die ihnen was vom Pferd erzählt.«

Stephanie hatte noch vor den Sommerferien all ihren Mut zusammengenommen und war in die Galerie gestürmt. Ich konnte das richtig vor mir sehen, auch wenn ich natürlich nicht dabei war und sie mir das nur erzählt hatte. Gerd Harry Lybke saß an diesem Tag im tiefen Fenster seiner Galerie und guckte hinaus. Er war amüsiert, als Stephanie leicht stotternd etwas von einem Praktikum hervorbrachte. »Der hat mich angeguckt, als wäre ich nicht ganz knusper, aber dann hat er gesagt, dass ich mich setzen soll, und wo ich denn her sei.«

Güstrow fand er gut, glaubte Stephanie, und Judy, wie Lybke von nun an auch in unserer Küche hieß, erklärte ihr bei einem Kaffee, wie sie sich bewerben sollte. Jemand wurde krank, und Stephanie konnte schneller beginnen als gedacht, und dass sie ihre sechs Wochen während der Neo-Rauch-Ausstellung in der Galerie verbringen würde, betrachtete sie als Hauptgewinn.

»Judy kann das einfach. Der weiß, wie das geht. Der hat es allen gezeigt«, schwärmte sie uns vor und sagte, dass in diesem Jahr auf der Art Cologne eine einzige Galerie aus dem Osten dabei gewesen sei, und das sei eben EIGEN + ART.

Daniel machte sich lustig über die Geschichten, die immer und überall über Lybke zu lesen und zu hören waren. Dass er Neo Rauch kennengelernt habe, weil er ihm als junger Mann als Aktmodell saß. Dass Neo und seine Frau gut kochen konnten und er früher ab und zu bei ihnen vorbeiguckte, weil er eben nicht kochen konnte. Das ganze Leben schien für Judy ein einziges Vorbeigucken zu sein. Und manchmal stand Daniel jetzt an einem Tresen in irgendeiner Kneipe oder bei uns in der Küche am Herd und sagte plötzlich mit leicht sächselndem Akzent: »Nu, ich wollte ja Kosmonaut werden ...« Was Lybke auch immer überall erzählte. »Mann, Aktmodell und Kosmonaut!« Daniel klang begeistert vorwurfsvoll. »Da kannste denen im Westen alles verkaufen.«

Von meinem kalten Platz auf der anderen Seite der Auguststraße aus konnte ich kaum etwas von den Bildern erkennen, aber durch das linke Fenster konnte ich Judy sehen. Er trug einen hellen Anzug mit Weste, hatte den rechten Zeigefinger vor die Lippen gelegt und hörte offensichtlich zu. Neo Rauch deutete auf eines seiner Bilder und redete. Er trug ein mattsilbernes Hemd, und sein schmales, etwas kantiges Gesicht mit den dunklen, zur Seite gekämmten Haaren wurde von einem der Strahler grell beleuchtet. Neben ihm, fast ein wenig zu dicht, wie ich fand, stand meine Freundin. Sie trug einen grauen Hosenanzug und eine weiße Bluse, hatte sich die Haare kurz schneiden und schwarz färben lassen, mit einem fransigen Pony. Ihre Lippen waren rot gemalt. Sie leuchtete heller als der Strahler auf Neo Rauchs Gesicht.

Im rechten Fenster, ganz vorn, nah der Scheibe stand Daniel und textete auf ein mittelaltes Paar ein. Beide hatten schon graue Haare, auch wenn der Mann, der ganz schmal war und der Daniel um einen halben Kopf überragte, nur noch sehr wenige davon hatte. Er guckte angespannt erstaunt, während seine kleine, rundere Frau ununterbrochen lächelte und nickte. Ich konnte Daniels Gesicht nicht sehen, aber ich wusste in etwa, was da ablief.

Als Stephanie vor ein paar Monaten beschlossen hatte, Galeristin zu werden, und anfing, systematisch zu allen

Vernissagen der Stadt zu gehen, war Daniel schnell gelangweilt. »Das ist so 'n Abend, den du brauchst wie 'n Loch im Kopf«, sagte er, wollte aber, wenn er nicht arbeiten musste, auch nicht allein zu Hause bleiben. Also ließ er sich immer etwas einfallen. In einer Ausstellung in der Maschenmode gab er sich als blinden Sternekoch aus Frankreich aus, der die Kunst fühlen möchte. Bei einer Vernissage von Jonathan Meese stellte er sich mehreren Gästen als der Psychiater des Künstlers vor, der mit seinem Patienten daran arbeite, die seelischen Verletzungen zu erkennen und diese Wunden so offen zu halten, dass sie sich nicht infizieren könnten. So, dass Meese weiter endlos daraus schöpfen könne. Das waren seine Worte. Ich stand staunend daneben, aber noch mehr staunten wir, als sich nach der Ausstellung ein Kunststudent und eine Lokalpolitikerin vom Niederrhein per Mail bei Doktor Daniel meldeten, um noch Genaueres zu seiner Methode zu erfahren.

Als Daniel das graue Paar aus der Galerie EIGEN + ART geleitete, als wäre die eine Trattoria und er der Patron, wurde es Zeit für mich, meinen Beobachtungsposten aufzugeben. Ich ging über die feuchtnasse Straße und lief Daniel direkt in die Arme.

»Keine Sekunde zu früh«, sagte er verschwörerisch.

»Wieso?«, fragte ich.

Er lachte, klatschte in die Hände und deutete auf das Neo-Rauch-Bild mir gegenüber. Es war nicht besonders groß. Ein Mann in einer grünen Latzhose und einem orangen Hemd lief mit einem Metalldetektor Richtung Horizont. Man konnte nur seinen Rücken sehen, nicht sein Gesicht. Neben ihm stand eine leere grüne Leinwand. »Der Sucher«, sagte Daniel, als würde das Bild ihm gehören: »Die beiden Herrschaften aus New York wollten gern so

ein Bild von Neo Rauch kaufen. Am liebsten den Sucher.«
Er grinste und genoss mein Auf-dem-Schlauch-Stehen.

»Und?«, fragte ich pflichtschuldig.

»Ist alles längst ausverkauft. Für die Rauch-Bilder gibt es Wartezeiten wie früher auf 'nen Trabi. Mit Anmeldung und so. Aber mir ist natürlich etwas eingefallen.«

Er hatte den verdatterten Kunstsammlern erzählt, dass Neo Rauch immer mehrere Entwürfe von so einem Bild male, bis er ganz zufrieden sei. Er sei ja nach dem frühen Tod seiner Eltern bei den Großeltern aufgewachsen, unweit von Aschersleben. Einem alten Salzbergwerksgebiet. Und ja, Rauch sei sehr mit der mitteldeutschen Landschaft verbunden, aber eben nicht nur mit Leipzig, wie alle Welt glaube. Kaum jemand wisse, wie sehr er auch an Aschersleben hänge und dass sein genialer Galerist dort einen stillgelegten Salzstollen gekauft habe, um die verworfenen Entwürfe der Bilder zu lagern. Für die Ewigkeit.

»Niemand darf sie sehen außer Neo selbst.« Daniel schrie das fast, um dann wieder lauthals loszulachen.

»Und das haben sie dir geglaubt?«, fragte ich deutlich leiser.

›You have such a lovely Irish accent, dear‹, hat die Dame mehrfach wiederholt«, sagte Daniel stolz. »Klar haben die das gefressen. Aber wenn du früher gekommen wärst, wäre alles im Eimer gewesen. Weil ich mich nämlich als Steffis Mann ausgegeben habe, der mit ihr natürlich schon verbotenerweise unten im anhaltinischen Salzstollen gewesen war.«

Die rechte Hand von Gerd Harry Lybke, wie Daniel Stephanie den Amerikanern gegenüber bezeichnet hatte, kam auf uns zu. Mit ihrer neuen Frisur und den rot leuchtenden Lippen. Was mir fremd war, aber doch auch sehr gefiel. Sie küsste mich: »Da bist du ja endlich. Hast du die Ausstellung schon gesehen?«

Ich schüttelte den Kopf.

Als Daniel grölte: »Nu, ich wollte ja Kosmonaut werden ...«, sah Stephanie ihn strafend an: »Mann, sei leise! Wir haben übrigens ein paar Tische in der *Perlzwiebel* bestellt. Ihr kommt doch mit nachher, oder?«

So, wie sie es fragte, war ich mir gar nicht so sicher, ob sie das wirklich wollte, und ich war mir auch nicht so sicher, ob ich nach einer Woche sehr realem Cottbus wirklich noch Kraft für die Kunstmischpoke hatte.

Daniel hob die Hände und antwortete: »*Perlzwiebel*? An meinem freien Tag? Never ever!« Er sah mich an und sagte: »Ich spendier ein Taxi zum Hühnerhugo. Du hast die Wahl.«

12. Donnerstag

In ein paar Minuten fährt mein Zug in den Bahnhof Gesundbrunnen ein, und ich bin froh, wieder in Berlin zu sein. Nach einer trödeligen Fahrt vorbei an hochstehenden Feldern, an deren Rändern Klatschmohn blüht und blaue Kornblumen, im oberen Stock eines fast leeren Regionalexpresses, der in seiner Komfortlosigkeit fast schon rührend ist. Mein Prozess in Prenzlau ist mit dem heutigen Verhandlungstag beendet, und Viktor, mein 17-jähriger Klient, ist mit ein paar Arbeitsstunden davongekommen.

Ich bin immer wieder erstaunt über die Jugendkriminalität, wie oft da Straftaten begangen werden, die die Jungs, und fast immer sind es ja Jungs, offensichtlich direkt umsetzen, ohne auch nur einmal darüber nachzudenken. In diesem Fall haben Viktor und sein mehrfach vorbestrafter Kumpel Adam einen Zigarettenladen überfallen, und zwar in der Straße, in der Adam seit zehn Jahren lebt. Der Besitzer, dem sie auch noch ein Auge blau gehauen haben, erkannte sie natürlich sofort, trotz ihrer übergezogenen Sturmhauben, und schickte die Polizei direkt zu Adam nach Hause. Wo die beiden dann auf ein paar Stangen Zigaretten und 182,46 Euro saßen.

Viktors Mutter fehlte das Vertrauen in meine Brandenburger Kollegen, und sie landete über meine Website in unserer Kanzlei. Was mir ein paar Verhandlungstage am

Oberuckersee bescherte und ihrem Sohn den Jugendarrest ersparte. Aber vermutlich hätten das die Prenzlauer Anwälte auch hinbekommen. Sein vorbestrafter Komplize allerdings wird sicher die Jugendstrafanstalt von innen sehen, wenn sein Prozess beendet ist.

Der Zug fährt bei der Bornholmer Brücke fast an unserem Haus vorbei. Da habe ich gestern ein paar schöne Stunden mit meiner großen Tochter verbracht. Wir haben Sushi bestellt und uns danach über den Beamer im Wohnzimmer einen Film angeschaut. Sie hat sich »Biss zum Morgengrauen« ausgesucht, obwohl sie den schon zwei Mal gesehen hat, wie sie selbst sagte. Aber es war, glaube ich, Teil eines Bestrafungsprogramms für mich. Sie wollte sehen, wie groß mein schlechtes Gewissen ist, und es war groß genug, um diese Werwolf- und Vampirschmonzette zu ertragen und es zu genießen, neben ihr auf dem Sofa zu lümmeln, Chips zu essen und Fritz-Kola zu trinken.

Miriam rückte nichts raus. Weder, wo ihre Mutter und ihre Schwester sich aufhalten, noch, warum sie zurückgekommen ist. Wann immer ich auch nur ganz vorsichtig das Thema darauf brachte, verstummte sie sofort. Sie sah mich nicht einmal mehr an, und ich steuerte unser Gespräch lieber wieder in sichere Gewässer.

Am Gesundbrunnen steige ich auf mein Fahrrad, fahre quer durch den Wedding bis zur Ruheplatzstraße und amüsiere mich über das Schild bei diesem wilden Garten gegenüber von Daniels neuer Bleibe. »Interkultureller Gemeinschaftsgarten« steht da unter einer riesigen Laubsägebiene, und in Kisten und Steigen blüht und wächst es. Was machen die da? Hat sich schon einer das Grundstück gesichert, um die Wohnungen skandinavischen Anlegern zu verkaufen?

Bei Daniel im ersten Stock stehen die Fenster offen, und

ich bin froh darüber. Ich möchte mich bei ihm für diesen Auftritt gestern entschuldigen, und danach will ich auch noch Stephanie anrufen, um das alles hier mal wieder auf die Reihe zu bringen. Schließlich sind wir ja erwachsene Menschen.

Vor Daniels Wohnung überfallen mich allerdings schon wieder Zweifel. Er macht nicht auf, obwohl ich mir ziemlich sicher bin, dass ich höre, wie da drinnen jemand herumschleicht und jetzt vermutlich durch den Spion in der schmutzig-grünen Tür guckt.

Eine ältere Frau mit einem Kopftuch schlurft die Treppen herunter und nuschelt, als sie an mir vorbeikommt, auf mein »Guten Tag« entweder ein türkisches Wort mit mehreren Gs oder aber doch das Wort: Gangster. Ich möchte hier vor dieser Tür aus mehreren Gründen nicht stehen, aber ich will auch nicht unverrichteter Dinge wieder gehen. Also donnere ich mit der Faust gegen die Tür und sage sehr laut: »Komm schon, Alter, mach einfach auf.«

Zehn Sekunden ist es still, nur die alte Tür zittert etwas nach, dann wird sie schwungvoll geöffnet, und da steht Christine. Daniels Mutter. Klein, dünn und alt. Ihre Locken leuchten in verschiedenen Grauschattierungen von fast-weiß bis vielleicht-noch-schwarz, und ihre schmalen Katzenaugen verziehen sich zu einem Strich, als sie mich angrinst: »Mensch, Großer, dich habe ich ja auch schon lange nicht mehr gesehen.« Sie trägt enge dunkle Jeans und ist barfuß.

Wir haben uns tatsächlich eine Ewigkeit nicht gesehen. Das letzte Mal irgendwann in den Neunzigerjahren, als sie Daniel mal in der Schönhauser besuchte. Berlin sei nicht so ihr Fall, hatte sie da gesagt, und so besuchte er sie immer mal wieder in Hamburg.

Jetzt folge ich Christine verdattert durch den leeren Flur in die Küche, und sie wirbelt ein bisschen sinnlos durch den leeren Raum, in dem immer noch nur der Tisch und die zwei Stühle stehen, aber was sollte Daniel hier in den paar Tagen auch angeschleppt haben? Sie stellt zwei Wassergläser auf den Tisch, die irgendwann schon mal einen anderen Dienst geleistet haben müssen. Als Senf- oder Gurkenglas. Dann setzt sie sich mir gegenüber, schiebt die gefalteten Hände zwischen die dünnen Oberschenkel, grinst und sagt: »Na?«

Sie riecht ganz anders als damals, viel schwerer und süßer, aber die Erinnerung daran, an ihren Geruch vor dreißig Jahren in Rostock, trifft mich irgendwo zwischen den Augen. Die ganze Wohnung roch nach ihr, bestimmt auch nach irgendeinem Westparfum oder einer Creme, aber eben auch nach ihr. Jetzt sitzt sie vor mir mit einem Gesicht voller Falten. Da, wo beim Lachen das Grübchen in der linken Wange erschienen war, da erscheinen jetzt drei tiefe Falten, und in den Augenwinkeln gibt es davon ein ganzes Nest. Die Haut ihres Dekolletés sieht aus wie Pergament und ist gesprenkelt, ein später Befall von Sommersprossen. Christine muss jetzt fast siebzig sein. Sie beugt sich zu mir vor, vielleicht, weil ich sie immer noch so anstarre, aber vielleicht auch, weil sie ebenfalls nicht weiß, was sie sagen soll, und pikt mit dem Zeigefinger in meinen Bauch: »Das pralle Leben, wa?«

Ich wische ihren Finger weg wie ein Insekt und sage endlich: »Was machst du hier?« Langsam steh ich auf und sie auch, fast wie bei einem Duell. Ich muss lachen und nehme sie in den Arm. »Wahnsinn, das ist so lange her.« Ich lasse sie wieder los, wir stehen stumm voreinander, und Christine guckt an mir vorbei. Ich gehe zum Fenster, stütze mich auf das Fensterbrett und sehe hinaus: Beton, Mülltonnen, ein paar Fahrräder. Vorgestern hat hier an diesem Fenster meine Frau gelehnt, aber mit dem Rücken zum Hof. Christine stellt sich neben mich und beugt sich ebenfalls vor. Sie trägt ein weißes T-Shirt, und ihre dünnen, sehnigen Arme sind sehr braun. Ich drehe mich um, setz mich auf das Fensterbrett. »Wieso bist du hier? Was zur Hölle machst du hier?«

Sie richtet sich auf, sieht erst das Wasserglas in ihrer Hand und dann wieder mich an. »Mensch, wegen Daniel. Der macht nur Mist. Hast du ihm das hier besorgt?« Sie deutet in den Raum und setzt sich wieder an den Tisch, und ich muss mich jetzt entweder mit ihrem Rücken unterhalten oder mich auch wieder setzen. Widerwillig entscheide ich mich für Letzteres.

»Wie lange soll das denn gehen?«, fragt Christine. »Und was ist das für eine Frau. Oder Mädchen, muss man ja wohl eher sagen.«

Ich deute auf den leeren Raum: »Wie lange? Was weiß ich? So genau haben wir noch nicht darüber gesprochen.« Ich sehe sie an und schiebe hinterher: »Wir haben uns überhaupt noch nicht so richtig unterhalten.«

Jetzt lacht Christine doch: »Mann, ihr seid so dröge. Mit euch konnte man sich überhaupt nie richtig unterhalten. Wie Karpfen …« Mit Fingern und Daumen ihrer rechten Hand imitiert sie einen Fisch, der das Maul stumm langsam öffnet und schließt.

»Ich hatte so viel zu tun«, sage ich. Meine Lieblingsantwort! Aber es stimmt ja auch. »Ich habe Daniel hier untergebracht, aber lange kann er hier nicht bleiben.«

»Zum Glück.« Christine dreht an einem dünnen Ring mit einem kleinen blauen Stein, der teuer aussieht, und guckt an mir vorbei ins Nichts. »Ich hoffe, dieses Mädchen nimmt ihn nicht gleich bei sich auf.«

»Was für ein Mädchen? Und seit wann kümmerst du dich um die Frauen deines Sohnes?«

»Er ist krank, Thomas, hat er dir das erzählt?« Als ich nicht antworte, steht sie wieder auf, stellt sich an das offene Fenster, wippt mit den Oberschenkeln gegen das Fensterbrett und sagt leise: »Das habe ich mir gedacht.«

Krank? Wieso krank? Daniel wirkte doch eigentlich mopsfidel! Mir fallen seine fehlenden Haare ein. Habe ich was übersehen? »Was hat er denn?«, frage ich schließlich.

Christine dreht sich zu mir um und holt tief Luft: »Können wir nach draußen, bitte? Ich krieg hier keine Luft, und ich bin schon den ganzen Tag in dieser Bude. Daniel und ich haben uns heute Mittag ziemlich gestritten. Schließlich ist er einfach abgehauen. Ich habe eigentlich gehofft, dass der noch einmal wiederkommt, aber das glaube ich jetzt nicht mehr ...«

Ich ziehe die Schultern hoch, und Christine setzt sich eine Sonnenbrille in die graue Haarpracht, greift nach ihrer Handtasche und schlüpft in ihre schwarzen Pumps, die im langen, leeren Flur stehen.

»Hast du den Schlüssel?«, frage ich.

Christine schüttelt den Kopf. »Nein, aber was soll es. Ich glaube, ich bin hier fertig.«

Wir gehen runter in die Ruheplatzstraße. Ein Stück auf den alten Friedhof zu, der immer noch versteckt zwischen Bäumen liegt, dann Richtung Müllerstraße. Christine neben mir ist still. Weil sie völlig in sich versunken wirkt und der Lärm der Müllerstraße vielleicht auch nicht der richtige Ort ist, um etwas Ernstes zu besprechen, will ich sie noch nicht fragen, was mit Daniel ist.

Schließlich bleibt Christine stehen und sieht auf die vierspurige Straße, auf dieses Durcheinander aus türkischen Gemüseläden, Handybuden, vietnamesischen Nagelstudios, Spielhöllen und dem riesigen Tanker Karstadt, der oben am Leopoldplatz vor Anker liegt und hier immer noch so funktioniert wie in den Siebzigerjahren. Als gäbe es gar keinen Onlinehandel. Gesichter aus aller Herren Länder ziehen an uns vorbei. »Sieht eigentlich aus wie in Altona«, sagt sie, und ich nicke.

Wir schlängeln uns Richtung Sprengelkiez, wo der Wedding langsam aussieht wie der Prenzlauer Berg in den späten Neunzigern. Wo es plötzlich Bioläden gibt und kleine Cafés. Wo man unter Bäumen auf der Straße sitzen kann und der Kaffee fair gehandelt ist. Was mich früher gefreut hat, erscheint mir heute wie der Anfang vom Ende, wie ein ewiges Spiel. Der Weg von diesem Café bis zum Dicken Iwan ist nicht weit.

Wir setzen uns vor eine efeubewachsene Fassade auf alte Stühle und an einen wackligen Tisch vom Trödelmarkt. Ein junges Mädchen mit einem spanischen Akzent bringt uns die Getränke. Christine rührt lange in ihrem Latte Macchiato.

Sie hat damals mit Anfang vierzig noch einmal ein Kind bekommen, und ich weiß noch, wie Daniel mir das in der alten Hinterhofwohnung in der Schönhauser Allee erzählt hat. »Meine Mutter ist schwanger«, sagte er, als hätte er sie beim Äppelklauen erwischt. Da war sie zweiundvierzig Jahre alt und hatte zu Daniel gesagt, so alt seien doch die meisten Mütter im Westen auch, aber der war trotzdem nicht begeistert, eine fünfundzwanzig Jahre jüngere Schwester zu bekommen. Er konnte Christines neuen Mann natürlich nicht leiden, so wie er auch alle ihre Macker in

Rostock nicht hatte leiden können. Das sei so ein Hamburger Pfeffersack, so 'n aalglatter, einer, der in 'ner Bank arbeite. Christine habe quasi ihren Kredit geheiratet.

Sie hatte in Hamburg einen mobilen Pflegedienst eröffnet und ihren Zukünftigen wohl wirklich in der Bank kennengelernt. Das Geschäft mit der Pflege alter und kranker Leute lief gut, und Christine besaß in Hamburg schon eine Eigentumswohnung, bevor ich das Wort in Berlin das erste Mal gehört hatte. Und es ist nicht bei der einen geblieben. Eine Weile herrschte Funkstille zwischen Hamburg und Berlin, aber dann sahen sich Daniel und seine Mutter wieder regelmäßig. Und an seiner Schwester fraß Daniel einen Narren.

Vielleicht fange ich erst mal woanders an, denke ich, weil Christine immer noch nichts zu Daniels Krankheit sagt, sondern in ihrem Kaffee rumrührt. »Bist du noch verheiratet?«, frage ich also, und sie grinst mich an und sagt: »Ja! Hättest du mir nicht zugetraut, oder? Der Rainer war ein Glücksgriff. Spät, aber nicht zu spät.«

Sie sieht auf meinen Bauch. Mein Hemd ist aus der Hose gerutscht, und eine Schicht Schwabbel, wie Stephanie das nennt, leuchtet über dem Hosenbund. Ich hasse das. Entweder ich muss mir weitere Hemden kaufen oder doch abspecken. Alles, was zart war an Christine, ist jetzt knochig, und bei mir scheint sich das in die entgegengesetzte Richtung zu bewegen.

Eine alte Dame kommt aus der Haustür neben uns. Sie zieht einen Hund hinter sich her. Ein kleiner Mops mit einem vorwurfsvollen Gesicht, der mehr auf dem Hintern rutscht als läuft. Wie Piefke in »Pünktchen und Anton«. Die Dame sieht uns verzweifelt und entschuldigend an: »Wenn es so warm ist, will er nicht.« Sie geht noch ein Stück und sagt: »Aber wenn es kalt ist, dann eigentlich auch nicht.« Auf ihrem Gesicht erscheint nicht der Ansatz eines Lachens, und die beiden rodeln weiter.

Christine sieht ihnen nach und dreht sich zu mir um. »Was hat Daniel dir denn überhaupt erzählt?«

Ich richte mich auf und stecke dieses Scheißhemd wieder in die Hose. »Nicht viel eigentlich«, sage ich. »Von Saint-Malo. Dass er da dieses Restaurant aufgemacht hat, als sich alles wieder beruhigt hatte. Dass es gut läuft, Meeresfrüchte und so.« Ich mache eine unbestimmte Handbewegung.

Christine nickt müde. »Saint-Malo! Da lebt er schon seit zwei Jahren nicht mehr. Warst du da mal?«

Ich schüttle den Kopf.

»Warum hast du ihn eigentlich nie besucht?«

Warum habe ich dich eigentlich nie besucht, denke ich. Und warum habe ich dich eigentlich nie noch mal geküsst? Wann war der Wunsch danach eigentlich vorbei? Ich zucke mit den Schultern.

Christine hat wohl auch gar keine Antwort erwartet. »Saint-Malo ist ganz hübsch. Schöne Altstadt mit einer fetten Stadtmauer drum herum, direkt am Meer, aber ey, im Sommer ist es da so sinnlos voll wie in Venedig. Ich schätze, die Parkplätze um Saint-Malo herum sind größer als die Stadt selber.«

Sie nimmt einen letzten Schluck Kaffee. »Es hat ihn, glaube ich, nie jemand verfolgt nach dieser Sache damals. Und als er das Restaurant dichtgemacht hat, ist er zu uns nach Hamburg gekommen. Es ist nicht pleitegegangen, aber es hat sich eben auch nicht wirklich gelohnt. Außerdem ist das mit der Frau, mit der er da zusammenlebte, auseinandergegangen. Er hatte die Nase voll von Saint-Malo.«

»Was war denn das für eine?«

Christine verdreht die Augen. »Na, eine von Daniels

Frauen. Schwierig, schweigsam. Nicht so bekloppt und gefährlich wie die Letzte hier in Berlin, aber eben auch nicht mein Fall. Ich habe sie nicht vermisst. Sie mich vermutlich auch nicht.«

Sie klopft ein paar Mal mit ihrem Ring gegen das Kaffeeglas: »Meine Tochter hat den Pflegedienst in Hamburg übernommen. Der läuft richtig gut. Annalena ist ein toughes Mädchen, das kannst du mir glauben. Kennst du die eigentlich?« Sie sieht mich plötzlich offen und fast erleichtert an.

»Einmal hab ich sie getroffen, da war sie vielleicht zwölf und hat Daniel in Berlin besucht. Sie sah dir sehr ähnlich«, sage ich und weiß, dass ihr das gefallen wird.

»Ja, nicht nur äußerlich.« Sie schließt die Hand um das leere Glas, als wolle sie es zerquetschen. »Die weiß, was sie will, aber sie ist eben noch ein bisschen jung. Erst fünfundzwanzig. Also helfe ich ihr zurzeit noch mit der Abrechnung und so, und als Daniel aus Frankreich kam, hat er auch bei uns im Büro angefangen. So ein bisschen als Mädchen für alles. Kochen werde ich in meinem Leben nicht mehr, hat er gesagt.«

»Warum?«

Sie sieht in die Reste ihres Milchschaums. »Ich weiß es nicht, Thomas. Vielleicht war es körperlich zu anstrengend. Oder es hatte auch schon mit seiner Krankheit zu tun. Er hat ja lange versucht, die vor uns zu verbergen.«

»Was hat er denn eigentlich?«

Sie beugt sich zu mir vor, stützt die Ellenbogen auf die Knie und faltet die Hände vor dem Gesicht. »Wir wissen es noch nicht genau. Die Untersuchungen haben ja erst angefangen. Er ist extrem vergesslich. Das war ein totales Chaos im Büro. Dadurch ist es überhaupt erst richtig aufgefallen. Er hat Dienstpläne vertauscht und Patienten. Dinge, die ihm mündlich mitgeteilt wurden am Telefon oder von Kolleginnen, an die konnte er sich nicht mehr erinnern. Schon nach kurzer Zeit nicht mehr. Er schreibt sich ständig alles auf, was er für wichtig hält, aber das funktioniert eben auch nicht so richtig.«

Ich muss an den Notizblock in Daniels Hosentasche denken und daran, dass er meine Handynummer nicht mehr erinnerte, weil er nach dem Sixpack die Karte vermutlich nicht mehr fand.

»Und was sagen die Ärzte?«

»Noch nicht viel. Ein Tumor ist es zum Glück nicht. Es gibt mehrere Möglichkeiten. Eine wäre natürlich Alzheimer. Dafür ist er wohl noch zu jung, aber es ist nicht ausgeschlossen. Ein Onkel von mir hatte das auch, allerdings nicht so früh.«

»Und die andere? Ich meine, gibt es noch eine Diagnose?«

»Ja, verschiedene. Es könnten ganz einfach auch Auswirkungen seines Scheißdrogenkonsums sein. Da erinnerst du dich ja vielleicht noch dran, oder?«

Sie sieht mich direkt an, mit einer hochgezogenen Braue über dem rechten Auge, und ich bin froh, schon so manches Kreuzverhör durchgestanden zu haben. In Christines Gegenwart fühle ich mich immer noch wie sechzehn. Mit etwas weichen Knien. Dass das nicht aufhört.

»Er hat nie richtig Schluss gemacht mit dem Scheißzeugs. Ich hoffe nur, dass er hier nichts nimmt? Oder weißt du etwas?«, fragt Christine.

»Ich hatte nicht den Eindruck.«

»Ach, du würdest es mir vermutlich auch nicht erzählen. Einmal ist er auch ohnmächtig geworden, aber auch da wissen wir noch nicht, ob das eine mit dem anderen zusammenhängt. Er soll eigentlich nicht mal Alkohol trinken. Die

Ärzte würden ihn gern für ein paar Tage stationär aufnehmen. Als er das gehört hat, ist er durchgedreht und abgehauen. Ich habe zwei Tage gebraucht, bis ich wusste, wo er überhaupt ist.«

Christine sieht mütterlicher aus als in all den Jahren in Rostock, auch wenn sie jetzt eher einer Oma gleicht. Aber Daniel ist ja auch schon ein großes Kind.

»Vielleicht war ich zu wenig für ihn da. Was weiß ich, aber es wäre schön, wenn du mir ein bisschen helfen könntest, ihn zu finden. Kennst du denn seine Freundin?«

»Nein, wer soll das sein? Ist er denn schon länger in Berlin? Ich habe ihn erst am Montag getroffen.«

»Nein, wir haben ihn am Wochenende in Hamburg vermisst. Eigentlich waren wir zum Essen verabredet, aber er ist nicht gekommen. Da habe ich mir noch gar nichts dabei gedacht.«

Die spanische Kellnerin fragt uns, ob wir noch etwas wollen, aber Christine schüttelt den Kopf und ich auch.

»Einmal ist er im Büro völlig ausgeflippt. Er hatte mehrere Sachen verwechselt, und ich habe ihn vielleicht ein bisschen sehr angeschnauzt. Ich wusste ja von nichts, Mensch. Da ist er raus, und ich hab ihn später auf einer Bank um die Ecke gefunden. Er hat geweint, Thomas. Daniel! Daniel hat geweint. Er hat in seinem Leben vielleicht drei Mal geweint. Und das letzte Mal war er fünf. Und dann hockst du da neben deinem 50-jährigen heulenden Sohn und weißt nicht, was du sagen sollst. Oder machen oder …«

Ihre Stimme zittert jetzt auch. Sie fährt sich mit Zeigefinger und Daumen über die Nasenflügel, sieht mich an und lächelt schief: »Wie geht's dir denn? Daniel sagte, dass bei euch der Haussegen schiefhängt? Was hast du verbrochen, Großer? Biste fremdgegangen?«

13. Hell's Kitchen

Es war heiß in New York, unerträglich heiß und feucht gleichzeitig. Ich hatte so eine Hitze überhaupt noch nie erlebt, aber in unserem Zimmer war es jetzt angenehm kühl. Ich sah im Aufwachen durch das große Fenster, das man nicht öffnen konnte, über die Dächer Richtung Hudson River. Um einen runden rostroten Wasserspeicher, der auf einem der kleinen Wohnhäuser ein paar Blocks weiter stand, kreisten ein paar Möwen. Der Himmel darüber war hoch, blau, mit ineinander übergehenden, schnell ziehenden Wolken. Eigentlich ein Ostseehimmel.

Ich war allein. Stephanie war sicher schon seit Stunden im P.S.1 in Queens, wo gerade eine Gruppenausstellung aufgebaut wurde, an der auch zwei Künstler von EIGEN + ART teilnahmen, und Daniel war wohl gleich mit ihr verschwunden. Er passte sich auf eine erstaunliche Art dem Rhythmus von New York an und rannte seit Tagen durch die Gegend, als müsste er die Welt retten. Den ersten Tag hatten wir beide zusammen verbracht, aber da hatte Daniel gesagt: »Wie du latschst, Piepenburg, wie so 'n Rentner.« Seither war er allein unterwegs, und als die beiden heute früh gegangen waren, hatte Stephanie für mich wie jeden Morgen die Klimaanlage hochgedreht. Sie könne mit der nicht schlafen, hatte sie beim Einzug gesagt, und Daniel, der im zweiten King-Size-Bett neben uns schlief, meinte, das wäre auch nicht seins. Diese trockene Kälte. Und so lagen wir die ganze Nacht in dieser Demse und schwitzten vor uns hin. Jetzt genoss ich es, dass mich ein Schauer überlief, sowie ich nur den kleinen Zeh unter der Decke hervorstreckte.

Das *Devil's Inn* lag zwischen der Ninth und Tenth Avenue in der 49. Straße. Wir wohnten hier, weil Gerd Harry Lybke uns das Hotel empfohlen hatte. »Ist schön da, die Gegend ist im Kommen. Ist noch nicht so voll wie Downtown und nah am MoMa«, hatte er zu Stephanie gesagt, die inzwischen in seiner Galerie angestellt war. In Manhattan hatte sie uns zu dritt ein Zimmer mit zwei King-Size-Betten gebucht, weil sie zweihundertsechzig Dollar pro Nacht »absolut abartig fand«, was wiederum Daniel in Rage gebracht hatte: »Mann, wenn wir hier abhauen, sind wir reich, und du buchst uns ein Zimmer zusammen. Wie in einer Jugendherberge!«

Ein paar Monate nach der Neo-Rauch-Ausstellung in Berlin hatten sich die Sammler bei Daniel gemeldet, der ihnen damals in der Galerie noch eine Visitenkarte zugesteckt hatte. Die machte er sich vor seinen Vernissageauftritten immer für ein paar Mark an einem Automaten. »Daniel Rehmer, Import/Export« hatte in diesem Fall daraufgestanden. Eine falsche Handynummer, aber seine richtige E-Mail-Adresse.

Die Millers aus New York druckten nicht lange rum. Und Daniel auch nicht. Er lud sie bei ihrem nächsten Berlinbesuch in die *Perlzwiebel* ein und ließ dort richtig auffahren. »Champagner, Foie gras, Hummer. Das ganze Gedöns.« Danach kam er zurück in die Schönhauser. Wir saßen auf unserem bröckelnden Balkon mit den zwei alten Klappstühlen. Stephanie rutschte auf meinen Schoß rüber, und Daniel ließ sich auf ihren Stuhl fallen. Er lachte hysterisch, zündete sich eine Zigarette an und stieß den Rauch aus. Dann sah er uns an, als hätte er einen neuen Kontinent entdeckt.

»Dreihunderttausend Dollar«, sagte er. Er machte eine Pause, in der wir ihn ansahen wie das Sandmännchen, das plötzlich in einem Porno mitspielt. »Dreihunderttausend Dollar, wenn wir ihm eine Version von Neo Rauchs ›Sucher‹ aus dem Salzbergwerk besorgen.« Daniel sagte das so, als würde es diesen Stollen wirklich geben. Und als wir immer noch nicht antworteten, fuhr er fort: »Er hat mir sogar noch erklärt, wie wir das über ein Schweizer Nummernkonto abwickeln.« Er lachte kurz auf und zog an seiner Zigarette: »Sollte ich als Businessman ja eigentlich wissen, aber ein wenig Nachhilfe kann ja nie schaden.«

Die Märznacht über uns war sternenklar und noch sehr kalt. Knapp über null, kurz vor Ostern. Eine hell beleuchtete, fast leere U-Bahn rumpelte über das Viadukt Richtung Pankow. Stephanie fröstelte und drückte ihre Zigarette aus: »Never ever.« Sie ging wieder rein. Daniel trug diese schwarze französische Stoffhose und ein Sakko von mir, das ihm aber an den Schultern und am Bauch zu eng war. Er sah mich an, als könnte ich ihm weiterhelfen: »Mensch, Piepenburg. Das ist die Chance unseres Lebens. Das ist so einfach, einfacher geht das gar nicht.«

Ich beendete mein Studium, und Daniel bearbeitete Stephanie. Anfangs biss er auf Granit, aber nach ein paar Wochen hatte er sie immerhin so weit, dass sie mich fragte, was ich davon halten würde. Sie saß in der Küche auf der Rückenlehne eines der alten Stühle mit den nackten Füßen auf dem durchhängenden Bastgeflecht der Sitzfläche, rauchte und beobachtete mich, während ich uns zwei Gläser Rotwein eingoss.

»Das ist doch totaler Quatsch, Stephanie.« Ich stellte das Glas vor sie auf den Tisch. Ein kleiner Nachtfalter flog wütend gegen die mattleuchtende Birne der Küchenlampe. »Absoluter Wahnsinn. Eine typische Daniel-Rehmer-Idee. Und dass ihr euch strafbar macht, muss ich wohl nicht betonen. Das ist schwerer Betrug. Außerdem noch Urkundenfälschung nach § 267 StGB. Und da ihr vermutlich nicht vorhabt, das Geld in der Schweiz zu versteuern, auch noch Steuerhinterziehung.« Ich prostete ihr mit meinem großen Rotweinglas zu und trank einen ersten tiefen Schluck.

Stephanie rührte ihr Glas nicht an. Sie rauchte nur weiter und fragte: »Aber würdest du denn mitmachen?«

»Wie mitmachen?«

»Na, würdest du uns helfen?«

»Ich sollte meine juristische Karriere vielleicht nicht unbedingt mit einer Straftat beginnen. Außerdem, was soll ich dabei tun? Ich kann nicht malen, und mein Schulenglisch ist leider immer noch auf DDR-Niveau.«

Stephanie rutschte die Stuhllehne hinunter, hockte jetzt auf der Sitzfläche, nahm das Glas und trank. Sie erschlug den Nachtfalter mit einer schnellen Bewegung und sagte: »Aber mich würde das beruhigen, wenn du dabei wärst.« Sie sah mich an. »Dreihunderttausend Dollar, Thomas. Danach wäre alles anders. Ich könnte meine eigene Galerie aufmachen, und für dich würde auch noch was abfallen. Da kannst du sicher sein.«

Wie auf ein Stichwort betrat Daniel die Küche. »Außerdem haben alle großen Gangster einen guten Anwalt, Piepenburg.« Er nahm sich eine Zigarette aus Stephanies Schachtel und trank einen Schluck aus meinem Glas.

Ich verließ mein eisgekühltes Zimmer in *Hell's Kitchen* und ging raus in den stickigen Flur des *Devil's Inn*, wo sich die Renovierungswut der Besitzer noch nicht ausgetobt hatte. Die Zimmer waren ja makellos komfortabel, aber die beige Wandfarbe des Flurs und die Lichtschalter stammten noch aus der Zeit, als die Gegend hier nicht so im Kommen gewesen sein muss. Am Ende des schmalen Schlauchs konnte man sogar die Fenster zur Seite schieben und auf die Feuerleiter davor klettern. Daniel und Stephanie rauchten dort jeden Abend ihre letzte Zigarette. Ich hatte inzwischen damit aufgehört. »Warum das denn? Ist das in deinen Kreisen nicht mehr angesagt, oder was?«, hatte Daniel gefragt. Aber ich hatte durchgehalten und ihm geantwortet: »Nein, weil ich einfach keine Luft mehr kriege, wenn ich morgens aufwache.«

Ich ging raus auf die 49. Straße, und die Hitze umschloss mich wie eine Flüssigkeit. Ich ging vor bis zur Ninth Avenue. *Don't walk* leuchtete weiß auf der Ampel, aber niemand richtete sich danach, weil auf der 49. eben alle Autos nach Westen fuhren und sich die New Yorker die Lücken dazwischen suchten. Egal, was auf der Ampel stand. Im *Seven Brothers Deli* ließ ich mir ein Sandwich machen und einen Coffee to go geben. Dann setzte ich mich in den Schatten auf eine kleine Treppe vor dem Nachbarhaus des Deli und guckte zwei schlaksigen Jungs zu, die in diesem gnadenlosen Sonnenschein auf dem Betonplatz vor einer Schule abwechselnd ihren Basketball in den Korb warfen. Das Prallen der Bälle klang zäh und klebrig.

Ich mochte Hell's Kitchen, auch wenn nur ein paar Blocks weiter am Times Square der Touristenwahnsinn begann. Ich mochte die unaufgeregten kleinen Brownstone-Häuser, die sich Richtung Hudson River zogen, ich mochte die

Bäume davor und die Sandwiches, die Jimmy im *Seven Brothers Deli* schmierte. Mit Hähnchen, Salat, Käse, Tomaten und viel Mayo. Sein »How are you, man?«, so, als würden wir uns seit Jahren kennen und nicht erst seit fünf Tagen, sein »Take care«, wenn ich den Laden wieder verließ.

Wenn ich von meinem Platz aus Richtung Osten blickte, ragten die Wolkenkratzer von Midtown in den Himmel. Die 49. Straße dazwischen sah viel schmaler aus, als sie war, es wirkte, als könnte man hier in Manhattan die Erdkrümmung sehen. Zwischen East River und Hudson. Die beiden Jungs auf dem Sportplatz setzten sich jetzt auf ihre Bälle in den kleinen rechteckigen Schatten, den das Korbbrett auf den Beton warf. Ihre Haut glänzte schweißnass.

»Hell's kitchen is pretty cool«, hatte Lynn gestern gesagt, die Kollegin, mit der Stephanie gerade im P.S.1. die Ausstellung aufbaute. Sie war klein und, wie sie selbst meinte, eine wilde irisch-chinesische Mischung. Ihre Haare trug sie raspelkurz und weiß gefärbt. Die Lider über ihren schmalen Augen waren pink bemalt, und im linken Nasenflügel steckten zwei kleine silberne Ringe. Lynn hatte uns zum Essen eingeladen, es gab Spaghetti mit Öl und Knoblauch. Sie wohnte direkt am Ground Zero.

Mit einer Freundin teilte sie sich eine absurd kleine Zweizimmerwohnung im 23. Stock. Sie hätten nur einen Vertrag für ein Jahr und daher keine Lust, hier irgendwas zu ändern. Es gab weiße Einbauschränke und eine komplett eingerichtete Küche. Waschmaschine, Spülmaschine, ein Bügelbrett, das aus einem Kleiderschrank klappte, wenn man dessen Tür öffnete. Vermutlich habe vorher hier ein Banker oder ein Anwalt gewohnt, aber viele von denen wären jetzt weggezogen, sagte Lynn und fuhr sich durch die Stoppelhaare. »Nobody knows what's in the air here now.« Asbest? Teer? Feinstaub? Deshalb sei das hier gerade billig für Manhattan, deshalb wohne sie hier. Außerdem wolle keiner am Rande eines Friedhofes wohnen. »Ende Mai haben sie die Suche nach den Toten eingestellt. Einige sind buchstäblich verdampft. Fast dreitausend Menschen. Manchmal haben sie noch einen Ring gefunden oder einen Schlüssel, und von einem haben sie sogar nur seinen Feuerwehrhelm beerdigt.«

Lynn klang, als würde sie das alles nicht zum ersten Mal erzählen. Sie deutete auf das riesige Gelände, das unter uns lag. Bis vor Kurzem habe der Schutt zehn Stockwerke hoch gelegen. Jetzt war da unten eine aufgeräumte große Baustelle zu sehen, mit Kränen und Baggern. Vor einem Kreuz aus zwei Metallträgern lagen Blumen. Am Haus gegenüber hing eine riesige amerikanische Flagge. Lynn deutete auf das Kaufhaus Century 21, das am Rand der Baugrube uns gegenüber stand. Das hätten die Terroristen extra stehen gelassen, sagte sie. Damit die deutschen Touristen dort weiter ihre Calvin-Klein-Unterhosen kaufen könnten. Und dann lachte sie und tat die Nudeln auf die Teller.

Der 11. September 2001 hatte den Verkauf des Gemäldes um ein Jahr verschoben. Stephanie hatte es Anfang September fertig, und eigentlich planten wir, ein paar Wochen später nach New York zu fliegen. Aber nach dem Anschlag wollten Daniel und die Millers lieber warten, bis sich alles wieder beruhigte. »Die Amis sind so hypernervös gerade.«

Meine Freundin war darüber gar nicht glücklich. Ihr war schon das Malen nicht leichtgefallen. »Wo soll ich das denn machen?«, hatte sie Monate vorher Daniel in unserer Küche gefragt.

Der zog an seiner Zigarette: »Wie wo?«

»Na, ich bräuchte ein Atelier oder so was.«

»Kannst du das nicht bei den Drei Russen malen?«

»Malen kann ich da schon, aber nicht fälschen. Es wäre, glaube ich, auch besser, wenn außer uns drei niemand davon weiß.«

»Was ist mit deinem alten Atelier?«, fragte ich.

»Das Trafohäuschen in der Choriner? Gibt's nicht mehr. Da haben sie letztes Jahr Town Houses in den Garten gestellt. So Schlumpf-Einfamilienhäuser mit jeweils einem tischtennisplattengroßen Garten. Warum wollen eigentlich die Leute in Berlin Mitte wie am Stadtrand von Hannover wohnen?«

Wir lachten alle, als würde uns diese Aussage irgendwie weiterbringen.

Am Ende räumten wir Stephanies Zimmer aus. Sie zog mit in mein Zimmer und ging durch den immer leerer werdenden Raum nebenan wie eine Katze, die nicht genau wusste, wo sie sich hinlegen sollte. Sie war erst zufrieden, als ihre ganze Habe auf den Rest der Wohnung verteilt war. Dann klebte sie den Fußboden mit Folie ab, und Daniel schraubte zwei große Strahler unter die Decke. Der Raum war also fertig, aber Stephanie konnte nicht. Sie konnte nicht malen.

»Was ist das Problem?«, fragte Daniel, als er und ich eines Abends spät aus der Kneipe nach Hause kamen und die kleine Leinwand immer noch leer war.

»Mal du das doch«, fauchte Stephanie zurück und schob uns aus dem Raum.

Mir gefiel ihre Verwirrung, wenn ich ehrlich war. Seit sie bei EIGEN + ART arbeitete, war es so, als müsste ich sie mit der Galerie teilen. Wenn sie nicht an einer Ausstellung arbeitete, einen Künstler besuchte oder auf einer Messe war, machte Judy mit seinen Leuten ein Picknick im Park, spielte mit ihnen bei einem Fußballturnier, oder sie fuhren mit Kähnen durch den Spreewald. »Für Judy gibt es keinen Unterschied zwischen Arbeit und Privatleben«, hatte Stephanie einmal zu mir gesagt, und als ich antwortete: »Für dich gibt es das doch auch nicht mehr«, nickte sie: »Das sagt nun wirklich der Richtige.«

»Warum kannst du das Bild denn nicht malen?«, fragte ich sie später im Bett. »Ist das denn so schwierig?«

Sie starrte an die Decke: »Mann, das ist Öl auf Leinwand. Figürlich. Klare Farben. Das ist überhaupt kein Problem.«

Ich stützte mich auf die Ellenbogen und sah sie an. Die Laterne vor unserem Fenster warf genug Licht durch den Vorhang, sodass ich ihr schmales Gesicht sehen konnte. Die Augen waren offen, ihre Arme lagen links und rechts über der Bettdecke. Sie wirkte gespannt wie ein Flitzbogen.

»O.k., was ist dann das Problem?«

Daraufhin schoss sie aus dem Bett und lief durch den Raum wie eine Tigerin im Käfig. Auf und ab, auf und ab.

»Die Russen haben immer betont, man soll sich für die Maler interessieren, die man nachmalt. Bücher über sie lesen, sich einfühlen, wie sie in ihrer Zeit gelebt haben. Mit wem sie im Bett waren, und wie sie gewohnt haben.«

Sie blieb kurz stehen und sah mich an. Ich legte mein Kopfkissen gegen die Wand und setzte mich dagegen.

»Mir hat normalerweise immer eine kurze Internetrecherche gereicht. Was Wiki so über Casper David Friedrich schrieb, oder was ich selber noch aus dem Studium wusste. Aber von Neo weiß ich alles. Welche Farbe er nimmt, wie er sie mischt, wo er seine Leinwände kauft. Ich weiß, was er zwischendurch isst, wie sein Atelier in der alten Baumwollspinnerei aussieht, und wie er mit seiner Frau redet.«

Sie verstummte, ging zum Fenster, lehnte sich daneben und blickte durch den Spalt zwischen Wand und Vorhang. Ich glaubte, dass sie auch ein bisschen verknallt war in Neo Rauch. Vor meinem inneren Auge sah ich sie immer noch bei der Ausstellungseröffnung in der Auguststraße neben ihm stehen. Sie strahlend schön wie ein Backfisch, er in seinem coolen silbernen Hemd. Gern erinnerte ich mich nicht daran.

Sie drehte sich vom Fenster weg, knipste das Licht an und verschwand durch die große Flügeltür. Ich hörte sie im Nebenzimmer rumoren, dann kam sie wieder zurück und legte mir einen aufgeschlagenen Neo-Rauch-Bildband auf die Knie. »Und dann dieser Scheißsucher. Was sucht der denn?«

Man sah den Rücken eines Mannes in orangem Hemd und grüner Latzhose. Er lief eine schmale Straße runter. Vor sich einen Metalldetektor, der aus einer langen Stange mit einem Ring am Ende bestand. Den hielt er knapp über dem Boden. Links neben ihm eine grüne Fläche, rechts ein oranges Feld Getreide und noch ein Stück weiter daneben eine riesige grüne Staffelei. Auf die schien aus dem Himmel ein gelber Blitz zu treffen oder eine gelbe Hand oder was auch immer. Im Vordergrund standen zwei große Farbtöpfe.

»Und?«, fragte ich.

Stephanie stand wieder auf und tigerte von Neuem los. »Und! Und! Neo erklärt immer, dass er auch nicht genau wisse, woher diese Motive kommen. Dass er sie aus einer Art Traumlandschaft nimmt, dass sie zu ihm kommen und er sie einfach malt, aber die Leute wollen es immer genauer wissen. Was er damit ausdrücken will, wieso der Rasen grün ist und das Scheißfeld orange. Und was dieser gelbe Zauberstab in der Mitte soll ...« Sie lachte kurz auf, stellte sich neben mich und zeigte wieder auf den Rücken der Figur. »Und was sucht er? Was sucht der Sucher? Kannst du mir das mal sagen?«

Ich guckte auf das Bild: »In Warnemünde rennt am Abend immer so ein Typ über den Strand. Hast du den mal gesehen? Mit genau so einem Metalldetektor wie auf dem Bild. Er meinte, er würde Ringe finden. Münzen. Manchmal ganze Portemonnaies. So Sachen.«

Stephanie blieb stehen und sah mich an. Sie lachte und küsste mich: »Du bist wirklich eine Riesenhilfe.«

Die beiden verkauften das Bild an diesem Nachmittag in Manhattan. Sie duschten und zogen sich um, während ich auf dem Bett lag und ihnen dabei zusah. Stephanie trug einen kurzen Rock mit Punkten in verschiedenen Brauntönen und eine weinrote Bluse. Daniel hatte sich einen hellen Leinenanzug gekauft, der seine Rundungen überspielte.

Er weigerte sich, mit der Subway in die Upper East Side zu fahren. »Ich lass mich doch nicht erst auf der Plattform schmoren und dann in der U-Bahn schockgefrieren!«, sagte er und strich über sein neues Sakko.

Also nahmen wir ein Taxi. Stephanie legte das verpackte Gemälde so vorsichtig in den Kofferraum, als wäre es wirklich von Neo Rauch gemalt. Die beiden verschwanden in einem feinen, unauffälligen Haus zwischen Park Avenue und Lexington, und ich verbrachte drei volle Stunden im Schatten einer Buche im Central Park.

Das Warten war eine Tortur. Ich war vermutlich aufgeregter als die beiden. Was sie da taten, war ein Verbrechen, und ich wollte nicht in einem amerikanischen Knast landen. Ich wollte nicht mal jemanden in einem amerikanischen Knast besuchen. »Das ist *safe*, Piepenburg«, hatte Daniel gesagt. »Mann, die haben schon hundertfünfzigtausend Dollar in die Schweiz überwiesen. Warum sollten sie das tun, wenn sie uns misstrauen? Die haben so viel Geld. Für die sind dreihunderttausend Peanuts. Und außerdem bekommen sie das Bild, das sie haben wollen. In sehr guter Qualität. Selbst für einen Fachmann kaum zu unterscheiden.«

Ich versuchte mich mit Paul Austers »Mond über Manhattan« abzulenken, aber das gelang mir immer nur seitenweise. Immer wieder blickte ich auf, in Richtung Upper East. Oder ich sah den Joggern zu, die den Park alle in derselben Richtung umrundeten, und den Baseball- und Frisbeespielern, die über die flimmernde Wiese vor mir hetzten. Dauernd starrte ich auf mein Handy, weil Stephanie versprochen hatte, mir vom Klo aus oder eben in einem unbeobachteten Moment eine SMS zu schicken. Dass alles gut sei. Die SMS kam nicht, aber dafür kamen Stephanie und Daniel endlich drei Stunden später. Ich lag inzwischen auf der Bank, die Sonne stand schon tief, und es war etwas kühler, als die beiden auf mich zuliefen. Stephanie trug ihre Schuhe in der Hand, Daniel sein Sakko über der Schulter. Die Ärmel seines Hemdes waren aufgekrempelt. Ich richtete mich wieder auf. Stephanie lächelte müde, und Daniel warf mir einen Briefumschlag in den Schoß, in dem fünfzig Einhundert-Dollar-Noten steckten. »Trinkgeld! Mister Miller war sehr zufrieden.«

Später aßen wir in einem umgebauten alten Schlachthof im Meat District ziegelsteindicke Steaks mit Pommes. Die beiden saßen mir gegenüber und konnten unterschiedlicher nicht sein. Stephanie legte mehrfach den Kopf auf die Rückenlehne der roten Lederbank, als würde sie gleich einschlafen, oder starrte einfach auf ihren Teller, auf die weißen Tischdecken, in das Licht der vielen Kerzen. Wie weggetreten, als wären wir gar nicht da. Als wäre auch sie nicht da. Als wären wir im Kino und würden uns einen Film ansehen.

Daniel jedoch redete ununterbrochen: »Du kannst dir diese Bude nicht vorstellen, Piepenburg. Acht Zimmer. Über zwei Etagen. Bestimmt vier Meter hohe Räume und wirklich alles voll mit Kunst. Jeder Fleck. Der Wahnsinn. Ganz verschiedenes Zeug …«

Er sah Stephanie an, die ihren Blick nur langsam von ihrem Steak hob und kauend sagte: »Schöne Sachen. Auch von uns. Carsten und Olaf Nicolai zum Beispiel. Aber auch Rothko oder Nolde.«

Daniel konnte es kaum abwarten, bis sie wieder verstummte. »Jedenfalls hing da Bild neben Bild. Die ganzen Wände voll. Und als sie den ›Sucher‹ auspackten und ihn lange betrachteten … Ey, das hättest du sehen müssen.« Er umarmte Stephanie, die sich an seine Schulter lehnte und still nickte. Daniel ließ sie wieder los, trank einen Schluck Wein und fuhr fort: »Ich glaube, ich habe noch nie zwei Menschen so glücklich gesehen. Sie haben auch gemerkt, dass das Grün etwas heller ist als auf dem Original. Und schließlich haben sie es in unserem Beisein ganz feierlich in ihr Schlafzimmer getragen und neben seiner Seite vom Bett aufgehängt. Da lag so eine ganz fette türkisfarbene Tagesdecke mit Troddeln über den Kissen. Mister Miller hat den ›Sucher‹ in Kopfhöhe neben diesen Albtraum aus Seide gehängt. Die Haken waren schon in der Wand, als wir kamen.«

Stephanie nickte: »Ja, eigentlich war es schrecklich. Sie waren glücklich wie Kinder, und ich fühlte mich dabei, als würde ich den Weihnachtsmann spielen und alle könnten mich unter dem Kostüm erkennen.« Aber dann lachte sie doch. »Und Daniel hat die vollgequatscht. Von dem Salzstollen und der Klimaanlage, die Judy da hat einbauen lassen, und einem Wachschutz aus lokalen Rockern. Er hörte gar nicht mehr auf, und die Millers wurden immer glücklicher, je verrückter Daniels Geschichte klang.«

Wir tranken im *East Village* Frozen Daiquiri und tanzten später im *Beauty Salon*, einem noch komplett eingerichteten ehemaligen Frisörgeschäft mit zurückklappbaren Schneidestühlen und hellblauen Trockenhauben, bis spät in die Nacht. Ein Taxi mit kaputter Klimaanlage und einem Turban tragenden Fahrer brachte uns schließlich mit heruntergelassenen Scheiben durch die schwüle Nacht nach Hause.

Von der Feuerleiter aus, die im Zickzack vor der Hotelfassade verlief, konnten wir das Empire State Building sehen, dessen Turm blau-weiß-rot beleuchtet war. Daniel saß zwischen Stephanie und mir, und unsere Beine baumelten über der 49. Straße. Er war kurz im Zimmer verschwunden und kam mit einem riesigen Joint zurück. »Der Typ an der Rezeption hat mir die Nummer gegeben«, sagte er stolz. »Du kannst bei denen bestellen wie bei 'nem Pizzaservice. Das Gras hier nennt sich *blueberry*. Haben sie mir direkt in die Lobby geliefert.« Er betonte mehrfach, dass er nur Gras bestellt habe, obwohl er wirkte, als habe er alle Drogen dieser Welt eingeworfen.

Mir war das egal. Immerhin kam keine der entfernt jaulenden Polizeisirenen dichter. Niemand interessierte sich für uns. Das war schon mal gut. Mir war es auch egal, dass ich mit dem Rauchen aufgehört hatte. Wir teilten uns diese Riesentüte und sahen auf das leuchtende Empire State Building. Stephanie küsste Daniel plötzlich, und er küsste sie gierig zurück. Ich starrte die beiden an, als würde ich sie gar nicht kennen. Stephanie beugte sich vor und küsste mich wie nebenbei, stand auf und zog uns von der Feuerleiter ins Hotel. Mir war schwindelig vor Aufregung, aber mir war schon den ganzen Tag schwindelig.

Wir taumelten lachend durch den Flur und steuerten auf das erste Bett zu. Stephanie zog mir davor das T-Shirt über den Kopf, und ich küsste sie lange, weil ich auf der Feuerleiter zu kurz gekommen war. Daniel drückte sich mit seiner nackten Brust gegen meinen Rücken und umarmte Stephanie und mich dazwischen. Er küsste sie wieder über meine Schulter. Langsam drehte ich mich zu ihm um und nahm sein erstauntes Gesicht in meine Hände. Und dann küsste ich auch Daniel.

14. Freitag

Massimo stellt den Espresso neben Agneszkas leergeputzten Teller, und auch mir hat er schon einen mitgebracht, obwohl ich immer noch meinen Salat entblättere. Agneszka fährt sich mit beiden Händen durch ihre rote Kindermähne. Hinter ihr leuchtet die Sonne über der Spree. »Ich glaube, viel mehr ist nicht drin«, sagt sie und meint unseren Terrorismusfall. Die Staatsanwaltschaft hat einen Deal angeboten, und ich finde, es ist ein Scheißdeal. Sie haben Mohammed anhand von Schattenwürfen auf Fotos und seiner erkennbaren Stimme in mehreren Videos als Kämpfer auf Seiten des IS angeblich identifiziert, und Agneszka befürchtet, dass er zu wesentlich mehr als den angebotenen fünf Jahren verurteilt werden könnte, wenn wir nicht einlenken. Hätte er für die Freie Syrische Armee gekämpft, wäre alles gut. Hat er aber eben nicht. Die Beweiswürdigung ist noch nicht abgeschlossen. »Aber die Maßstäbe an die Beweiswürdigung bei Terrorismus sind andere, das weißt du so gut wie ich. So was hebt der BGH niemals mehr auf.« Sie nippt an ihrem Espresso.

Ich schiebe meinen Teller über die weiße Decke zur Seite. Mir passt das nicht, aber ich habe auch andere Probleme.

Mein Telefonat mit Stephanie ist gestern Abend komplett schiefgegangen oder hat eigentlich gar nicht stattgefunden. Nach dem Gespräch mit Daniels Mutter bin ich nach Hause gefahren, habe mich in den Garten gesetzt und mit Herzklopfen meine eigene Frau angerufen. Sie ging auch ran, sagte aber hektisch: »Es passt gerade gar nicht. Ich rufe dich gleich zurück.« Was sie aber nicht tat. Ich saß bis Mitternacht wie ein Idiot vor dem Scheißhandy. Als ich sie wütend noch einmal anrief, sprang nur die Mailbox an. Auf der bin ich auch etwas ausfällig geworden.

Außerdem gibt es Ärger mit dem Dicken Iwan. Der rief mich heute früh an und brüllte umstandslos in mein Ohr, was denn die Scheiße in der Ruheplatzstraße solle. Von Untervermietung sei ja wohl nie die Rede gewesen, und dass dieser Freak die Mieter seines Hauses gegen ihn aufhetze, sei ja wohl der Gipfel. »Habe ich mich da klar ausgedrückt«, schrie er hinterher, und ich dachte: Nein, hast du eigentlich nicht. Aber ich bot ihm vorsichtshalber an, mich sofort mit ihm zu treffen. »Um zwei in dieser Wohnung im ersten Stock im Wedding«, bellte er zurück und legte auf, ohne meine Antwort abzuwarten.

»Wer ist der Dicke Iwan?«, frage ich Agneszka, und sie sieht mich wirklich verdattert an.

»Was?«, fragt sie. »Also, wie meinst du das?«

Ich rühre mir einen guten Löffel Zucker in den Espresso, schließlich habe ich nicht mal den Salat aufgegessen. »Was hat der noch einmal für eine Geschichte?«

»Der ist damals mit diesem KoKo-Heini in den Westen gekommen«, sagt Agneszka. »Erinnerst du dich an den?«

Ich erinnere mich sehr wohl an Alexander Schalck-Golodkowski, sehe ihn vor mir, wie er im Herbst 1989 plötzlich auf der Bildfläche der untergehenden DDR erschien. Ich hatte in den Jahren davor weder von ihm noch von seiner Abteilung gehört. Ein feistes Gesicht, versteckt hinter einer Sonnenbrille mit Goldrand. Kommerzielle Koordinierung.

Eigentlich ein Witz, weil die DDR ja beides nicht hinbekommen hat. Weder die Koordinierung noch den Kommerz.

»Iwan war wohl eine von mehreren rechten Händen eures Zonen-James-Bond. Da war er ganz jung und wohl auch nicht so ein Brocken wie jetzt. Die KoKo hat die Millionenkredite mit Franz Josef Strauß eingefädelt, aber auch immer wieder mit den Russen verhandelt, damit sie Öl und Gas billiger kriegen. Damit das schöne Arbeiter- und Bauernparadies ein bisschen später untergeht. Iwan war Fahrer, Laufbursche, Mädchen für alles. Im Suff hat er auch mal damit geprahlt, dass sie Wandlitz immer wieder mit Sonderposten versorgt haben. Er will sogar Kokain und Marihuana ins Bonzenidyll gebracht haben. Aber ich weiß nicht, ob ich das glauben soll. Oder kannst du dir Honecker und Mielke bekifft vorstellen? Und Viagra gab's ja damals noch nicht.«

Sie sieht mich an und erwartet ein Lachen. Ich tue ihr den Gefallen.

»Na, jedenfalls, als die Mauer gefallen war und die Bürger anfingen, ein paar Fragen zu stellen, nutzte Schalck-Golodkowski dann doch lieber die Kontakte zu seinen bayerischen Freunden von der CSU und ist an den schönen Tegernsee gezogen. Ihm ging es da auch prächtig, nur für Iwan hatte er keine Verwendung mehr, und weil der BND ihn auch nicht so richtig brauchen konnte, hat er sich selbstständig gemacht. Das ganze Programm. Drogen, Nutten, schwerer Raub, Erpressung, Hehlerei.«

»Und heute?«

Agneszka streicht mit dem Zeigefinger über den Rand der Espressotasse. »Ganz genau weiß ich es nicht. Und so genau möchte ich es auch nicht wissen. Es wird erzählt, dass er die Drogengelder eines arabischen Clans wäscht und in Immobilien anlegt.«

Es gibt einige Kollegen, die mit dem Mandat für diese Drogenclans viel Geld verdienen, aber ich wollte damit nie etwas zu tun haben.

Massimo schlurft an unseren Tisch und räumt das restliche Geschirr ab. Ich sehe ihm nach, und Agneszka sagt: »Vielleicht ist es so, vielleicht ist es auch anders. Wer weiß das schon.«

Und da sie mit meinem Gesichtsausdruck wohl unzufrieden ist, deutet sie mit dem Daumen über ihre Schulter. »Weißt du, ob Massimo Schutzgeld bezahlt, wie so viele italienische Restaurants in Deutschland? Oder ob er der Mafia jede Woche ein paar Kisten völlig überteuerten Wein abkaufen muss? Dann gingen gerade ein paar Prozent von deinem Salat an die Cosa Nostra, und du hast ihn nicht mal aufgegessen. Was Iwan in den letzten Jahren über uns abgewickelt hat, war völlig legal. Auch das in der Ruheplatzstraße.« Sie zieht die Schultern hoch, steht auf, schiebt ihren Stuhl unter den Tisch, und wir gehen durch die von Massimo aufgehaltene Tür.

Er verbeugt sich leicht: »Ciao, grazie, Signori.«

Agneszka und ich gehen schweigend die Kirchstraße hinunter auf die Schinkelkirche zu, und als ich vor unserer Kanzlei in den Volvo steige, fragt sie: »Gibt es denn Probleme mit Iwan?«

»Nee, alles gut«, sage ich, ziehe die Tür hinter mir zu und starte den Motor. Ich fahre rüber in den Wedding, am gläsernen Hauptbahnhof vorbei und auch an diesem klaustrophobischen BND-Gebäude in der Chausseestraße. Diesem monströsen Betonklotz, in den Kleihues so viele schmale Fenster wie möglich hat einbauen lassen. Es sieht von außen aus, als hätte jeder Schlapphut dort seinen eigenen kleinen Schreibtisch in einem winzigen Kabuff mit Fenster. Dass

Daniel und ich auf diesem Gelände mal Golf gespielt haben, ist absolut unvorstellbar.

Ich parke das Auto vor dem Hippiegarten. Es riecht nach Kompost und verdunstendem Wasser. Auf der Schulstraße hinter mir wogt der Verkehr, aber die Ruheplatzstraße macht ihrem Namen alle Ehre. Kein Mensch ist hier zu sehen. Ich bleibe noch ein bisschen sitzen, es zieht mich nicht besonders zum Dicken Iwan. Der Motor läuft noch, als wäre meine alte Karre ein Fluchtauto. Die Fenster im ersten Stock stehen wieder offen, aber es ist niemand zu sehen.

Die Haustür geht auf, und Daniel kommt heraus. Er trägt ein weißes T-Shirt, eine hellblaue Basecap über der Glatze und eine Pilotensonnenbrille. Der grüne Seesack hängt über seiner Schulter. Die Tür wird noch einmal geöffnet, und die Assistentin vom Iwan tritt auch auf die Straße. Sie wirkt viel kleiner als bei dem Essen im Dorfgasthof, vielleicht liegt das an den weißen Turnschuhen, die sie trägt, oder dass sie die Haare zum Pferdeschwanz gebunden hat, der über ein rot geringeltes Shirt fällt. Sie zieht die Tür hinter sich zu, nimmt Daniel in den Arm, und sie küssen sich ewig. Sie sehen mich nicht, obwohl mein Auto nur zwanzig Meter von ihnen entfernt steht und vor sich hin brummt. Auch nicht, als sie endlich aufhören zu knutschen und über die Straße zu einem blauen Mazda-Cabrio gehen, das drei Wagen vor mir steht, aber auf der anderen Straßenseite. Diese Nicole wirft von der Beifahrerseite Daniel den Schlüssel über das Auto zu. Er steigt ein, faltet das Dach nach hinten, und sie fahren schwungvoll aus der Parklücke direkt an mir vorbei. Ohne mich zu sehen, da bin ich sicher.

Ich schließe meinen Mund und stelle endlich den Motor ab. Wie hat er das gemacht? So eine Frau in so kurzer Zeit! Und wie es wohl ist, sie zu küssen? Vor meinem inneren

Auge geht Nicole noch einmal nackt ganz langsam aus der Sauna.

Ich sehe an der Fassade hoch und frage mich, ob der Dicke Iwan schon da ist und ob er von dieser jungen Liebe schon weiß. Und wenn ja, was das für mich bedeutet.

Als ich vor ihm stehe, kann ich sehen, dass er von Daniel und Nicole weiß und dass das vielleicht ein größeres Problem ist als die aufgebrachten Mieter. Er wirkt eher traurig als wütend, was bei diesem Koloss unwirklich aussieht. Fast gespielt. Seine Mundwinkel hängen herunter, überhaupt erscheint er viel kraftloser als in der Sauna. Auch wenn seine Oberarme selbst unter dem weißen Hemd beeindruckend aussehen und vermutlich den dreifachen Umfang von meinen haben. Nur die Knastträne, die er unter seinem linken Auge trägt, passt weder zu seinem traurigen Gesicht noch zu dem feinen Zwirn, der sich über den Muskelbergen spannt. Sie sieht aus wie aufgeklebt. Ich möchte nicht wissen, in welchem Gefängnis sie ihm gestochen wurde, genauso wenig, woher die beiden tätowierten Hände stammen, die aus seinem Hemdkragen ragen und nach seinem rasierten Hinterkopf greifen wie nach einem Pokal.

Als ich die Treppen hochkam, stand die Tür im ersten Stock offen, wie früher bei einer Wohnungsbesichtigung, als sich noch nicht ein Makler mit einer Gruppe von fünfzig Leuten unten auf der Straße traf. Ich ging rein und gleich den leeren Flur durch bis in die Küche. Wo sollte Iwan sonst sein? Meine Schritte hallten durch die leere Wohnung, die Dielen knarrten laut.

Jetzt sitze ich ihm gegenüber, und er sieht mir in die Augen, ohne etwas zu sagen. Ich hocke da wie ein Abiturient. Der

Dicke Iwan sieht mich so lange an, dass ich das Gefühl habe, er hat mich eigentlich vergessen und sieht durch mich hindurch. »Hören Sie zu, Dr. Piepenburg«, sagt er plötzlich doch. Immerhin noch Doktor, dann kann es nicht so schlimm werden. »Sie sind raus. Verstehen Sie mich? Ich war es bisher gewöhnt, professionell mit Ihrer Kanzlei zu arbeiten, aber das professionelle Arbeiten scheint sich auf Frau Lewocianka zu beschränken.«

Ich beuge mich versöhnlich zu ihm vor: »Hören Sie, mir tut das wirklich leid. Ich …«

Der Dicke Iwan schneidet mir das Wort mit einer Handbewegung ab wie ein römischer Imperator. »Lassen Sie es gut sein. Bitte ersparen Sie mir Ihr Gewinsel.«

Ich lasse mich gegen die harte Plastelehne dieses unsäglichen Küchenstuhls sinken und denke, dass ich inzwischen schon zu oft darauf gesessen habe und mich überhaupt zu viel um irgendwelchen Unsinn kümmere.

Iwan ist noch nicht fertig mit seiner Predigt: »Durch die Aktion Ihres Freundes, oder in welchem Verhältnis auch immer Sie zu diesem Herrn stehen, wird mein Unternehmen viele Tausend Euro verlieren.«

Ich versuche es noch einmal: »Aber auf die Idee, sich zu organisieren, wären die Mieter doch vielleicht auch allein gekommen. Ich meine …«

Dieses Mal macht Iwan nicht die Cäsarengeste. Er starrt mich einfach nur an, und ich verstumme und schaue auf seine Bockwurstfinger, die er gegeneinander knetet. Er trägt an fast jedem Finger einen Ring, die klirren wie Panzerketten. »Ich habe diesen Menschen vor die Tür gesetzt. Eigentlich hätte ich ja sogar die Polizei rufen können, aber ich habe darauf verzichtet.« Kein Lächeln geht bei diesem Satz über sein trauriges Nussknackergesicht. »Und nun möchte ich auch Sie bitten, zu gehen und mir nicht mehr unter die Augen zu kommen.«

Das lasse ich mir nicht zweimal sagen. Ich stehe auf und verschwinde schnell durch den leeren Flur. Langsam ziehe ich die Tür zu und atme durch. Einen Idioten wäre ich schon mal los, denke ich, während ich runtergehe.

Unten am Treppenabsatz steht ein Mann. Er hat ein Bein auf die Stufen vor sich gestellt, lehnt mit dem Unterarm darauf und kaut auf etwas herum. Als sich unsere Blicke treffen, grinst er mich an, als würden wir uns kennen, als würde er hier auf mich warten. Aber ich kenne ihn nicht.

Ich bleibe stehen und sehe die Treppe hinauf. Oben vor der geschlossenen Tür, hinter der der traurige Dicke Iwan sitzt, steht ein zweiter Mann. Als wäre er aus dem Boden gewachsen. Er sieht aus wie eine Kopie. Auch er trägt Jeans, ein T-Shirt und hat kurze pechschwarze Haare. Beide sind sehr muskulös. Der berühmte südländische Typ, nach dem so oft gefahndet wird, aber die Vorfahren dieser Männer hier können genauso gut aus Albanien stammen wie aus Syrien oder aus Wuppertal. Ich habe mir vor Gericht abgewöhnt, die Nationalität eines Menschen an irgendwelchen Äußerlichkeiten erkennen zu wollen. Auch der obere Mann starrt mich direkt an. Er grinst allerdings nicht, sondern stützt sich auf das Geländer und lässt die Beine einmal nach vorne und nach hinten schwingen, wie auf einem Spielplatz.

Mein Blick geht durch das große Treppenhausfenster neben mir. Ich könnte da einfach durchspringen wie im Film, aber so würde ich mir vermutlich alle Knochen brechen und direkt neben den Mülltonnen liegen. Das möchte ich lieber doch nicht, und vielleicht wollen die Herren ja gar nichts von mir, und ich werde einfach nur paranoid.

Also gehe ich die Treppe runter. Mit wild schlagendem Herzen und lockerem Schritt. Der Mann am unteren Ende der Treppe ist davon sichtlich überrascht. Er richtet sich auf und weicht mir tatsächlich aus. Fast berühre ich ihn mit der Schulter, weil ich schneller bin, als er vermutet. Ich springe die letzten beiden Treppen herunter und an ihm vorbei.

Doch dann stolpere ich und falle, kann mich aber abfangen mit den Händen. Ich schlage mit den Knien hart auf die Steinfliesen des Treppenhauses. Der Typ muss mir doch ein Bein gestellt haben. Ich will mich aufrappeln, komme auf alle viere, gehe in die Hocke und drehe mich um. Das Gesicht des Mannes ist direkt vor mir. Fast berühren sich unsere Nasen.

Ich zucke zurück, und er schlägt mir ins Gesicht, aber nicht mit der Faust, sondern mit der flachen Hand. Ich bekomme drei Ohrfeigen, links, rechts, links. Mein Kopf fliegt hin und her, und mein Gesicht brennt. Saftig, denke ich. Und Arschloch, denke ich auch. Ich richte mich auf und sage: »Sag mal, hast du sie...« Sein Tritt trifft mich genau zwischen die Beine. Es sticht grausam bis in den Unterbauch. Ich klappe zusammen, werde aber sofort wieder nach hinten gerissen. Offensichtlich ist der andere Typ jetzt auch hier unten, aber ich sehe ihn nicht, ich spüre nur, wie er mir die Arme nach hinten biegt. Mein Unterleib brennt, und es zieht, als hätte sich jemand an meine Klöten gehängt. Der untere Mann steht direkt vor mir und sieht mir ins Gesicht, so wie man ein Bild betrachtet. Dann schlägt er zu, mit voller Wucht. Einmal, zweimal. Etwas knackt, alles an mir wird nass, als wäre ich ins Wasser gefallen. Ich höre mich schreien, und in meinen Schultern ist ein stechender Schmerz, als würden die Arme ausgekugelt. Die Faust kommt wieder, klatscht brennend in mein

Gesicht, ich sacke runter und werde an den Schultern hochgezogen. Alles verschwimmt vor meinen Augen, aber der Schmerz lodert hoch wie ein Feuer. Ich schmecke Blut, und etwas steckt in meinem Mund wie ein Bonbon, während von außen noch einmal die Faust kommt. Ich werde fallen gelassen und sinke auf die Steinfliesen wie auf ein hartes Bett. Jemand tritt nach mir, ich höre mich wimmern, aber ich spüre die Tritte gar nicht mehr. Sie sind nur zu hören. Ich bekomme zu wenig Luft. Viel zu wenig Luft.

Der Boden unter mir bewegt sich, und helles Licht kommt wie durch einen Vorhang. Ich falle ein Stück, liege still irgendwo. Ich möchte mich gern vom Licht wegdrehen, die Helligkeit schmerzt fast am meisten. Aber das schaffe ich nicht. Es stinkt nach Pisse und Müll, und ich muss dieses verdammte Ding aus meinem Mund bekommen. Ich schmecke nichts mehr, und dann drücke ich es endlich raus. Irgendwas läuft mir über das Gesicht, und es wird dunkel.

15. Blockade

Es war auf eine feierliche Weise still in der Schönhauser Allee. Alle schliefen. Die Zwillinge teilten sich das Zimmer nach hinten raus. Meine Mutter lag zwischen ihren Gitterbetten auf einer Matratze, ihr sanftes Schnarchen drang durch den Spalt in den Flur. Auch Stephanie schlief, oder zumindest hatte sie gesagt, dass sie schlafen gehen würde. Seit sie die Medikamente abgesetzt hatte, lag sie oft lange wach.

Ich ließ mich mit einem Bier vor den Fernseher fallen. In den Nachrichten liefen Bilder von den Protesten gegen den G8-Gipfel in Heiligendamm. Das örtliche Kurhaus dort und ein paar andere Gebäude waren vor ein paar Jahren zum Grand Hotel rausgeputzt worden und leuchteten nun als Tagungsort der Mächtigen weiß in der Sonne. Die alte Kunstschule ein paar Hundert Meter weiter stand schon lange leer und verfiel langsam. Wir waren schon ewig nicht mehr da gewesen.

Auf dem Bildschirm schwebte ein Hubschrauber über einem improvisierten Zeltplatz auf einem Feld wie eine Hornisse. Irgendwo dort war Daniel, aber ich war zu müde, um den Ton anzuschalten, mir das Brummen in den Raum zu holen. Ich war auch zu müde, um mich dafür zu interessieren, ließ das einfach tonlos laufen, setzte die Flasche an, trank und schloss die Augen.

Der Fernseher hatte Daniel gehört. Er hatte ihn hier angeschleppt, als er noch in der *Perlzwiebel* kochte, weil er sich manchmal nach der Arbeit einfach bettreif glotzen wollte. Am liebsten hatte er der Berliner S-Bahn zugeguckt, die damals im Dritten Programm nach Sendeschluss durch Berlin fuhr. Endlos. »Da musste nur einen kiffen dazu, dann kann ich mir das zwei Stunden angucken«, hatte er gesagt und auf wucherndes Gras neben den sich schlängelnden Gleisen gedeutet. Meistens kiffte er in dem großen Ohrensessel, den er ebenfalls besorgt hatte und in dem ich jetzt vor mich hindämmerte.

Bevor die Zwillinge geboren wurden. Obwohl Stephanie versuchte, das zu verhindern. »Lass uns hier nicht allein«, bettelte sie am Küchentisch und zog heimlich an Daniels Zigarette, wenn ich auf dem Klo war. Da war sie gerade in der 9. Woche, und Daniel war der Erste, dem wir davon erzählten. »Es bleibt alles so, wie es ist, und du in deinem Zimmer. Unser Leben soll sich ja gar nicht so sehr ändern.« Stephanie schob ihr Wasserglas zwischen den Händen hin und her, ohne aufzusehen.

»Ne. Das ist nicht so mein Ding«, sagte Daniel. »Vater, Mutter, Kind. Das macht mal schön alleine.« Er sah erst auf Stephanies Hände und dann in mein Gesicht.

Ich nickte, mir war das recht. Meine Vorstellung von einer Familie war eher traditionell. Fast mein ganzes Erwachsenenleben hatte ich nun mit Daniel zusammengewohnt. Irgendwann musste das zu Ende sein. Und so zog er ein paar Straßen weiter in die Korsörer Straße in eine WG.

Stephanie hatte nach dem Verkauf ihres Neo-Rauch-Bildes in New York einfach so weitergemacht wie bisher. Sie arbeitete für EIGEN + ART, und wenn ich das Gespräch auf die eigene Galerie brachte, für die das Geld ja nun in der Schweiz läge, blieb sie vage. Dafür sei ja immer noch Zeit.

Während Daniel, der ein Drittel des Geldes von ihr bekommen hatte, in der *Perlzwiebel* kürzertrat. »Ich lass das Geld für mich arbeiten, Piepenburg«, verkündete er. Was auch immer das hieß. Einmal erzählte er im Suff, dass ihm ein alter Stammkunde der *Perlzwiebel* Tipps gebe, welche Dotcom-Aktie in der nächsten Woche durch die Decke gehe, und dass man sich darauf verlassen könne wie auf das Amen in der Kirche. Dass es fast schon langweilig sei.

Ob er damit Schluss machte, als er mit Isi zusammenkam, war nicht rauszubekommen. Isi war eine seiner Mitbewohnerinnen in der Korsörer, die sich alle für Daniel begeistert hatten, weil er richtig arbeitete. Mit seinen Händen. Das gefiel den drei Politologie- und Soziologiestudenten dort, und so nahmen sie ihn auf. Einstimmig. Und Isi gefiel Daniel sofort. »Die hat mir die Tür aufgemacht, Piepenburg, und das war's. Die hat mich angesehen, die Kapuze aufm Kopp, 'ne Kippe in der Hand und ein Gesicht wie Sinéad O'Connor. Ey, ich war chancenlos«, erzählte er mir später. Mit mir und Isi hat das dagegen gar nicht funktioniert. Auch von Anfang an, obwohl wir uns Mühe gegeben haben. Auch sie, glaube ich. Aber die Abneigung war stabil. Gegenseitig.

Isi, die eigentlich Isabelle hieß, war zehn Jahre jünger als wir und in Köpenick aufgewachsen. Attac war ihr zu angepasst, bei jeder Gelegenheit wetterte sie gegen das System. Sie demonstrierte ständig: gegen die Einführung von Studiengebühren, gegen Hartz IV oder für den Erhalt besetzter Häuser. Dass sie überhaupt noch zum Studieren kam, erschien mir erstaunlich. Als ich schon bei unserem ersten Treffen nach ein paar Gläsern Bier sagte: »Sozialismus hatten wir doch schon. Das hat nicht funktioniert. Hier nicht, bei den Russen nicht, in Vietnam nicht und auf Kuba auch nicht«, antwortete sie: »Und was schlägst du vor? Immer schön weiter mit diesem Turbokapitalismus, der die Menschen auswringt und einfach auf den Müll schmeißt, wenn er sie nicht mehr braucht? Der die Ressourcen der Natur einfach so abraucht? Scheiß auf morgen oder wie?« Wir sahen aneinander vorbei und schwiegen, und eigentlich haben wir da schon aufgehört, miteinander zu reden.

Im Fernseher vor mir liefen noch einmal die Bilder vom Vortag. Von der gestrigen Demonstration in Rostock gegen den Gipfel in Heiligendamm. Vermummte Steinewerfer, Einkaufswagen voller Wurfgeschosse, ein brennendes Auto, Polizei und Wasserwerfer. Einige Geschäfte in der Innenstadt waren verbarrikadiert. Ich trank noch einen Schluck Bier, und jemand tappte den Flur entlang aufs Klo. Vermutlich Stephanie. Ich wollte nur noch eines an diesem Abend: dass keines der Kinder noch einmal aufwachte. Damit ich nicht mit Miriam oder Nina auf dem Arm durch die Wohnung laufen musste, bis sie wieder eingeschlafen waren. Im schlimmsten Fall mit beiden.

Auf dem Fußboden vor mir lagen Puppen, zwei Bobbycars, ein lila Einhorn, zwei Plüschpinguine und unzählbare Legosteinchen. Die Klospülung wurde gezogen, die Tür klappte, Stephanie ging zurück, und es war wieder Ruhe. »Du brauchst keine Angst zu haben. Das wird funktionieren«, hatte meine Mutter gestern zu mir gesagt, während sie ein paar T-Shirts zusammenlegte. Sie meinte damit Stephanie und die Kinder.

Die Schwangerschaft war unauffällig verlaufen, zumindest mir fiel nichts Besonderes auf. Stephanie arbeitete anfangs weiter in der Galerie. Ihr Sicherheitsbedürfnis nahm zu, aber nicht in einer besorgniserregenden Art. Aus dem angedachten Geburtshaus wurde eben ein Krankenhaus. Die dort angebotene PDA lehnte sie ab, weil sie Kontrolle behalten wollte. An diesen Satz erinnerte ich mich erst viele Monate später wieder. In dem Moment, als Stephanie ihn einer überarbeiteten und desinteressierten Stationsärztin gegenüber formulierte, da fand ich ihn gut. »Nein, vielen Dank, ich möchte lieber die Kontrolle behalten.« Die schmale blasse Frau auf der anderen Seite des Schreibtisches zuckte mit den Schultern und machte einen Haken in ihre Unterlagen.

Als der Mutterschutz einsetzte, richtete Stephanie das Kinderzimmer ein. Komplett mit Gitterbetten, Wickelkommode, Mülleimer und Feuchttüchern. Ich durfte ihr dabei nur helfen, wenn es gar nicht anders ging. Das Zimmer sah so ordentlich aus wie in einem Katalog. Aber mich störte das eigentlich überhaupt nicht, ganz im Gegenteil. Ich konnte mich auf meine Dissertation konzentrieren, um sie bis zur Geburt der Kinder möglichst weit voranzubringen.

Stephanie brachte mir manchmal einen Tee an den Schreibtisch oder auch ein Glas Rotwein, wenn sie der Meinung war, dass ich jetzt genug gearbeitet hatte. »Anwaltsvertragshaftung – Pflichtverletzung und Verschulden im neuen Schuldrecht«, las sie einmal von meinem Deckblatt ab, zog eine Augenbraue hoch und lachte erst, als ich sie ansah: »Das klingt wirklich sehr spannend. Wie haben Sie dieses hinreißende Thema bloß aufgespürt, Dr. Piepenburg?«

Ich lachte: »Das hat mir mein Professor vorgeschlagen, aber auch wenn du es nicht glaubst, das ist wirklich ein spannendes Gebiet. Eines, das ich später wirklich brauchen kann.« Langsam drehte ich den Schreibtischstuhl zu ihr, nahm sie auf den Schoß, umfasste diesen immer größer werdenden Bauch und trank einen ersten Schluck über ihre Schulter. Stephanie trank nie mehr auch nur einen Tropfen Alkohol, auch Zigaretten rührte sie nicht mehr an. Sie verließ sogar den Raum, wenn jemand rauchte.

Drei Monate vor der Geburt ging sie eigentlich gar nicht mehr aus. Nur mit Daniel traf sie sich noch ein paar Mal, aber sie teilte meine Abneigung gegen Isi. »Der redet nur noch dieses Revolutionszeugs«, sagte sie nach ihrem letzten Treffen. »Und wenn er nicht von der Revolution redet, dann von dieser Tussi. Wie toll die ist.« Sie streifte ihr Nachthemd über die großen Brüste, die inzwischen auf ihrem riesigen Bauch lagen, legte sich zu mir ins Bett, küsste mich auf die Wange und schlief sofort ein.

Die Zeit nach der Geburt war ein unfassbares Durcheinander. Eine ewige große Müdigkeit und, zumindest für mich, ein genauso großes Glück. Miriam und Nina waren winzig und großartig. Kleine, gut riechende Wesen, die am friedlichsten waren, wenn sie nah beieinanderlagen. Das Stillen klappte nicht so richtig, und die Ärzte rieten Stephanie, auf das Fläschchen zu wechseln, oder besser auf zwei, was die Sache einfacher machen würde, weil ich sie dann mehr unterstützen könnte. Aber das war nur theoretisch so, denn als Stephanie körperlich wiederhergestellt war, riss sie die Betreuung von Miriam und Nina immer mehr an sich. Sie zog aus dem Schlafzimmer ins Kinderzimmer, damit ich in Ruhe schlafen könnte und, wie sie sagte, Kraft hätte für meine Dissertation. Ich fand das wunderbar, aber später erzählte sie mir, sie sei da nur eingezogen aus Angst, die Kinder würden nicht mehr atmen. »Ich dachte, die sterben einfach, während wir nebenan schlafen.«

Für mich wurde alles sehr einfach. Ich musste zu Hause eigentlich gar nichts mehr machen, außer ein bisschen

Einkaufen und ab und zu mal eine Waschmaschine. Es gab keine körperliche Nähe mehr zwischen mir und Stephanie, aber ich schob das auf die Schwangerschaft und auf die Strapazen danach, holte mir ab und zu einen runter und machte mir keine Gedanken.

Es gab schon Zeichen, die ich hätte sehen können. Wenn ich aus der Bibliothek nach Hause kam und eines der Kinder auf den Arm nehmen wollte, schrie Stephanie fast: »Hast du die Hände gewaschen?« Und wenn ich auch nur einen leichten Infekt hatte, verbot sie mir den Umgang mit den Mädchen und verwandelte unser Schlafzimmer in ein Quarantänelager, das ich nur Richtung Küche und Badezimmer verlassen durfte.

Irgendwann brach sie ein. Die Wohnung vermüllte immer mehr, der Abwasch blieb stehen, die Wäsche auch, und in der ganzen Wohnung lagen Sachen von Miriam und Nina verstreut. Wollte ich das am Abend aufräumen, wurde Stephanie richtig wütend. »Lass das liegen! Ich mach das morgen«, zischte sie. Was sie nicht tat. Wenn ich etwas ratlos versuchte, mit ihr darüber zu reden, verschwand sie im Kinderzimmer und verschloss die Tür.

Später erzählte Stephanie mir, dass sie schon da eigentlich am Ende war. Dass sie sich, sowie ich die Wohnung verlassen hatte, ins Bett legte, die Decke über den Kopf zog und die Kinder manchmal stundenlang schreien ließ.

Im Fernsehen waren Tausende von Demonstranten zu sehen, die die Zufahrtswege nach Heiligendamm besetzten. Sie saßen auf der Straße, und über ihnen schien die Sonne. Das war das erklärte Ziel auch von Daniel und Isi gewesen. »Wir können diesen sogenannten Gipfel nicht verhindern, aber wir können sie stören, so gut es geht.« Der Ort war völlig abgeschottet. Zwölf Kilometer Stacheldraht umschlossen das Ostseebad, in dem sich die acht angeblich wichtigsten Regierungschefs der Welt besprachen. Bewacht von siebzehntausend Polizisten. Selbst in der Ostsee war ein Zaun unter Wasser gezogen worden, damit niemand von der Seeseite aus nach Heiligendamm kam. Innenminister Wolfgang Schäuble ließ trotz des Schengener Abkommens wieder Grenzkontrollen durchführen. Bundeswehrsoldaten mit Tornados unterstützten die Polizei, was verfassungsrechtlich bedenklich war. Ein Sternmarsch auf Heiligendamm war vom Landesverwaltungsgericht verboten worden. Man hatte eine Bannmeile um den Ort gezogen. Auch dieses Urteil stand meiner Meinung nach auf wackligen Beinen.

»Das ist schlimmer als im Osten, Piepenburg«, hatte Daniel gesagt. »Was bitte besprechen die denn da? Kannst du mir das mal sagen? Den Kampf gegen Aids, die Armut in Afrika und die Erderwärmung! Und dafür finden die da die Lösung? Die acht Flitzpiepen! Im Grand Hotel in Heiligendamm! Wer braucht ein Grand Hotel da? Wer?«

Das war erst vor ein paar Wochen gewesen. Da hatten wir uns zufällig auf der Schönhauser Allee getroffen und eine Zigarette geraucht, das heißt Daniel rauchte, und ich stand daneben. »Freunden von Isi in Hamburg haben die Bullen die Bude auf den Kopf gestellt. Einfach mal so aus Spaß. Bildung einer terroristischen Vereinigung. Die haben sogar Geruchsproben von denen genommen, wie früher die Stasi. Aber in Heiligendamm werden wir es ihnen zeigen«, sagte Daniel, und ich musste an das Haus in der Esplanade denken, an die alte Botschaft, die ich seit ein paar Wochen auf dem Handel hatte, wie meine Mutter das ausdrückte. Sie war die Einzige, mit der ich das besprach, weil Stephanie immer noch nicht wieder die Alte war und vielleicht auch, weil ich Angst hatte, dass sie meine Idee, dieses Haus aus der Konkursmasse einer gescheiterten Ehe zu kaufen, nicht ganz so toll fand wie ich. Ich wollte sie auf keinen Fall beunruhigen, aber eine Galerie würde sie so schnell sowieso nicht aufmachen. Als ihre Krankheit richtig ausgebrochen war, hatte sie mir Vollmachten über alles gegeben. Auch über das Konto in der Schweiz.

Einmal konnte sich Stephanie noch zusammenreißen. Auch wenn es davor schon dramatisch war. Ich kam von der Arbeit nach Hause und fand Miriam und Nina im Flur. Sie trugen beide nur Windeln, die prall gefüllt waren, aus der von Nina lief die Kacke schon am Bein herunter. Beide glänzten wie Speckschwarten, weil sie sich mit einer Flasche Calendulaöl amüsierten. Sie hatten sich gegenseitig und die Wände des ganzen Flurs damit eingeschmiert. Stephanie lag im Bett und schlief.

Wir führten ein längeres Gespräch, und danach lief es scheinbar wieder für ein paar Tage. Wir luden sogar Daniel und Isi zum Essen ein, weil wir uns beweisen wollten, dass wir ein normales Leben führen konnten. Dass wir das auch mit zwei kleinen Kindern konnten. Außerdem fehlte uns Daniel.

Das war 2006 gewesen, etwa ein Jahr vor diesem G8-Gipfel in Heiligendamm, der da im Fernseher vor mir lief, und da besuchte George W. Bush Deutschland. Angela Merkel führte ihn in Stralsund herum und veranstaltete in einem Dorf in Mecklenburg einen Grillabend für den Präsidenten der Vereinigten Staaten.

Ich hatte für unser Abendessen in der Schönhauser einfach ein Hähnchen aus dem Kaiser's geschmort und meinen Schreibtisch im Wohnzimmer leergeräumt. Stephanie deckte den mit einer weißen Tischdecke, stellte Teller darauf und Gläser. Alles lief ganz gut. Die Kinder saßen eine Weile bei Isi und Daniel auf dem Schoß, und nachdem wir sie ins Bett gebracht hatten, standen sie noch in ihren Gitterbetten und unterhielten sich in ihrer Babygeheimsprache, in der immer wieder Worte wie Heldo, Garel und Kade vorkommen. Das machten sie schon seit Wochen, und es war wirklich lustig. Miriam brabbelte etwas, und Nina antwortete oder umgekehrt, und manchmal sagte die eine etwas, und die andere lachte los.

Isi war davon fasziniert: »Siehste, die sind autonom. Die entwickeln eine eigene Sprache, und dann kommen wir und zwingen ihnen unsere auf. Grauenhaft.«

»Wieso grauenhaft«, fragte Stephanie und guckte Isi dabei aber nicht an, die selbst bei diesem Essen ihren ewigen zu großen grauen Kapuzenpullover trug. Ich sah, dass Stephanie das mit letzter Kraft hervorbrachte, und mir fiel auch auf, dass sie fast nichts gegessen hatte. Ihr Teller mit Hühnerbrust, Reis und grün leuchtenden Tiefkühlerbsen war fast unberührt. Der Wein sowieso. Isi tat so, als hätte Stephanie gar nichts gesagt.

Als Daniel schließlich von George W. Bush anfing, passierte es. Daniel sah wirklich gut aus. Er trug ein weißes T-Shirt über seinem sehnigen Körper. Isi hatte ihn in Form gebracht. Sie joggten jede Woche mehrmals kilometerweit durch die Stadt, und das konnte man sehen. »Weißt du«, sagte Daniel und goss sich Wein nach, »bei den Russen nennen sie diese Typen, die sich in den Neunzigerjahren die Ölquellen und Großindustrie unter den Nagel gerissen haben, Oligarchen. Warum nennen wir die Familie Bush denn eigentlich nicht Oligarchen? Oder hat das amerikanische Volk denen die Stahlindustrie und das Ölgeschäft einfach übertragen?« Als ich antwortete, das könne er so dann doch nicht vergleichen, sagte er: »Wieso, Piepenburg, wieso kann ich das nicht vergleichen? Und wieso regieren in dieser vorbildlichen Demokratie Papa und Sohnemann das Land fast nacheinander wie Könige?« Niemand antwortete, nur Isi grinste. Daniel genoss die Stille: »Ich sag es euch, einfach nur, weil sie das Geld haben. Und deswegen können sie auch in Länder wie Afghanistan und dem Irak einfallen und sich einen Scheiß darum kümmern, was der Rest der Welt darüber denkt. Großdeutschland hilft Bush natürlich fleißig dabei, und diesem Idioten grillt die Merkel gerade ein Schwein in Trinwillershagen. Was die da wohl bekakeln?« Er schaute in die Runde, und wieder war es still.

Aber da stand Stephanie auf. Sie blickte auf den Teller vor sich und fing an zu weinen. »Ich schmecke nichts. Gar nichts. Es schmeckt alles nach Pappe. Schon seit Wochen«, flüsterte sie und verließ das Zimmer. Isi, Daniel und ich sahen ihr nach und blieben wortlos zurück.

Ein paar Tage später saß ich vor einem abgewetzten Schreibtisch in der psychiatrischen Klinik in Weißensee. Dahinter saß ein Arzt, der nicht älter war als ich und geduldig auf meine Antwort wartete. Ob ich wüsste, dass meine Frau Angst vor ihrer Rolle als Mutter habe? Dass sie sich ein Kind nicht unbedingt gewünscht habe.

Der Arzt trug keinen Kittel, aber dafür eine große dunkelgrüne Brille. Er hatte die Hände gefaltet und die beiden Zeigefinger zusammengelegt und tippte sich mit deren Spitzen an die Unterlippe.

Stephanie und ich hatten nie wirklich darüber geredet. Wir ließen die Kondome weg, weil der Sex so mehr Spaß machte, aber auch, weil wir über dreißig waren und ein Kind somit nicht länger ausgeschlossen sein sollte.

»Ja, *ein* Kind«, sagte der Hornbrillendoktor. »Es könnte sein, dass schon der Fakt, dass es zwei Kinder wurden, Ihre Frau überfordert hat. Es könnte sein, dass sie deshalb später in eine postnatale Depression geraten ist. Aber es ist auch möglich, dass so eine Depression schon vorher aus ganz anderen Gründen angelegt war. Wir versuchen das jetzt herauszufinden.«

Stephanie blieb für ein paar Wochen im Krankenhaus, und als sie wieder nach Hause kam, war sie langsam, still und unendlich müde, lag bei zugezogenen Vorhängen in unserem Schlafzimmer. Regelmäßig ging sie zur Therapie und manchmal spazieren oder etwas einkaufen. Sie näherte sich den Kindern wieder an, nahm sie vorsichtig auf den Arm oder spielte mit ihnen. Aber nur in meinem Beisein, und manchmal floh sie geradezu wieder ins Schlafzimmer. Und sie las. Irmgard Keuns »Das kunstseidene Mädchen«, Margaret Atwoods »Der Report der Magd« und alle Erzählungen von Alice Munro. Manchmal las ich ihr auch vor, aber meistens schlief ich dabei ein, weil ich mich jetzt allein um die Kinder kümmern musste. Sie fütterte, in die Kita brachte oder ins Bett. Weil ich einkaufte, die Wäsche machte und die Wohnung in Schuss hielt. Ich beendete meine Dissertation und suchte mir eine erste Stelle in einer Kanzlei. Und ich bat meine Mutter, die inzwischen Rentnerin in Itzehoe war, uns zu helfen. Ohne sie hätte ich das niemals geschafft.

Im Fernsehen war ein riesiger Strandkorb zu sehen. Überdimensional, wie aus drei einzelnen zusammengesetzt. Darin saßen mehrere Männer in dunklen Anzügen und eine Frau im grünen Blazer auf blau-weißen Streifen. Merkel zwischen Bush und Putin. Blair, Prodi, Sarkozy. Wer die anderen waren, wusste ich nicht. Ich war schon so müde, dass mir die Augen immer wieder zufielen. Aber ich wollte noch nicht ins Bett, weil sonst sofort wieder Morgen war und alles von vorn losging.

Was wollen uns die Mächtigen dieser Welt mit diesem Bild sagen, fragte ich mich, und dann schloss sich dieser über Eck gebaute Riesenstrandkorb vor mir wie eine Muschel. Langsam verschwanden die Regierungschefs. Ob sie jetzt die Beine ineinander verschachteln oder ihre zwei zusammendrücken und neben denen der anderen platzierten? War es in dieser Strandkorbmuschel wirklich richtig dunkel?

Und da hörte ich ein Klopfen.

Ein lautes Klopfen und ein fast zeitgleiches Schließgeräusch. Ich schreckte hoch. Im Fernseher war natürlich nichts von dieser geschlossenen Strandkorbmuschel zu sehen, sondern ein *Tatort* begann. Ich schlich auf Socken in den Flur, und da standen Isi und Daniel.

»Könnt ihr bitte leise sein, die Kinder schlafen«, zischte ich.

Daniel trug den gleichen Kapuzenpullover wie Isi, nur in Schwarz, und sagte laut: »Scheiß auf die Kinder.«

Er ging an mir vorbei ins Wohnzimmer. Isi und ich folgten ihm, und während ich mit einem Ohr immer noch auf Miriam und Nina hörte, ließ sich Daniel in seinen alten Sessel fallen.

»Du musst mir helfen, Piepenburg!« Er machte den Fernseher aus und sah mich an.

»Was ist los?«

»Scheiße«, sagte Daniel und dann noch mal: »Scheiße!«

»Was ist denn los, Alter?«, fragte ich, und Isi antwortete: »Daniel hat einen Bullen umgehauen.«

»Was hast du?«

»Mann, Piepenburg, ich wollte das nicht! Die Bullen haben da immer wieder wahllos einzelne Leute aus den Demonstranten rausgeholt. Die wurden nach Rostock gebracht und in die Käfige gesperrt.«

In der Zeitung hatte ich von diesen Notgefängnissen in Rostock während des Gipfels gelesen. Ich sah Daniel fassungslos an.

»Der Bulle kam auf mich zugerannt, seine Scheißbullenkollegen hinter ihm her, und mir war sofort klar, dass der mich wollte.« Er sprang aus dem Sessel auf und ging zum Fenster, um auf die Straße zu sehen. »Ich hatte so einen Knüppel aus dem Wald in der Hand. Eigentlich eher einen Stock, und als der Bulle näher kam, bin ich abrupt stehen geblieben, habe mich umgedreht und nach ihm geschlagen.« Er wiederholte die Bewegung vor seinem alten Fernseher, lachte hysterisch und sah dabei aus wie ein Samurai. »Volltreffer. Trotz Helm. Ich muss den irgendwo am Hals getroffen haben. Der ist umgefallen wie ein Sack.«

Isi nickte, und Daniel schlug noch einmal in die Luft. »Und ich bin weitergerannt. Ich war schneller als die.«

»Vielleicht ist ihm ja nichts passiert«, sagte ich leise.

Er schüttelte den Kopf. »Piepenburg! Das war ein Bulle! Und die wissen vermutlich jetzt schon, wie ich heiße und wo ich wohne.«

»Soll ich dich verteidigen?«, fragte ich und meinte das wirklich ernst.

Daniel schüttelte den Kopf: »Ne, lass mal. Aber kann ich deinen Pass haben? Nur um aus dem Land zu kommen. Falls den einer sehen will.«

Wir hatten uns vor New York neue Pässe machen lassen. Und aus Quatsch hatte uns Stephanie so frisiert, dass wir uns auf den Passfotos wirklich sehr ähnlich waren, bis auf Daniels Höcker auf der Nase.

Ich ging langsam zur Kommode, in der der Pass lag, und mir fiel so schnell nicht ein, was das für mich bedeuten würde, wenn sie Daniel damit erwischten. »Von mir hast du den nicht«, sagte ich, und Daniel nickte, als er ihn entgegennahm.

Isi riss ihm den Pass aus der Hand, guckte hinein und dann mich an. »Zum Glück ist eure Ähnlichkeit nur äußerlich. Da bin ich wirklich sehr froh.« Sie griff nach Daniels Hand und zog ihn hinter sich her. »Komm! Los!«

Daniel ließ sich ziehen und sah sich auch nicht mehr um.

16. *Sonnabend, oder ein paar Tage später*

Mir ist kalt. Nicht sehr, nur ein bisschen. Die Beutel mit den Gänsebrüsten darin schneiden mir in die Hände. Der Schnee fällt in großen Flocken. Ich gehe mit meinem Vater die Herderstraße in Rostock entlang. Er trägt die Weihnachtsgänse für uns und den Großvater und ich vier Paar Gänsebrüste von Bauer Pien aus Reez. Warum sind die so schwer? Früher haben wir das jedes Jahr gemacht, aber so geschneit hat es selten dabei. Bauer Pien bekommt in unserer Drogerie sein Silvesterfeuerwerk ohne Anstehen, und mir wird mein Vater gleich wieder zeigen, wie er die Gänsebrüste räuchert. Wie er sie mit Zucker, Salz und Salpeter bestreicht, immer wieder wendet und für zehn Tage in den Buchenrauch hängt im Hinterhof der Drogerie. Damit ich das später meinem Sohn zeigen kann, so wie ihm das schon sein Vater gezeigt hat. Er stapft neben mir durch den Schnee, der alle Geräusche schluckt, und ich kann ihm nicht sagen, dass ich das nie selber gemacht habe. Dass Miriam und Nina Vegetarierinnen sind und höchstens mal ein bisschen Fisch essen. Dass Stephanie die Gänsebrust zu fett ist, und so frage ich ihn, warum er sich eigentlich umgebracht hat, warum er uns nicht mal einen Abschiedsbrief geschrieben hat? Das geht mir ganz leicht über die Lippen. Mein Vater sieht mich an. Seine Haare und seine buschigen Augenbrauen sind grau, seine Augen hellblau wie der Himmel knapp über dem Horizont. Er lächelt und verschwindet in einem milchigen Weiß. Er antwortet nicht, aber Stephanie antwortet. Ganz klar und deutlich, direkt neben mir.

»Ich sitze hier schon zwei Stunden.«

»Und hat Piepenburg sich bewegt?«, fragt jemand.

Da ist noch wer.

»Nein, hat er nicht. Er lag die ganze Zeit so da.«

»Was liest du?«

Das ist Daniel!

»Jane Gardam. ›Ein untadeliger Mann‹.«

»Gut?«

»Tröstlich«, sagt Stephanie. »Wie Earl Grey trinken und Scones essen.«

Seit wann interessiert sich Daniel für Literatur, und warum reden die über mich? Und wo bin ich? Schlafe ich, oder was?

»Was ist eigentlich bei euch los?«

»Wieso?«, fragt Stephanie.

»Na, warum bist du zu Hause ausgezogen?«

»Ach, das weißt du also auch schon? Mann, als du mich angerufen hast und dich mit mir im Wedding treffen wolltest, da dachte ich wirklich, Thomas steckt dahinter. Dass du mich auskundschaften solltest. Völlige Paranoia.«

Sie lachen beide sehr nah bei mir. Wo bin ich denn? Ich fühle nur dieses Ziehen an den Handgelenken. Aber wo ist der Rest von mir? Alles um mich ist milchig weiß.

»Und warum bist du nun ausgezogen?«

»Das ist alles nur vorübergehend, Daniel. Ich habe mich verliebt und wollte ein paar Tage Ruhe haben. Um mal zu mir zu kommen.«

Verliebt, wieso ist Stephanie verliebt? In wen, und wieso weiß ich davon nichts?

Daniel lacht wieder. »Aha. Und dazu hast du die Mädchen mitgenommen? Wolltest du das mit denen besprechen? Gruppentherapie?«

»Nein, natürlich nicht. Thomas hat nichts gemerkt von meiner Verliebtheit. Thomas hat überhaupt nichts mehr gemerkt. Der wollte einfach nichts merken. Kenny ist ein australischer Künstler aus meiner Galerie. Mann, wir haben fast vor Thomas Händchen gehalten und geknutscht, aber der hat sich hinter seiner Arbeit versteckt und so getan, als ob nichts sei.«

Stephanie ist lauter geworden. Kenny? Welcher Kenny?

»Ich habe versucht, ihn zu provozieren. Ich wollte mich mit ihm streiten. Mehrmals. Sinnlos, komplett sinnlos. Ich wollte ihn aus seinem Scheißgleichgewicht kippen, aber Thomas hat abends 'ne Flasche Wein aufgemacht und mir Komplimente gemacht, wenn ich beim Frisör war.«

»Und die Mädchen?«

»Ach die! Das ist alles ein bisschen eskaliert, und ich wollte für ein paar Tage in die Wohnung einer Freundin ziehen, die für drei Monate in Italien ist, um mich mal zu sortieren. Aber im Gegensatz zu Thomas haben Miriam und Nina das gemerkt. Ich habe wohl etwas sehr die Schuld auf ihn geschoben. Da haben sich die Mädchen mit mir solidarisiert und wollten mitkommen. Von Kenny habe ich denen natürlich nichts erzählt.« Stephanie seufzt. »Weißt du, seit meiner Depression damals habe ich ein permanent schlechtes Gewissen den beiden gegenüber. Also habe ich sie eben mitgenommen. Außerdem dachte ich, das setzt Thomas noch mehr unter Druck. Aber Scheiße war's. Der hat sich nicht gemeldet. Nach ein paar Tagen hat Miriam gesehen, wie ich mit Kenny auf der Straße geknutscht habe, und ist wieder zu Thomas zurück. Und Nina spricht seitdem auch kaum noch mit mir und weiß nicht, was sie machen soll. Die beiden kommen gleich hierher. Vielleicht wacht Thomas ja dann auf.«

Aufwachen! O.k., ich schlafe, aber wieso? Und wo? Ich kann doch nicht nur aus Gehör und Handgelenken bestehen. Ich fühle sonst gar nichts, aber ich träume das doch auch nicht. Oder?

Irgendwas passiert. Schritte und noch mehr Stimmen sind zu hören. Eine resolute Frauenstimme sagt: »Guten Tag. Das ist die Frau von Herrn Piepenburg. Und Sie? Sie sind vermutlich der Bruder, oder?«

»Ja, genau«, antwortet Daniel.

Daniel Rehmer, kannst du bitte mal aufhören mit dem Scheiß!

Die Frau redet weiter: »Herr Piepenburg wurde noch vom Notarzt vor Ort intubiert. Schädelhirntrauma. Im CCT ist eine kleine frontale Kontusionsblutung zu sehen, aber wohl nichts Dramatisches. Wir haben uns jetzt zum Aufwachen entschieden. Analogsedierung wurde vor zwei Stunden pausiert, und die Beatmung ist umgestellt von BIPAP auf CPAP.« Ihre Stimme wird lauter: »Wegen des Aufwachens haben wir auch die Hände Ihres Mannes fixiert. Sonst reißt er sich womöglich den Tubus raus, weil er merkt, dass ihn da etwas stört.«

Ich merke gar nichts, meine Gute! Was ist hier eigentlich los?

Eine andere Frau sagt: »Das lösen wir wieder, wenn er wach ist und wir den Tubus entfernt haben.«

»Gut«, antwortet Stephanie.

Die erste Frauenstimme redet weiter: »Seitengleiche Spontanbewegung. Und Unmutsäußerung auf Schmerzreiz.«

Ich fühle einen stechenden Schmerz, aber ich kann gar nicht sagen, wo.

Die Frauenstimme brüllt in mein Ohr. »Herr Piepenburg, hören Sie mich? Machen Sie mal die Augen auf, wenn Sie mich hören.«

Das würde ich ja gern, du Schlaumaus! Aber ich weiß leider nicht mehr, wie das geht und wo meine Augen sind!

Der Schmerz lässt wieder nach.

»Na ja, er sollte eigentlich demnächst aufwachen, dann sehen wir weiter. Der Gesamtzustand ist stabil. Genauer können wir das erst sagen, wenn er wieder bei Bewusstsein ist, aber ich glaube, dass er Glück im Unglück hatte. Außer die ausgeschlagenen Zähne natürlich.«

Es wird gelacht. Offensichtlich über mich und vielleicht über meine Zähne? Wieso sind die ausgeschlagen? Von wem? Verkehrsunfall? Oder um was geht es hier eigentlich?

»Er wird einen ziemlichen Brummschädel haben, wenn er aufwacht. Und vermutlich wird er sich an den Vorfall nicht erinnern.«

»Danke«, sagt Stephanie, und es ist wieder still.

Ich bin ja froh, wenn ich überhaupt einen Schädel habe. Nur wo befindet er sich, oder wo befinde ich mich in dieser milchigen kalten Soße? Kann mich mal jemand zudecken?

Stephanie sagt zärtlich: »Dann kriegt er auch das hin. Er kriegt ja eigentlich immer alles hin.«

»Wieso?«, fragt Daniel bräsig.

Ja wieso, das wüsste ich auch gern!

»Ich bin ja froh, dass ihm nichts Schlimmeres passiert ist«, sagt Stephanie. »Thomas findet immer eine Lösung. Das liebe ich an ihm, aber er bringt mich damit auch manchmal zur Weißglut. Und dass er mir so ausgewichen ist, hat mich noch verrückter gemacht. Ich wollte, glaube ich, dass er den Kampf um mich aufnimmt. Dass er mal anfängt, mir Kenny auszureden. Dass er ihn überhaupt erst mal bemerkt! Absurd, aber so ist es. Dass er einen Ausweg sucht für meine verfahrene Situation, bevor ich unsere Ehe komplett vor die Wand fahre. Wenn es ein Problem gibt, sucht Thomas sofort nach der Lösung. Und meistens findet er auch eine. Oder er beruhigt mich einfach. Wenn ich Angst um die Mädchen habe, weil die jetzt so langsam um die Häuser ziehen, sagt er mir, dass die Jugendkriminalität seit Jahren rückläufig ist und eigentlich immer weniger passiert.«

»Na, dann wissen wir ja zumindest, dass ihm kein Sechzehnjähriger die Fresse poliert hat«, sagt Daniel.

»Mann, sei leise«, sagt Stephanie mit diesem leichten Lächeln in der Stimme.

Ich sehe sie vor mir, die Haare zurückgebunden, in Jeans und T-Shirt. Meine Frau! Und die soll jetzt mal aufhören, so einen Quatsch zu reden.

»Und wenn die ganze Stadt voll ist mit Flüchtlingen, wie vor zwei Jahren, und alle durchdrehen«, fährt Stephanie fort, »geht Thomas mit den Mädchen in deren Schulturnhalle und macht den dort untergebrachten Geflohenen am Wochenende Frühstück. Damit die Mädchen sehen, worum es in den Nachrichten wirklich geht. Gut, Miriam ist nur drei Mal mitgegangen, aber mit Nina hat er das fast ein ganzes Jahr durchgezogen. Ich dagegen habe in der Galerie eine Ausstellung mit syrischen Künstlern gemacht und genau ein Bild verkauft. Eins!«

»Und Kenny?«

»Ach Kenny! Was weiß ich. Was ist eigentlich mit dir? Bist du verliebt in das Mädchen, das dich da im Wedding besucht hat?«

Ganz kurz ist es still. Dann sagt Daniel: »Nicole ist meine große Liebe. Meine ganz große Liebe.«

»Aber die war doch nicht viel älter als Miriam und Nina.«

»Steffi, Nicole ist fast dreißig!«

»Na, dann.«

Nicole, diese nackte Saunaassistentin vom Dicken Iwan! Wie lange ist das her? Und was hat Daniel mit der zu tun?

»Die sagt so Sachen, da wird mir ganz anders. Hier zum Beispiel: Du bist der erste Mann, der mir in die Seele gesehen hat wie in ein offenes Buch. Ich habe das Gefühl, dass ich alles, was du sagst, selbst auch denke oder gedacht habe. Dass wir im selben Takt schwingen.«

»Hm«, macht Stephanie. »Und das hast du dir gleich aufgeschrieben?«

»Ja, weil es so schön ist.«

Nein, Stephanie, das hat er aufgeschrieben, weil er es sonst sofort wieder vergisst, verdammte Scheiße. Daniel sollte hier liegen, nicht ich. Der ist ein Fall für den Arzt. Ich sehe seine Mutter vor mir mit ihrer grauen Lockenpracht. Aber das erklärt immer noch nicht, warum ich hier liege und nichts mehr sehe und fühle. Das Letzte, an das ich mich erinnere, ist, wie ich mit Agneszka Mittag esse. Aber das mache ich doch fast jeden Tag.

»Na, das ist ja schön«, sagt Stephanie. »Dann geht's dir ja gut. Ich hingegen bin auch noch pleite. Die Galerie kann ich zumachen. Und unser Haus gehört eigentlich der Bank. Das weiß Thomas noch gar nicht.«

WAS?

»Er hat die Botschaft damals mit meinem Geld gekauft, hat mich aber als Besitzerin ins Grundbuch eintragen lassen. Vermutlich, weil er Schiss hatte, dass unser New-York-Deal doch noch irgendwie auffliegt und er da mit drinhängt.

Aber um die Galerie irgendwie zu retten, habe ich die Hütte immer mehr belastet in den letzten Jahren. Was soll's. Scheiß drauf. Mir war die sowieso immer zu protzig.«

Nein, Stephanie, jetzt hör mal zu! Jetzt mach mal keinen Quatsch! Das kriegen wir … Aber sie hört mich ja gar nicht. Niemand hört mich!

»Wie wäre es denn, wenn ich wieder nach Berlin ziehe? Mit der Bretagne bin ich sowieso fertig!«

Stephanie! Der lebt gar nicht mehr in der Bretagne, sondern bei Mutti in Hamburg. Hallo! Hallo!

»Wir könnten uns doch wieder was einfallen lassen.«

Stephanie lacht. »Was denn?«

»Na, so was wie damals mit dem Sucher!«

»Ich fass keinen Pinsel mehr an.«

»Muss ja auch nicht unbedingt ein Bild sein …«

»Sondern?«

Stephanie, lass dich nicht von Daniel bequatschen. Wir kriegen das schon hin. Vergiss erst mal diesen Kenny, bitte! Wir können das alles bereden, ja? Bitte! Ich muss nur hier raus.

Ich muss die Augen aufmachen!

Ich muss die Augen aufmachen!

Ich mache die Augen auf.

Danksagung

Ich bedanke mich für die Arbeitsstipendien der Länder Berlin und Mecklenburg-Vorpommern.

Bei diesem Buch haben mich einige Expertinnen und Experten beraten. Ich danke ihnen in der Reihenfolge ihres Auftretens:

Albrecht Popken, Ricarda Veigel, Julia Rahne, Philipp Homberg, Annette Linkhorst, Janina Deininger, Birgit Schlesinger, Peggy Hildebrand, Falk Hoysack, Anne Schwanz und Anne Thal.

Für freundliche Unterstützung danke ich herzlich meinen Eltern, Bärbel und Peter Sander. Außerdem Peter Becker, Birgit und Dieter Friedrich, Thorsten Futh, Patrick Voigt und Heike Woltmann.

Meine Frau Anette und unsere Söhne Malte und Valentin haben mich mit ihrer Liebe und Begeisterung auch durch dieses Buch begleitet. Das hat mir sehr geholfen, und ich danke euch dafür.